劉賓雁ルポ作品集

橋梁工事現場にて／他

劉 賓 雁 著
諸星清佳 訳

白帝社

劉賓雁ルポ作品集

目次

劉賓雁ルポ作品集

橋梁工事現場にて

一

川の向こう側、工事中の橋の橋頭堡《きょうとうほ》の上で、私はやっと橋梁工事隊《きょうりょう》の羅《ら》隊長を見つけた。隊長は現場監督と思しき人間に何か指図しており、監督はその指示を鉛筆で手帳に書き留めようと苦心していた。

この数年間で私は大へん変わってしまっている。羅隊長は目を軽く閉じてしばらく考えていたが、ゆっくり私の方に近づいてきて握手をした。「劉《りゅう》君、まだ新聞社にいるのか。取材に来たのかね」と興奮した様子である。

羅の声は六年前と変わりなかったが、少しかすれているようだ。顔は太っており、黄ばんでいた。来た理由をまだ説明しないうちに、さっそく羅は私を工事現場に引っ張ってゆき、あれこれ説明してくれた。

仮橋《かりばし》の上で羅は救命胴衣を二着受け取り、私に一着寄越した。背中の紐を力いっぱい結びながら笑った。

「きまり、これもきまりさ！　救命胴衣を着なけりゃ、隊長だって橋に上がれない。昔と違って今は何だってきまりってものがあるのさ」

仮橋にぴったりと寄り添う形で、巨大なアーチ型鉄橋が建造中だった。下から眺めると、アーチ橋の工事はとりわけ雄大に見える。第一アーチはすでにできていた。川の南岸から延びて半円を描く様は、さながら虹のようである。幅の狭い鉄筋コンクリート製アーチ一本で、数千トンの列車が支えられるとは想像もつかない。私の驚きを察したかのように旧友は言った。

「これが中国初のアーチ型鉄橋だ。幅五十三メートルもあるので、桁鋼《けたこう》なしでは上手くゆかなかったろう。昔なら考えられなかったよ」

橋を建造する際の工程や施工の現状を羅隊長は詳しく私に教えてくれた。私たちの手は仮橋の欄干に置かれ、足元には奔騰《ほんとう》する黄河の流れがあった。中下流の黄河に比べ、この辺りの川の水は澄んでいる。泡沫は白く、波頭もまた白い。奇妙な匂いが風と水の流れに沿って、私たちの方へ流れてきた。それはますます濃厚になり、水のように清々しい香りでもあれば、泥臭い匂いのようでもあり、時にはただの湿った匂いのようでもある。春が来ているのだ。

川のほとりに沿って私たちはゆっくりと歩いていた。数十丈もある鉄塔や新しい各種建築機器、労働者が自ら組んだ足場を、羅隊長は指差して説明しながら、しきりにこう言った。「昔なら考えもできなかったよ」「戦時中、我々が昼も夜も急ピッチで建造していた時とは違うんだ」……

突然、左側から春雷《しゅんらい》のような轟音が轟き渡った。続いて山の上から小石が真っ直ぐ私たちの足元に転げ落ちてきた。一瞬、足元の大地すべてが振動するのが分かった。今のが何だか当ててごらん、と友が言う。爆発に決まってるだろう、たぶん山の後ろのどこかで石をふっ飛ばしたんだろう、と私は言った。羅は笑った。

「爆発だけど、山の後ろじゃあない。二、三十里離れたところでトンネルを掘っているのさ。そう、大—爆—破。これを大爆破と呼んでいる。聞いたことがあるかい？　数十トンの爆薬を詰め込み、穴から人を遠ざける。一発で数万から数十万立方メートルの石を崩すんだ。こんなこと中国鉄道史上なかったことだよ……」

二人とも少し疲れていた。険しい黄土の崖っぷちに私たちは腰を下ろした。ちょうど二人の足元で黄河が方向を変えている。柔らかな感じで曲がっているので、放り投げたベルトのように見えた。

「難しいことだよ」と羅はしみじみと言った。「解放前、何十年もの間、黄河にはたった三本の橋しか架かっていなかった。それが解放後の数年で、一気に三本造ってしまった。書いてくれよ。我々は橋を造り、君たちは報道をする……」

旧友の数年来の経験を私は聞いてみたくなった。解放戦争の末期に二人が一緒に橋梁工事に携わっていたころから数えて、まるまる六年の年月が流れていた。羅立正《らりっせい》——当時は党区委員会の書記になってまもなかった。現在は橋梁の専門家である。実務を重んじ、大学は出ていないようだが、専門学校卒業のレベルはあるはずだ。話によると、この数年間で羅が工事を指揮した橋梁の数は三十余りになるそうだ。

「一万四千キロ余りになるよ」。自分が架けた橋の種類を列挙してから、羅は橋の総全長を計算した。「いま同時に造っている五本の橋は計算に入れとらんがね……」

恐らくこの日、旧友に会い、闘いに満ちた過去の生活を回想したからか、はたまた、こんな天気の良い日に私と一緒に自分の仕事の全貌を鳥瞰《ちょうかん》したからか、羅隊長の心は愉快至極であった。まもなく大虎溝に着こうかという頃、羅は軽く鼻歌を歌い出した。しかし次の問題について私が話し始めると、一切が変わってしまったのである。

「隊に曾《そう》技師という人がいるはずですが？」

「私が今回来たのは曾技師を取材しようと思ったからです」

話が終わらないうちにふと羅を見ると、眉間に皺を寄せ、目は真っすぐ前方を見据えている。はっきり言い表せない不愉快さが羅の顔全体に表れている。羅はしばらく考え込んでいたが、眉を力いっぱい擦ると溜め息をついた。

「君は技師を探さねばならない、そうでしょう？」

私が頷くとすかさず羅は、

「いいでしょう。別の技師を推薦します。技術室の周《しゅう》主任です。紙面で紹介しても構いません」

と言った。

なぜ曾技師を取材していけないのか私は聞きたかった。だが友は前に歩いていってしまい、とてもこの話を切り出す雰囲気ではなかった。私は話を切り上げ、羅の後について、ガンガン音を立てている採石場へと向かった。

技術室主任・周維本《しゅういほん》の部屋に私は泊まっている。土レンガでできた部屋は、黄河のほとりの住まいにしては最良といえよう。テントと違って、どんな風雨に見舞われてもびくともしない。風の強い日に、大粒の砂がガラスを打つ音を響かせる程度で、荒野の中にいるとは全く思えない。窰洞《ヤオトン》（訳注―山腹に掘った洞穴式の住居。黄土高原でよく見かける）とも違い、陰気な感じが少しもしない。

隣の技術室での話し声が、この部屋に筒抜けである。隣で電話をかけていると、こちらの会話が中断されるほどだ。各工事現場からいろいろな問題が電話を通して伝わっており、そのほとんどが技術室主任の判断を求めるものだった。奇妙なのは主任の返答が非常に似通っていることである。最も多い答えが「この件に関しては工務局の技術所にもう指示を仰いである」「この問題については施工所から返事がない」というものだ。もちろん問題の多くに主任自ら答えてはいる。だが答えに続けて必ずこう付け加えるのだ――「これは局の張《ちょう》総技師が言ってるんだが」「いや、これは私の話じゃない。隊長の考えだ」……

技術室の主任が自分で意見を出せず、指示を仰がねばならないほど重要な問題ばかりなのだろうか。

ある時、ちょうど私が起重機《クレーン》担当の労働者と話をしていると、電話に出ている周主任の声が隣から聞こえてきた。

「ああ、慌てなくてもいい。局の指示を仰ぐまでは駄目だ！　王《おう》所長が二、三日で指示を出すと言っている……」

張広発《ちょうこうはつ》という名のクレーン工が突然、椅子から立ち上がり、憤慨して言った。

「また同じことやってやがる！　南岸にあるネジを一本、北岸に移すにも指示が必要。あんたがこんな主任だったら、話にならんぜ。指示を仰ぐために、俺たちゃ八日間仕事がお預けになっちまう……」

ペッと唾を吐くと腰を下ろし、再び私と会話を続けた。「騎馬結び」とは何か、「オシドリ結び」とは何か……だが、すぐまた立ち上がった。

「ふん。塵や埃が落ちてきたら圧死するんじゃないかと怖がって、また技師や主任を呼ぶんじゃねえのか。けど曾技師は違う。クレーンの仕事をするなら、やっぱ曾さんみたいな技師と組みたいよ。何かを決める時、『よしそうしよう、私が責任を持つ』って、曾さんしょっちゅう言ってくれる」

二

若い技師の曾剛《そうごう》を知ったのは一九五四年の春だった。工務局の工事事務所で資料を待っている時、事務員二人が彼にまつわる「風変わりな」ことを話し始めた。橋梁隊にある二軒の家庭でケンカが起こり、女性が怪我をする暴力沙汰になった。裁判所まで話がもつれ込む事態になったが、証人の中に曾剛技師がいたのである。

「珍しいですね」とこの話を教えてくれた事務員が、最後にこう一言付け加えた。「労働者の家庭のケンカに技師が関わるなんて初耳です……」

「珍しいことなんかあるもんか」

もう一人の事務員が自分の意見を述べた。

「この間、彼は部長あてに手紙を出したんだってよ」

「何、でたらめ言うな！」

「信じるかどうかはお前の勝手さ。手紙は新聞社に取り次いでもらったんだってよ。返事の有無まで尋ねたらしい」

この二つの話が本当かどうか私は確認しなかった。工務局に来て橋梁建設の関係者と話をするたび、曾剛の話が持ち上がることに私は興味を覚えた。

話に頻繁に出てくるのは、民事訴訟方面の活躍でもなければ、国際政治情勢に関する興味でもなく、やはり技師としての仕事に限られていた。たとえば橋脚を造るためのケーソン（訳注―橋脚の基礎に用いる井筒状の構造物）は、岸で造ってしまってから川へ運び込むのが年来の方法だった。が、橋梁隊の第三分隊は、鋼板で囲いをつくり、水中でケーソンを造るよう提案した。こうすれば各ケーソンにつき一万元余り節約できるらしい。橋本体を工事するとき組む櫓は、これまで水上で組んでいたため、ビルのような形になってしまった。だが第三分隊が櫓を岸に移すよう提案すると、形も変わり、数百本の材木が節約できたとか……。

所長・課長・技師、みな私に次のようにコメントした。材木と一立方センチのコンクリートという同じ材料で、別の部署では七十キロの重量しか支えられないのに、第三分隊では百キロまで支えることができる。

第三分隊では新たな試みが頻繁になされていた。そして第三分隊の隊長兼主任技師こそ曾剛その人であった。

だが噂は技術的な話にのみとどまらない。工事事務所の若者たちが曾剛の行動について議論したことがある。渭河橋《いがきょう》を建造する際に起きた出来事だった。橋脚が壊れかかり、桁鋼が仮橋の方へ傾いてしまい、大風でも吹けば川の中に吹き飛んでしまいそうな状態だった。技師たちもどうしていいのか考えがまとまらず尻込みしていた。そこへ曾剛がやってきてアイデアを出し、彼自ら仮橋に上った。そして〝ジャッキ〟でまず桁鋼を吊り上げ、それから橋脚を修理するよう労働者を指揮したのである。当時現場にいた若者は、曾剛のやろうとした方法は冒険そのものだと言った。もし吊り上げられなかったらどうするのか？　いわんや労働者と一緒になって技師が仮橋に上り、生命の危険を冒す必要などない。この見方に反対する若者は次のように言った。曾剛の方法は科学的計算と経験に基づいている。これを冒険とは呼べない。成功がその事実を証明しているではないか。労働者と一緒に技師が橋に上ることに至っては、おかしなことなど何もない。作業が山場を迎える時、「技師がついていてくれる」と思うことほど労働者にとって大きな励みになるものはない……

私が耳にした曾剛に関する多くの意見は、一つにまとめてみると、鋭く対立する議論と化してしまう。感嘆し敬慕するような口調で曾剛の大胆な精神を肯定する人がいれば、ただ懐疑的な態度を取るのみで、この人物の冒険を幼稚で科学を知らぬものと見做《みな》す人もいた……

私が聞いた範囲では、やはり後者の意見が多かった。軽々しくこの見方を信じたわけではないが、ある程度の影響を私も受けていた。

凌口《りょうこう》大橋の工事現場に何日か滞在して気づいたのだが、現場の様子が私の予想と全く違っていた。ここ数年、いろいろな現場を取材で見聞しているうちに、建築工事現場の混乱した状態をごく当たり前のことと思うようになっていた。だが凌口大橋工事現場は整然としており、秩序立ってもいた。一人の暇人も見つけることができず、忙しさの余りごたごたしている様子もなかった。人員も機械も工具もみな最も合理的な場所に配置してある。砂利洗いの場所をどこにするか、コンクリート撹拌機をどこに置くかさえも、大変周到な考慮のすえ配置されていることが分かる。工事現場でしばしば悩みの種になる「小運搬」(訳注—機材をこっそり家に持ち帰ること)もここではほとんど見かけなかった。労働者に聞いてみても、みな自分の一両日中の任務が分かっているばかりか、組や隊全体の任務、進行中の仕事のポイントまで理解していた。工事現場につきものの「俺はどこにいるんだ?」といった笑い話もないのである。分隊の計画は毎月ノルマを越えて完成していた。

こうしたことすべては非常に手堅いことであって、「冒険的」なものには少しも染まっていない。だが橋梁隊の他の分隊では状況が正反対なのである。いつも月初めに仕事が滞るか、月末に残業するか。両方を同時にやる分隊もあり、年の計画の三〇%を最後のひと月で完成することもざらである。しかし、雑然として盲目的ともいえるこのようなやっつけ仕事や、大量に発生している人身および品質上の事故を、誰もこれまで冒険とはいわず、ごく正常で的確なことだと思っていた。

初め、仕事のやり方が違うので、三分隊と他分隊の差が生まれるのだとばかり考えていた。曾技師と私は二晩続けて彼の経験を検討し総括した。曾は仕事上、計画性を重視し、立案の際にも必ず自分が参加した。こうすると、各作業の難易度が頭に入るため、いつもそれを留意することができるようになる。このような全般的考慮の下、具体的な措置が各々出ているのだ。普通の技師と違って曾は、隊を挙げて行なわれている効率化に関する提案運動をきちんと把握していた。労働者がどんな意見を出しても、曾は当面および長期的な必要に基づいて適切な結論を出した。だから複雑な登録や審査、批准などの手続きを経る必要がないのだ……等々。

しかし二晩話をしてみて、仕事のやり方など私が理解すべき主要なポイントではないことに気づいた。ここ数年、工事を組織する経験など十分総括されている。だが同じ成功の経験も、人によって上手くいかなくなることもある。生産を混乱に陥れ、誤りを犯した時、こういった人々は頭をかき、済まなそうに（だが決してやましいと思わず）微笑みながら「駄目ですね。我々の経験が足りないからでしょう……」と言う。経験不足となれば無論むやみにとがめるわけにもいかない。小学生が当て字を書いたとて誰が責められよう。だが違うのだ。多くの場合、経験が問題なのではない。少なくともすべてを経験のせいにするわけにはいかないのだ。

そう、心に塵が積もった人間は、他人の経験にのみ頼るばかりで、新しい事物に敏感に反応する気持ちを養えない。死を恐れて生に執着する人間が、黄継光《こうけいこう》（訳注—朝鮮戦争の烈士）の戦法から勇敢さを学び取れないようなものである。

もちろん経験一般がそうであるように、曾がこの両日に語った経験の中にも、単なる経験を超えた、より高度で深い何かが含まれていた。たとえば曾剛は次のように表現する。「計画を立てる時、骨子を考えるだけで、後は労働者に補ってもらいます」「問題点を私は隠したりしません。どこに困難があるのか必ず労働者に教えなければなりません――教えさえすれば解決方法などあるものです」

感動した面持ちでこう言ったこともある。

「ここ何年か労働者とともに食べ、ともに眠り、ともに仕事をしてきて、労働というものの難しさがやっと分かってきました。国家建設という果実は簡単に手に入るものではなく、労働者の血の一滴・汗の一滴が凝集して出来上がるものなのです！　水中で息もつけないような作業をする顔面蒼白の労働者や、全身水浸しになって手足が霜焼けになる労働者を見ていると、二度と自分の粗忽さを許すまい、労働者の力を少しでも浪費すまいと内心思います。と同時に、仕事というものは困難があってこそ面白く、費やした力が大きいほど、やり遂げたとき愉快になると、だんだん分かるようになりました……」

ここに労働者大衆に対する曾剛の気持ち、労働者の自主性に対する曾剛の信頼が反映されている。曾の「大衆と結び付く」とは、単に彼らと「打って一丸となる」ことでもなければ、彼らに算数や図画などを教えることでもない。（残念なことに多くの行政幹部と技師が労働者と「王さん」「李さん」と呼び合ったり、毎日労働者と二時間トランプをやりさえすれば「大衆と結び付く」ことだと思っている。）そうではなく――労働者の力を組織する方法に頭を絞り、自分の技術的知識と経験に基づいて労働者・機械・作業現場を適切に配置し、各労働者をして積極性と力量を最大限に発揮せしめること、なのだ。

だが、やはりこうしたことも主要なこととは言えない。

三回目に話をした時、曾剛自らこの問題（訳注―三分隊と他の分隊がなぜ違うのか）に言及してくれた。曾の執務室に入ると、ちょうど電話をかけているところだった。かなり長いこと話をしているようで、曾剛は電話の声に忍耐強く耳を傾けながら、片手で軽く机を叩いていた。入ってきた私を見ると、机のそばの椅子にかけるよう目で合図した。それから受話器に向かった。

「その通り、全くその通りだ。掘削工は八立方、八立方メートル掘った。コンクリート工は二十七人。二十七人で四十人分の仕事をやり遂げた」

電話は別の話になった。曾剛の顔色が一瞬変わり、机を叩いている手が止まった。そして断固とした口調で言った。

「私には労働者の手を止める権利などない。質なんか、君たちはもう三度も検査したのに、四度目の検査をやろうとしている。……だけど覚えておいてくれたまえ。先週は八立方メートル掘ったのだから、来週は十立方はいけるだろう。コンクリート工もそうだ。いま二十人で四十人分の作業ができるよう検討中だ。だから隊本部でももう少し早く準備すべきだ」

電話を置くと不意に曾剛は笑い出した。おかしなことをしていると自分でも分かっている時、人はこのように笑うものだ。曾は一緒にここから出るよう私に言った。だが幾らも歩かないうちに曾はまた同じように笑い出した。そして頼み込むような口調で私に話しかけた。

「経験の話はやめましょう。別のことをしゃべりましょうか……」

しかし曾は話を切り出さなかった。話し始めるのを私は待っていた。すでに私たちは河岸に来ており、川は暮れ色に染まっていた。向こう岸にある大橋のたもとに灯火が幾つか点っている。年老いた鷹が翼を広げ、川のはるか上空に微動だにせず止まっている。細い鉄線に止まっているように見えたが、その実、空中にいるのだ。数秒で鷹は飛び去っていった。曾剛がやっと口を開いた。

「記者や作家が羨ましくなることがあります。どこかで何か良いことがあったり、ためになることがあれば、取材して新聞に掲載すれば役目はそれで終わる。……しかし実際どうなんでしょう。明らかに好ましいことがあり、明らかにためになる経験がある。だけど実行に移そうとするとたちまち困難に遭遇する」

話に含みがあったので、私は慌てて意味を質した。いつもと変わらぬ様子で曾剛はごくあっさりと答えた。

「半年前、三分隊の某コンクリート工がノルマの二倍仕事をした。本部はそれを隊全体に報告し、コンクリート工を表彰しました。すると先月、ノルマの倍以上の仕事をする人が四、五十人にまで増えたのです。本部はまた彼らを表彰したのですが、同時に制限を加えるよう分隊に指示を寄越しました。ここ数日、青年労働者たちがノルマ倍増運動を提起して、一人で二人分働き、一カ月の間に二カ月分の任務をやり遂げようとすると、本部は突然、緊急通知を出しました。運動の発動は許さない、これは冒険である、という通知を」

わけが分からずにいる私を見て、曾剛が笑った。

「分かりませんか？　私だってなぜだか分かりません。でも秘密はここにあるのです。これが初めてではありません」

話がすぐ終わらないと分かっていたのか、曾剛は自分から進んで河岸の石に腰を下ろし、私も座った。

「この問題はこのくらいにしておいて、二倍のノルマについて話しましょう。数日前、党委員会書記までが私に聞いてきた、スピードを上げる問題について」。乾いた木の枝を取り上げると、曾剛は地面に五〇％と書き、それをまた消した。「我々が現在持っている力で橋梁建設の速度を二倍にするのは、なんてことないのです。理由は簡単。我々の力は現在半分しか使われていないからです。考えてもみてください。機械設備の運用率は四〇％にも達しません。工事の準備や組織にしくじって浪費された人力は三〇％にも上ります。十分組織できずに発揮できなかった潜在力なんて、統計を取る術がありません。しかし私の理解によれば、青年労働者にとって労働効率を常時五〇％まで高めても、問題はないのです。つまり人力を二倍にできるということですね。機械もあって人もいる。このうえ何が欠けているというのでしょうか？」

曾剛は靴底で数字を消すと、勢いよく立ち上がった。けとばされた土塊が、切り立って険しい崖から渦巻くように落ちてゆき、土の川ができたようになった。土の流れはずっと下の方まで延びてゆき、小石や土の塊が〝水流〟の上を飛び跳ねている。先端は黄河へ落ちていった。

「問題が一つだけ残っています。それはスタハノフ精神（訳注―ソ連の労働生産力増大運動で唱えられた心構え）で働かねばならないことです。しかし、全員がスタハノフ精神で働くようになるためには、計画を立て・組織し・設計する仕事に携わる人間が、まずスタハノフ精神を持たねばならないのです」

断固とした口調で話を続けてきた曾剛は、意見を求めるような表情で私を見た。私が頷くのを見ると、真っ白な歯を覗かせて笑った。私は不意に曾剛が子供のように思えた。

夜になって、今回の談話を私はノートに書き留めた。数日前、ノートに書き散らしたことをあれこれめくってみた――「曾剛の経験のうち最も主要なものは何か？」「なぜ〝冒険〟する人間が的確な仕事をし、〝的確〟に仕事をする人間が失敗の危険を冒しているのか？」……私は急に答えに向かって一歩前進したかのように思えた。

だがいくら考えても分からない問題が残った。――なぜ橋梁工事隊長・羅立正（私は羅を理解していると信ずるものだが）は、こんな凄腕の幹部が自分の部下なのを喜ばないのだろうか？

三

羅立正は部下を理解していないわけでも、才能ある人間を嫌っているわけでもなかった。第三分隊の隊長兼主任技師に曾剛を抜擢したのは羅の意向である。一九五三年、隊本部の幹部会議の席上、羅は曾剛を何度も褒めたたえた。国家計画の完成不能に直面した橋梁隊を危機から救ったのは、第三分隊の力が大きいと、繰り返し述べたのも羅立正なのだ。親友との会話の中で、個人的ながらも羅は、敢然と責任を負う曾剛の精神はまさに周維本に欠けるものだと言ったことがある。しかし同時に、周維本の慎重さに対しても、羅は控え目な賛意を示した。曾剛が勇敢に提案した意見に、羅立正はすべて反対なわけではなかった。ここ二年ほど、羅立正はあまり自分の意見を出さなくなっていた。計画の討論や仕事を総括する際、他の人が意見を出すのを待って、それからおもむろに「よろしい」と頷くのだ。第三者の意見や提案を介して、あるいは個々の問題に修正意見を出す方が、始めから終りまで自分で構想するより楽なのである。橋梁隊長なのに個人秘書すらいないとは！

だが一九五三年末、羅隊長と曾技師の関係に転機が訪れた。一九五四年度の計画を話し合う十二月の会議で、論争が持ち上がったのだ。

会議はすでに二時間余り経過していた。各管理部門の主任や分隊の隊長が相次いで発言し、計画の細部に補足を加えたり、字句の修正をしたりしていた。きゅうすのお茶は白湯と変わらないほど薄くなってしまった。机上の煙草もなくなり、吸い殻を丸めている人もいる。羅隊長が散会を宣言しようとするまさにその時、曾技師が唐突に問題提起を行なった。胸をきつく机に押し当て、曾の目は灰皿を見つめている。

「指標。来年の各項の指標のことですが、みな少し低いのではありませんか？」

あたかも誰かが部屋中の窓を開け放ったかのように、会場の空気は一変してしまった。椅子にもたれて居眠りしていた人も、腰を真っ直ぐに伸ばした。先を続けるよう羅隊長は曾剛に目で合図した。

「ここにある数字は、我々が実際に達成したものに比べ少し低いようです」。曾剛の手には計画書が握られていた。内心すまないと思っていたので、「少し」という言葉を特にはっきり言って、意見の切っ先を和らげようとした。前々から曾は心中あれやこれや葛藤していたが、今回と過去の会議の空気が依然なまぬるいのに我慢できず、ついにこのような意見を出したのである。しかし予想していたとはいえ、好奇に満ちた、責めるような周りの人間の視線は何と堪え難いことか。

「私は指標をもっと高いところに設けるべきだと言いたい。資材ひとつ取っても、新聞は我々を非難した。このまま何も方法を講じないと来年の赤字はもっと深刻になってしまう。我々の隊は二つの橋を造るのに一つの橋を落としている勘定になると、三分隊の技師が話している……」

羅立正はゆったりと構えていた。曾剛の高くて広い額を眺め、注意深く意見を傾聴しているようだったが、その実こんなことを考えていた――ああ、どうしたんだ。昨日分隊で君と話したじゃないか。指標の高低など何の関係もないんだ。持てるだけの力をみんなが使えばいいじゃないか。「指標が低ければノルマも越えやすい」――この理屈がまだ分からないのか？　国だって損するわけじゃなし。

周主任の弁明が終わると、計画室主任がまたもや「会議の後で検討します」と言ったきり、曾剛の問題提起は何の波乱も引き起こさなかった。しかし、この事件は羅立正に警告を与えることになった――曾剛、この男は変わりつつある！

これ以降、羅隊長は三分隊と曾技師のことを前より気にかけるようになった。果たして羅が予想したとおりだった。もともと新奇なことばかり起きていた三分隊だったが、一九五四年は特にそうだった。三分隊でやることはすべて自分の意図に適《かな》っていると羅立正はかつて思っていた。たとえば、鋼板製の杭を円形に打てないとの悩みが全隊挙げてあった。ところが三分隊の曾技師が「回転杭打機」を考案すると、羅隊長は心からこれを喜び、わざわざ自分から新聞社に電話をかけて「一面トップに載せる」ようお願いしたほどだった。局の指導者も拍手喝采した。しかし、五四年に三分隊がやったことは、いささか棘を含んでいた。たとえば三分隊は、長春の経験に学んで青年節約隊を発足させた。他の節約隊では鉄屑を拾う程度だったのに、三分隊では「反浪費展覧会」のようなことを始めたり、「資材消費のノルマを減らす要求」を出したりした。節約など工務局や橋梁隊の主な仕事ではないし、反浪費に至っては工務局の指導意図から大きく外れていた。これらはさておき、六月には、曾剛が工務局の局長に手紙を書いて一大提案を行なってしまい、当然その中には橋梁隊に対する批判が含まれていた。局が三週間、返答を留保していると、今度は同じ内容の手紙が部に現れた（訳注―部→工務局→橋梁隊本部→各分隊の順に命令が下りてくる）。

以前だれかが責めるような口調で曾剛のことを「大胆だ」と言ったが、羅立正は結論を下さず、こう思った――大胆でどこが悪いのか、発明や創造をやり遂げ、業績も隊全体のものになるではないか！　だが今回、羅立正はついに「大胆さ」の本領を味わうことになった。判断に困る問題にぶつかると、三分隊は電話で隊長をさがすのだが、他の隊だと単に指示を仰ぐか報告するだけなのに、三分隊はそれだけでは済まず、問題を提起したり、やたら催促したり、議論を吹っかけてくるので、羅立正は電話のベルを聞くと不安を覚えるようになってしまった……。

こうした大胆さから事業を守るため、第三分隊に制限を加えるようになった。計画や技術プランを審査する際、三分隊には厳しく行なわれた。他分隊の技術プランに二〇％の保険をかければ、第三分隊には必ず三〇％以上かけるよう求めた。他分隊が提出した数字は、見積もり段階で出されたことが明白であっても、それ以上詳しく調べないのに、第三分隊の数字はぎりぎりまで細かな計算をした後、さらに繰り返し疑われ、何度も問い直された——問題はないのか？　計算できているか？　あってもなくてもいいような報告表や資料の類いは、他分隊では必ずしも出さなくてもいいのに、第三分隊では必ず、それも期限内に提出しなければならなかった。普段でも機材・機械・工具がタイミングよく供給されないのに、第三分隊にはとりわけ遅く届いた。慌てて催促すると、君たちの隊はしっかりしており先進的だ、少しくらい遅れたっていいじゃないか、階級的友愛精神を発揮して、落伍している職場を助けてくれよ、などと言い返される始末だった。

仮にあなたが異論を持っていて「できるだけ言ってほしい」と言われたとする。しかし具体的な物事に具体的な理由で異を唱えるには、古今東西の夥しい数の技術や資料のほか、枕のような厚さの規則・制度を参考にしなければならない。誰が正しく誰が誤っているかをはっきりさせるには、時間と精力を消耗する決意をしなければならない。だが、そんなことに構わずどんどん仕事を進めたいと思う人間が一人でもいれば、こうした決意もできなくなってしまう。しかし、事あるごとに議論しようとする態度、いたずらに時間を空費するかのような議論それ自体が、客観的に見ると「冒険を抑える」作用を生み出すのである。

こうして、隊本部と三分隊の指導者の関係が、日に日にこじれてきた。仕事の利益を守るため、抗議すること以外に三分隊には一つのやり方しか残されていなかった。つまり分隊で責任を負ったり解決できることとは、隊本部と無駄口をたたかずに、自分たちで方法を考えるのだ。

だがこうしてみると、事態はさらに複雑になった。三分隊から本部への電話が減ること自体が、「規律を守らない」との罪状に値するというのである。

業務会議の席上、低い業務指標を拒否して、曾剛が周主任と渡り合い、会議の後、自分の意見を工務局の局長室に直接持ち込むに至って、隊本部は騒然となった。作業配置室主任はこの件を「反党行為か否か」のレベルで批判を加えた。管理部門の幹部には意外にもこの見解に賛同するものがいて、問題を党委員会の会議に上げて「反党行為と認めるよう」主張した。党委員会書記が曾剛の行為を表立って釈明するに及び、批判はやっと打ち消された。しかしこうした批判の影響で、この時から曾剛を危険人物視する人々が出てきた。曾剛を理解し同情する人々は、陰でひそかに心配することしかできなくなった。

隊本部の一部幹部の間では、一種の世論のようなものが形成された。三分隊はやたら物議を醸し出し、指導が最もやりづらく、曾技師は最も付き合いにくい。原因は？　至極簡単だ――あいつは「あまりに大胆すぎる」。

こうした世論の圧力で、曾剛本人すら自分が大胆であるのを度々否定するまでになった。曾と話している時、彼は自分が大胆な人間などではないと何度も言い、自分の思想・行為のすべてはごく平凡なものであり、大胆なところなどどこにもないと言った。

後で知ったのだが、橋梁隊では「大胆」という言葉は「でしゃばり」「思い上がり」「無鉄砲」「無責任」などの言葉との混合体であり、時には「冒険」と全く同じ意味なのだ。曾剛自身この言葉を恐れたとて何ら不思議はない。

話を元に戻そう。私が湊口大橋から戻って二日後、羅隊長と曾技師が話し合いの機会を持った。初めはプライベートな性格の話だったが、終わりには純粋に仕事の話になった。政治的な話、といっても過言ではない。

長いこと羅隊長の家に来てなかったせいか、曾剛は部屋に入ると緊張で全身が強張るのを感じた。今度の試験は駄目だろうと思いつつ、試験場に入っていく小学生みたいだった。

二年前、最後に曾剛が来た時と同じように、羅隊長は親しみ深い態度で曾剛を破れた回転椅子に座らせ、自分はお茶を入れにいった。

いつものように時候のあいさつをし、隊についての雑談を交わした後、羅立正はいつの間にか話を本題に持っていった。

「難しい、難しいことだ」。羅立正は声を長く伸ばして言った。「ここ数年、我々の祖国が建設した成果は全く驚くべきものだ。木造の橋を架けていた頃を覚えているかね。今と比べてみたまえ。全く昔なら考えもできなかったよ……」。冷めたお茶を一気に飲んでしまうと、羅は先を続けた。「もちろん欠点がないわけじゃない。当然あるさ。我々にしたってこの程度の力でこんな責任を負っているんだ。欠点がないとは言えんさ。欠点はあるのだ……」

羅の口吻《こうふん》を聞いた曾剛には、今の話が枕にすぎず、次に今の内容を否定することが分かっていた。まず肯定して、それから否定する。表があれば、裏もある。こうしたやり方は実に効果的だ。

思ったとおり、羅の眼光は真摯な、そして感激したような趣をたたえ、語気には一段と力がこもってきた。

「しかし欠点がいかに多かろうと、やはり成果が一番大切なのだよ。この点を軽視する者は必ず誤りを犯すことになる。橋梁建設についてもそうだし、我々の隊についてもそうだが、とかく我々をやれ浪費しているだの原価がかかりすぎるだの批判する人がいる。これはすべて事実だ。確かに事実はその通りだし、欠損は欠損だ。しかし橋はどうだ？　橋は結局でき上がったじゃないか。我々が来なかったら、この一帯では黄河に橋が架からなかった。我々がやってきたからこそ——ここに橋が架かったんだ。無から有へ。こういうのを成果っていうのだ。そうさ、金は多少多めに使いはしたが、橋は出来上がったじゃないか！……」

こう言いながら羅はポケットから薄っぺらい紙を探り出した。原稿の〝ゲラ〟だった。手渡された曾剛は、それが何だか一目で分かった。三分隊の通信員が書いた原稿である。羅隊長が何度もしつこく何を言おうとしているのかと思えば、こんなことだったとは！　曾は笑った。

この「笑い」に深い意味はなかったが、羅立正は急に表情を変え、立ち上がって歩き回り、言葉を荒げた。

「『保守的な指導をしている』だと！　『保守』だと！　根拠はなんだ。指標が低いからか？　ノルマの達成が遅れているからか？　だがこれは工務局を通して決められたことなんだ。まして局の管轄下にある部署や隊では状況はみんな同じなんだ。橋梁隊が保守的な指導をしているということは、工務局が保守的な指導をしているというに等しい。こんな話を勝手にさせておくわけにはいかん……」

　こうした議論が何の結果ももたらさないことは分かっている。曾はこの問題を展開して存分に論争してみたいとかねてから思っていたが、羅の家は適当な場所ではない。党委員会の会議でやるのが一番だ。話し合いを早めに切り上げようと曾は言ってみた。

「この原稿は労働者の労働意欲の発揚なのです。違いますか。タイトルに『橋梁隊三分隊の青年突撃隊はノルマ倍増運動を展開する』とあります。保守的な指導をする、なんて、ちょっと言ってみただけのことですよ……」

　すると羅立正は突然、曾の面前で立ち止まり、目を直視した。そして厳《おごそ》かに言った。

「そう、その通りだ。問題はそのタイトルにある。なあ君、よく考えてくれたまえ。労働者がノルマの二倍をこなそうというのは、今のノルマがあまりに保守的だというのと一緒じゃないのかね？　今のノルマが保守的だというのは、つまり工務局が保守的な指導をしているというに等しい。道理をわきまえた人ならすぐに分かることだ。これがまずひとつ。それよりもっと大切なのは別の隊のことだ。今のノルマさえこなせない隊だってあるのだ。上級である部にこれを知られたらどうなる？　部は各隊みなノルマを上げるよう工務局に命令せざるを得なくなる。それこそ局長に王手をかけるようなものだ。ノルマを増やすことなんて無理なのは明らかだからね。部でもこう言わにゃならんだろう、橋梁隊でできるのだから、どうして他の隊でできないんだって。これだってまだ控え目な見方なのだよ。万一、中央に責任を持つ同志がこのことを知ったら、部の指導者ですら当惑するかもしれない――全国各地で同じようにしなければならないからだ……」

「それのどこが悪いんだろう」。曾剛の心は怒りで燃えてきた。と同時に、羅の意見を滑稽だとも思った。「みんながノルマを超えるようになるのに、どこが悪いんだろう?……」

例によって、曾剛がかっかしてくると、羅立正は無難な話題に転じた。洪水が来る前にいかに準備を整えるか、期限の過ぎたセメントや規格に合わない石材をいかに処分するか、こうしたことを曾剛と真剣に話し合った。次回の業務会議をどうするかに話が及んだころ、カラスの群れが屋根から鳴き声を上げて飛び去っていった。家から見える黄土の山では、段状に重なったいくつもの窰洞に、灯火がまばゆいほど燃えている。疲れた曾剛は欠伸が出かかり、片手は軽く机の上を叩いていた。羅は話の最後をそそくさと終わらせると、立ち上がり、親しみのこもった握手を曾と交わした。

「事は我々が考えている以上に複雑なのだ。この原稿は慌てて発表することはないと思う。党委員会の書記と検討してみよう……」。曾の目に反対の意思がないのを見て取ると、もう一歩踏み込んで言った。

「ノルマ倍増運動に私は反対じゃない。だけどこんな大事は党委員会で検討しなければ。まず先にその二つの突撃隊にやらせてみて、運動化するかどうかは後で考えればいいじゃないか……」

二人はすでに家を離れていた。見送りのため通りに出たところで、羅立正は身内に話すような口振りでささやいた。

「古くからの仲間だと思って言うんだけど、君のことを偏狭《へんきょう》なやつと思っている連中が隊本部にいる。君の欠点ばかりを見て、成果を見ようとせんのだ。指導者のあら捜しをするのは反党的感情の表れである、なんて言う責任者がごく少数だけど、いるんだ……」
河岸に向かって歩きかけた曾剛は、最後の言葉を耳にすると、不意に立ち止まった。空はもう暗くなっており、川から吹き付ける風は息もつけないほどである。話を続けるような時間では明らかにない。背中を風の方向へ向け、曾剛は数秒立ち止まっていた。が、一言も口にしないまま、そのまま立ち去った。

川の流れは一度切りであって、前の流れと完全に重なる流れなど、この世界には存在しない。実験室での調合や設計室で引かれた図面よりも、自然界は複雑なのだ。仕事の必然ともいうべき偶然的要素を、優れたエンジニアなら避けようともしない。建設とはすなわち不断の探求であり、模索であり、新しい方法の発見であり、それらを否定し去って、より新しくより合理的な方法を創造することなのだ。

設計図あるいは計画はスケッチにすぎない。労働の絵筆がそのスケッチをあでやかな色彩に塗り上げて、初めて本当の絵が出来上がる。最初の土を掘り起こし、石を爆破してから、最後の桁鋼を無事取り付けるまで、勤労大衆の考え出す幾多の「独創的発想」を必要とする。そうして初めて橋というものが、最小限の力で立派に・迅速に出来上がるのだ。大衆は自分の手をより有効に使う方法を考え出すだけではない。幾万もの手がよりよく組織できるよう指導者を助け、指導者の目をいち早く解決の必要な問題に向けることもできる。これから起こるかもしれない災害を未然に防ぎ、すでに起こってしまった災害を早期に克服するよう働きかけることもできる。「橋を造る」とはこうしたことであり、仕事をするとはこういうことなのである。

人間の中で最も貴重な資質の一つは、こうした能動性ではなかろうか。橋梁隊で労働者や技師とともに暮らしていると、彼らが多くのことに苛立ち、不安になり、あれこれ議論するのを私は常に見て取ることができた。彼らと一緒にいると、あなたもまた興奮し、気を揉むだろう。なぜなら多くの聡明な頭脳が我が国を思い、不安に揺れる心が我々の事業に一喜一憂しているからだ。だが斬新なアイデアの多くが実現しないこともあれば、有益で優れた意見の多くが空論と化すこともある。

隊長室の外に、大きな文字で「意見箱」と書かれた大きな木箱が壁に掛かっている。鍵は錆び付いており、意見を入れていく者もいない。出退勤する労働者は隊本部前を必ず二度通り過ぎるのに、事務室に入って腰を下ろし、話をしていく者もほとんどいない。だがそれも無理からぬことなのだ。有益な意見や提案ですら排除されてしまうのに、話をしていっても何の役に立つというのか。隊本部は一種、違った雰囲気なのだ。

隊本部で最もよく使われる重要な言葉は「正常」である。毎週開かれる計画会議の際、管理部門の主任が一週間の仕事を振り返って口にする言葉がこの「正常」だった。業務命令の電話でも、局あての報告でも、「正常」が使われる。

いわゆる「正常」とは、伝達すべきこと・手配すべきこと・討論すべきこと・計算すべきことを、一切やり終えた状態を指すはずだ。だが、以上のすべてをやり終えた後、下級機関で何か困難や問題があったり、大衆に何か要求や提案があったとしても、それは問題にならなかった。

工務局から下りる決定や指示・規則・制度を、羅隊長はそのまま承認するだけだった。大衆の考え・意見・方法など、たとえ指示の実行に必要であっても、羅は相手にしなかった。計画や規則の範囲内を逸脱したり、羅隊長自身、考えも付かなかった提案が出ると、彼は煩わしさと緊張の入り交じった気持ちで対応した。隊の秩序を不注意にも犯し、隊の「正常」な状態を破壊する提案、五年前に決めた規則のいずれかに違反する可能性のある提案、あるいは――特にこれが重要なのだが、局で現在提唱しているのと全く異なっていたり、「指導意図」に背く可能性すらある提案だと、羅立正は色を失って驚き、その提案を異端と見做し、「冒険」ということにしてしまう。

機会あるごとに羅立正は隊本部と各分隊の幹部を諄々《じゅんじゅん》と諫《いさ》めた。

「我々にとって最も重要なのは指導意図をよく理解することである。上級の困難に対しては、彼らの身になって理解してやらねばならん。指導者が不注意で、いい加減で、ぐずぐずしているように見えるかもしれない。しかし彼らには彼らなりの考えがきちんとあり、意図というものがあるのだ……」

上級の決めた規則を実行するのに、羅立正は一貫して全力を傾注してきた。そのため仕事上の利益をいくらか犠牲にしたこともある。次のような奇妙な事件に私は遭遇した。

石積み式のアーチ橋に使う方順石《ほうじゅんせき》(訳注―アーチ状に組んでも滑らないよう表面にギザギザがついた角石)は、誤差二センチ以内に押さえるよう工務局が要求していた。技術室でも、この指示に従ってほしいと石工に言っていた。そこで二センチを超えるものはすべて廃品扱いとなった。ところが半月かけて数千個の方順石を作ってみると、七五%が要求に合致していなかった。これでは労働者は基本賃金すら受け取れない。しかしアーチ式の石橋に使う方順石はそれほど精密である必要などなく、石質も元来荒いので、どんなに精密に作ったところで角が欠けるか、ひびが入ってしまう。熟練工と技師が何度も主張し、激しく言い争った末、技術室の周主任が現場へ実地検分に行くことになった。すると確かに労働者は怠けているわけでもなければ、技術的におかしいわけでもなかった。この種の石材は精密に加工できないだけのことだった。隊本部に戻った周主任は羅隊長に報告し、二人で意見交換をした。その結果、羅隊長の署名で次の命令が出た。

「……アーチ式石橋の質を確保するため、方順石の規格を勝手に変更することを禁ず。工務局の規則を厳格に実施し、決められた規格に従って加工するよう命ずる……」

一連の話が後に工務局に伝わり、局でも人を派遣して検査を行なった。すると、方順石の誤差を規格の四倍――つまり八センチにしても、橋本体に何の影響もないことが分かった。一方、すでに廃棄処分に付された数千個に及ぶ石は、影も形もなくなっていた。市建設局に譲って、道路の敷石にしてもらっていた。

上級の規則を遂行する点にかけて、羅立正は向かうところ敵なしだった。従業員の安全に注意するよう局が隊に通知すると、隊本部では労働者にかならず三回、安全について討論させた。安全問題についての学習体制を整える必要あり、と局が言えば、橋梁隊では一週間、夜の時間を利用して報告を作成し、討論を幾度も重ねた。だが、一週間が過ぎてしまえば、隊本部では安全問題を完全に忘却して構わなかった。

こういうのを「似て非なる」態度という。

技術室主任の周維本は真っ先にこの「精神」をマスターした。万事「不十分」といえばそれで済む。各分隊から技術計画や措置が上がってくると、技術室では元の係数に二〇％の保険係数を必ず上乗せした。「極力安全を守れ」との要求で、何百トンものセメント・鋼材・木材がむざむざ浪費されていった。だが周主任に罪を被せることなど誰にもできなかった。なにしろ「安全第一」ではないか。上級の命令だし、周維本も一元だって懐に入れたわけじゃないのだ！　……

党委員会の執務室で、書記の章志《しょうし》華《か》氏とこの「似て非なる」問題について私は語り合った。今回の取材で見た状況を私は話した。聞き終えると書記は煙草の葉をつかんで、使い込んでテカテカに光ったパイプに詰め込んだ。勢いよくスパスパ吸っているうちに、煙草の葉に火が着いた。顔には苦笑が浮かんでいる。昔の不愉快な経験を思い出したに違いない。

「橋梁隊の隊長といえば、組織性にも規律性にも富んだあの人か、と局の人間も、それ以外の人間も認めている。羅隊長ほど指示を仰ぐ頻度の高い人間はいないし、局のどんな指示でも橋梁隊では断固として貫徹されている。これはまあ事実だ。だがそもそも組織性とか規律性とは何なのかね。中央の政策は学習せず、中央の決定や指示もあくまで局の指示と同じでなければ相手にしない。党機関紙の社説もあまり読んでいないし、だいいち社説は『一般的な状況』に重点を置いて執筆しているのであって、我々の隊は『具体的な状況』の中にあるのだから、同一視できないなどと言っている……」

乱暴に煙草をふかした書記は、むせてしばらく咳き込んだ。

「方針は一つだ。新聞の社説の通りに事に当たらなくとも、それだけで処分はされない。これは誤りのうちに入らんのだ。行政の命令にしたがって仕事をしていれば、党の政策に違反したとしても責任は下級までやってこない。ま、要するにこういう論理なんだな……」

瘦せこけた、そして貧血のため青白い顔をした書記の話を聞くうちに、日々の仕事で書記が直面する困難が何なのか、私にも分かるような気がした。

隊長は党委員会の委員なのだ。党委員会の会議で、羅は一度も決議に反対したことがない。党委員会書記の持論も尊重していた。だがどんな決議であれ、意見であれ、実行に移すには具体的な条件というものが必要になってくる。そしてその条件は、行政上のサポートがないと生まれ得ないものなのである。行政指導者――つまり隊長は、具体的に困難を一つ一つ列挙することができるし、隊長が望まない、または当面の急務と思わないようなことは、思うまま遅らせることができる。しかし、そうであっても隊長を責められない。党委員会の決議自体に反対したわけではないからだ！

党委員会の章書記が来て三カ月。形勢が自分に不利と悟るや、書記は主な精力を現場に注いだ。政治工作に長年携わってきた嗅覚を頼りに、直ちに三分隊に目を付けた。三分隊の曾剛も三方面から書記を助けた。まず行政上の指導者および主任技師として、書記の提案を実現する方法を分隊内で徹底して考えた。そして党委員会の決議に従い、真の競争を行なうことによって、労働者に実行可能な効率化を実現した。次に共青団委員会の委員として、三分隊に三つの青年団監督所を真っ先に設け、行政管理と工事組織の在り方を大幅に改善した。最後に、一人の仲間として、橋梁建設の原理や工事組織上の基本原則を、門外漢の章書記が一目で理解できるよう助力した。

まず三分隊をひな型にして他の分隊にも広げていけば、隊本部の指導者でも業務改善をせざるを得なくなるだろうと章志華は踏んでいた。だが現実は章書記の考える以上に複雑だった。三分隊の経験を他の隊に伝授するのは簡単だ。しかし隊長の根本的な態度はそれくらいで変え難いし、隊長の態度が各管理部門・各分隊に及ぼす影響もまた変え難かった。「変え難い」どころか、良いはずのものまで変質してしまうのだ。三分隊で設けた「青年団監督所」が五分隊に普及すると、たちまち「表彰所」に変わってしまった。誰かを一回批判するごとに、壁新聞や黒板で別の人を五回褒める。これは、褒める回数を増やせば、監督所は大衆から遊離しないとの隊長のお達しだった。二分隊の監督所はできてから五日余りで、分隊本部や大隊本部の仕事上のもたつき・ミス・無責任を十三件も摘発した。が、七日目に大隊本部から共青団支部書記がやってきて、羅隊長の意見を眉をしかめて伝えた。監督所は労働者大衆の問題を監督するのであって、矛先を指導者に向けるべきでない、そんなことを続けていれば指導者の威信に傷がつく恐れがある。

こうしたことが起きるたびに、隊長をいちいち捜して歩くことなど、党委員会書記ひとりにできるはずもない。その上、橋梁隊では論争を展開する雰囲気など存在しなかった。指導幹部の誰かがもし面と向かって他の指導者に反論すれば、皆これを「不正常」と感じるし、その場に居合わせた人々も居心地の悪さを味わう。もちろん章志華もこの伝統による拘束を受けないわけにいかなかった。いわんや会議の席に問題を持ち出し、出席者も真理を明らかにすべく闊達に議論をする決心をしても、やはり思い通りにいかないのが問題なのだ。なぜなら論争相手が矛先をかわし、議論に応じようとしないからだ。何度話し合っても結局何にもならず、曖昧なまま終わってしまうのが落ちだった。

四

私の記憶にある羅立正は一九四九年、軍の南下とともに数十キロの荷物を担ぎ、早朝から深夜まで京漢線沿線で奔走していた人間である。その当時、仕事は確かにやりづらかった。労働者の募集・訓練・機材の調達、すべて自分でやらねばならなかった。橋梁建設のため与えられた時間も大変短かった。

テントの傍らに火を起こし、ぐっしょりと濡れた衣服を乾かしながら、幾晩も幾晩も私たちは闊達に四方山話《よもやまばなし》に耽《ふけ》った。勢いよく燃える炎を見つめながら、若い人間が語り合うのだ。闊達にならないほうが不思議である。

「戦争が終わってからも私は橋を架けたい」と羅立正は言った。「技術を十分に研究し、まとまった人間を率いる。機械――そのころには機械もきっとあるだろう。そして黄河や長江に大橋を一本一本架けてゆくんだ!……橋がなけりゃ道路も通らない。橋を架ける人間が通った後には、どんな大河だろうが渓谷だろうが、誰でも易々と渡ることができる……」

橋を造る話から、話題は自動車やトラクターを造る話に移り、戦車の大砲の話をしてから、再び橋を架ける話に戻っていった。

「君はアーチ橋を見たことがあるか」。燃え盛る炎の近くにいる仲間に向かって、羅立正は尋ねた。

「ものすごくきれいなんだ。まるでリボンのようで。今は石のアーチ橋しか造れないが、もし黄河や長江に鋼のアーチ橋を架けることができたら、もっと美しいだろうなあ……」

自分の幻想に照れたのか、羅は軽く笑った。赤みの差した顔と明るいまなざしを炎が照らしていた……

六年の歳月が流れ、過去は夢と化してただ現実のみが残った。羅立正。この男が黄河に架けた橋は一本にとどまらない。中国初の大アーチ橋も、こうして彼の手で架けられようとしている。

奇妙なのは、現在の羅立正が架橋に感動していないことだ。もちろん、ここ数年の成果を振り返ると羅は誇りに思うだろうし、疲れた顔にも微笑みが浮かぶ。だが、それもすぐに消えてしまった。

では羅立正が何事につけ淡々としているかといえば、そうでもない。私の友は新たな道楽を見つけたのである。羅は狩りが大好きだ。毎週水・木曜日になると、自分でジープを駆って野原へ行き、野ヒツジを撃つのが習慣になっていた。ある晩——たぶん木曜だったと思うが、町から帰ってきた羅は私を見るや直ちに家に引き入れ、紅茶を三杯もご馳走してくれた。猟銃を磨きながら、身振りを交えて私に語り始めた。

「奇遇だよ。本当に奇遇っていうんだなあ！　ついさっき道で野ヒツジに出くわしたよ。車を見ても逃げないで、道路の真ん中に突っ立っているんだ。首を真っ直ぐ伸ばして、小さな目をぱっちり開けて、車のライトを見ている。弾を込めて照準を合わせ、引き金に手をかけたんだけど、何だか弱気になっちまって、クラクションでそいつを追っ払ってしまったよ。変だなあ、全く変だ……」

羅は自分でもおかしくてしょうがないようだった。野ヒツジの話をした瞬間、羅の容貌や表情が一九四九年のあの頃に戻るのに私は気づいた。燃え盛る火のそばで夢を語ったあの様子に……

その後、別の狩りに行った時、野ヒツジを追いかけるため、村も店も見えぬような草原の奥まで車を入れてしまい、エンストしてしまった話をしてくれた。話が終わると、今度は引き出しを開けて木箱を取り出し、キズモをかけて時計の修理をし始めた。これも羅の新しい道楽の一つだった。——暇な夜、静かな部屋でひっそりと腕時計や懐中時計を修理する。隊本部の人はこの趣味を知っており、時計が故障すると隊長を捜して修理を頼んだ。羅立正の方はといえば、この時計修理を憂さ晴らしにしていた。

そうだ。羅立正は変わってしまったのだ。ここ数年の試練を経て、羅は確かに昔より円熟した人間になってはいた。が、時の流れは羅の身に別の何かを注ぎ込んでしまったようだ。この変化が何なのか、私はすぐに言い表せなかった。しかし私の記憶にある昔の羅立正は、何事につけ興味を持ち、いつも自分の手で何かを探求しないと気が済まない男だった。それが今では、具体的なことや複雑なことを毛嫌いするようになっていた。隊本部の計画会議の席上、各管理部門の主任が問題提起をする時——例えば、出来高賃金制を採用しても、ノルマ自体が不合理なため労働者に不満がある、といった類いの問題——黙して語らない羅立正の顔に浮かぶのは、熱意のなさと煩わしさが混在した表情だった。工務局が羅に会議を招集させるのは、たいてい隊の仕事が忙しい時だった。羅立正は通知を握って人に見せると、泣くとも笑うともつかない表情になる。見てくれ、また来たぜ、本当にお手上げだ！　という意味である。しかし町に出たとしても二、三日あれば――実は翌日に戻ってくることも可能なのだ。私も二度ほど会議に列席した。羅立正は私の近くに座っていた。数時間に及ぶ報告と発言は、いささか長くはあったが大変内容に富んでいた。ところが羅に目をやると、ノートに丸を書くか、そばに座っている知人に何か冗談を言っている。人の発言を聞こうともしなければ、座ったままで退屈している様子もない。そうだ、会議に出席しても、議長になったり発言しなければならないわけではない。自分の仕事の問題点を自宅で聞かされるよりは楽である。じっと座ったまま何も考えず、何もしなくても時間はチクタクと滑るように過ぎ去ってしまい、それでも仕事をしていないことにはならない……

変化について言うならもうひとつある。自分の考えと違っていたり、自分では理解できないことを見ると、羅は自分を疑ってかかるどころか、反対に、軽蔑を露にして相手の揚げ足を取った。頭ごなしに嘲笑することもあった。

「見たかね。曾技師は『紅楼夢』を読んでいるんだ！」。口を私の耳元に押し当て、羅は唐突に言った。訳が分からずにいる私を見ると、重ねて「共青団委員会委員であり、技師ともあろう者が、なんと『紅楼夢』を読むとは！　こりゃまた愉快だ！」とくる。

私はこう言ってやりたかった。おかしなことなどあるものか、橋梁隊長で党委員会委員たる者が一、二週間新聞も手にとらず、小説も全然読まない方がよっぽどおかしい。

私は笑い話を思い出した。あるところに怠け病にかかり終日床に就いている者がいた。人間の最も正常な姿勢は「横になっていること」だと思い込んだ彼は、通行人を異常な姿だと思い、一生懸命あくびをして相手を嘲笑し、相手の頭を覚まそうとした。

……四月末の夕刻、凌口大橋の工事現場から羅立正の車に乗って、私は隊本部に戻ろうとしていた。羅自ら運転し、私は彼の隣に座った。

ずいぶんと風が強い日で、茫々《ぼうぼう》たる黄土の煙霧《えんむ》の中、車はゆっくりと前へ進んでいった。車の前についている小旗が、暴風に打たれてしきりに震えている。ジープの隙間から砂塵が入り込んでくる。髪の付け根が砂でゆっくり埋まってくるような感じがした。

この日、二人の気持ちはすれ違っていた。車に乗ってから一言も口をきかず、私の友は眉をしかめて逆巻く黄土を窓越しにじっと見つめており、両手は慎重そうにハンドルを動かしていた。走り出してから十数分ほどして、羅は急に苦々しく唾を吐いた。てっきり口に入った砂を吐いているのだと思ったが、羅は続いて、

「燃え盛る炎だな！　……」

と言った。

どうやら、ついいましがた三分隊で開いた労働者との会議を思い出しているらしい。とんだハプニングが起こったのである。羅隊長は単なる報告をしにきただけなのに、労働者たちが隊本部に向けてあれこれ意見を出してしまった。羅隊長にとって当然、不愉快なことである。

「君は軍隊を率いたことがあるかね？」目を前方からそらさず、頭をやや私の方に傾げて言った。

「古い諺に『兵を率いるは虎を率いるごとし』というのがある。だけど、労働者を率いる方が、兵隊を率いるよりよっぽど難しいと思うよ。軍隊の幹部が全く羨ましい。軍隊では戦闘計画を兵士

と話し合う必要がないし、兵士が連隊長に意見するなどもってのほかだ。……だが俺たちのところでは、なんだかんだ言う奴がいっぱいいるけれど、細かなことばかり。いつ騒ぎになるかも分からない。事故になれば指導する人間が真っ先に矢面に立たされる……」

私は羅に反論した。確かに労働者は無遠慮に意見を出すけれど、労働規律と技術上の規則はきちんと守られている。橋梁隊に滞在して半月余りになるが、隊本部の命令が現場で守られなかったことなど見たことがない。

「けど、あいつらは文句ばかりなんだ！　空が欲しいと言ったら半分あげなきゃならないくらいだ！」。羅立正は力を込めて頭を何度か揺すった。「それに我々橋を架ける人間がどれほど誤りを犯す危険があるのか、君は知っているのか？　風や雨、洪水や流氷、お天道《てんとう》さまは相談しちゃくれんのだ。これがまず一つ。川底の様子は探ることも見ることもできない。これが二つ。上級の政策・決定・指示は疎かにできない。これが三つ。いまじゃ四つ目が増えた——人民監察室、建設銀行による監督、労働者の意見……」

前方に標識が現れた。稲妻がつながったような印が書いてある。道の右側には山が、左側には峡谷があり、前方には標識と同じ形をした道路がある。うねうねと曲がりくねった道を通り過ぎると、羅立正は話を続けた。

「いつも思うんだが、党の正しい指導があれば、我々がやらねばならぬことなどあるんだろうか？」。羅は黙ってしまった。まるでこの問いにどう答えるべきか私に考えさせるかのように。しばらくすると羅は、一語一語はっきりと後を続けた。「誤りを犯さないことがまず第一だ！　誤りを犯さないことがすなわち勝利なのだ！　これだけでもやり遂げるのは難しいが……」

この話、多少の道理があるように聞こえるが、必ずしも正しいとはいえない。今回、橋梁隊で見聞したことにこの話をつなげてみると、私にはその意味がはっきりしてくる。かりに私たちが今、車でなく船に乗っているとしよう。水夫が言う、よし、停船しよう、そうすれば坐礁の危険は避けられる。……いや、違う！　航行の目的は坐礁しないことではない。仕事の目的は誤りを犯さないことではないのだ！

口をきつく閉ざして思いに耽《ふけ》る羅立正を見て、私はやっと彼のことが分かったように思えた。

空は完全に闇に閉ざされてしまった。ヘッドライトの光の中は砂塵の海だ。私たちの服や肌は真っ黄色な砂に覆われてしまった。砂塵が鼻を塞ぐので、息をするとチクチク痛んで困った。

五

四月も末になると、黄河の水が黒ずんできた。

洪水がまもなく来るという警報である。この辺では、架橋に携わる人々は一年に二回、自然の脅威と向き合わねばならない。春の洪水と冬の流氷である。

日一日と水位は見る見る高くなり、流れも日増しに急になった。労働者の焦りは流水よりも急である。橋脚を早く建造して水面から出しておかないと、半年もの時間が無駄になってしまうからだ。秋に洪水が引くまで、仕事が続行不能になる。そこで、作業のスピードを上げることになった。

だが洪水の方も先を争い譲歩しない。造りかけの橋脚に縦横無尽に襲いかかり、川の中央にある鋼板杭を押し倒そうとした。

水位観測所は毎日、電話で何回も水位と流速を知らせてくる。安全に作業ができる日は、指折り数えるほどしかなかった。しかし黄河に建設中の二本の大橋では、橋脚二基がなお工事中だった。鋼板杭が押し流される危険がある。

五月七日、アーチ橋の一号橋脚鋼板杭が最高水位の水面を仰ぐ形で後方へ傾いてしまった。工事を続けるのか？　それとも先に鋼板杭を補強するのか？　考えの決まらない主任技師は、隊本部に指示を仰いだ。羅立正は橋のたもとに走り寄り、様子を見た後、駆け戻った。憂いに沈んだ面持ちで思案を巡らせた。工事を続けてみようか。だが出来上がるとは限らないし、鋼板杭が倒れたり、水に漬かったりしたら一体どう処理しよう？　では工事を中断しようか。だが万一、ひどい洪水が襲った場合、その後橋脚を水面から出す術がなくなってしまう。その責任は誰が取るのか？　決断しなくては。即刻決定を下さねば。だが難しい！　どんな決定をしても十分な見込みはなく、誤りを犯す可能性は七割だ。責任を負おうにも、こんな責任は負い切れない……

とっさにいい知恵が浮かんだ。工務局に指示を仰ぐのだ。これより他にいい考えはない。所長か局長に話せば、一切の問題が、一切の困難が消え去るだろう。

そこで羅隊長は電話を取った。だが所長も副所長も不在である。もう一度かけてみたがやはりいない。三度目には、会議中の所長を交換台で捜し出してくれた。しかし羅隊長が川辺で水流の勢いを実際に見ているのに対し、所長は見たくとも見られない。当然、検討の余地が必要となった。どう対処するか夜、電話で通知すると所長は約束した。

電話のそばで羅立正が焦ったり、局と電話で話している間、黄河の水は川の中央にある鋼板杭を猛烈な勢いで叩いていた。午後五時――。羅立正がようやく所長の声を聞いたまさにその時、円形に囲んだ鋼板杭は平べったい形になり、後方に傾いて仰向けの状態になってしまった。河岸にいた労働者たちは鋼板杭の場所まで行って、杭に囲まれた機械だけでも救い出そうとした。だがそれは、ほとんど冒険に近い行為だったので、誰も労働者を行かせようとはしなかった。五時半になると、仮橋の丸太がギシギシきしみ始めた。午後六時には、鋼板杭の前にある仮橋が押し流され、切断された。周副隊長が依然として事務室で電話を待っていた七時頃、外から群衆のどよめきや驚愕の声が伝わってきた。直接見なくても、何が起こったのか羅立正にはすぐに分かった。が、ともかく羅は群衆の後について川辺へ歩いていくことにした。鋼板杭は影も形もなくなっていた。羅の隣にいた労働者が泣き声を上げている。

「百本以上もある鋼板杭をどうやって引き揚げりゃいいんだ」

「引き揚げないわけにもいくまい。橋脚はあの場所に造らにゃいかんのだ……」

「揚水ポンプも流されちまった……」

今回の災害の損失を労働者たちは議論していた。羅隊長は彼らよりはっきり分かっており、とっくに考え済みだった。引き揚げの費用、材料費、労働時間損失分の費用……お望みなら羅は十分以内にそれらを計算できた。だが羅は別のことを考えていた。

「運が良かった。電話は何とか通じたし。とにかく私は指示を仰いだんだ……」

同じ頃、凌口大橋でも事件が起きていた。

凌口大橋は大アーチ橋から十数里離れたところにある。アーチ橋の橋脚を襲った洪水は数分後、凌口大橋の橋脚めがけて突進してきた。

五月七日の早朝、橋のたもとのテントから曾剛が出てくる頃、川の水は五号橋脚の杭を押しつぶそうとしていた。杭の囲みの底では、あと六寸ほどで土台が川底に届くところだった。しかしこのままだと仮橋が押し流されて労働者の退路が断たれ、橋脚の工事現場にいる労働者が水没するかもしれない。

「橋脚を水面から出しておかないと、開通に影響するぜ！」

「水かさを見ろよ。もう少しでお前と同じ高さになるぜ」

「何がなんでも橋脚を造ってしまわねば！」

労働者たちは侃々諤々《かんかんがくがく》の議論になった。曾剛は直ちに積極的な人間を集めて会議を開き討論した。作業を続けられるかどうか？　もしできるとしても、安全が保証されるかどうか？

七日の早朝、作業の交替にやってきた基礎工事担当の労働者が、会議の終わりを待たずに突撃隊を結成した。ゴム靴を身に付けた若者たちは、小刻みに震える仮橋を渡って持ち場についた。洪水の勢いがにわかに増せば、持ち場から戻れなくなる心配があった。しかし誰もが知っているように、この八時間が勝負なのだ。主任技師とベテラン労働者が何とかしてくれると若者たちは信じていた。

前日のうちに準備はできていた。仮橋を修理し、ワイヤロープも点検済みだった。鋼板杭の囲

み の底にある揚水ポンプを交換し、鋼板杭の間に支柱を入れ、上部には土嚢をぐるりと積んでおいた。当日の会議ではさらに多くの方法が検討され、方針は次のように決まった。——続けられる限り一分でも長く作業を続けること。水流が激変したら直ちに作業をやめること。党や団の組織の人間も労働者に交じって仕事をした。

水面下では破砕機《クラッシャー》が速度を上げ、辺り一面に掘削《くっさく》の音が鳴り響いている。はしごの上に監視係を置き、担当者は川岸を注視したまま電気スイッチをきつく握り締めていた。岸で旗が振られると、緑の信号を赤に変え、労働者に撤退するよう命じるのだ。

川の水かさが少しでも増すと、ケーソンの底でそれが感じ取れた。正午になると労働者の膝までが水に浸るようになった。午後二時には鋼板杭の支柱が洪水の勢いで切断されてしまい、鋼板杭の亀裂から水がどんどん流れてきた。労働者たちは腰をかがめたまま、身を挺して首まである水を外に汲み出した。こんこんと沸き出る水は、揚水ポンプの太いパイプでも汲み出せなくなっていた。それでも労働者は作業を続け、ケーソンはゆっくりと下へ沈んでいった……

分隊事務室では電話が鳴っていた。が、誰も出ない。数分後ふたたび鳴ったが、やはり誰も出なかった。執拗に電話が鳴り続けるうち、仕事の引き継ぎに通りかかった労働者が気づいて中に入った。凌口大橋の仮橋はもう駄目だから直ちに撤去せよと電話の声が言う。その労働者は、仮橋は昨日とっくに修理済みだから撤去しなくともよい、撤去したらケーソンの底にいる労働者はどうやって戻るのか——と答えた。電話の声はしばらく沈黙していたが、重ねて言った。工事を中止して工務局の指示を待つこと、曾技師と話がしたいので捜してくること。そこで彼は電話を置き、工事現場へ走っていった。橋のたもとに曾技師を見つけると、電話に出るよう声をかけようとしたが、考え直して結局やめにした。工事は急を要しているのだ。一人として持ち場を離れるのを承知しないだろう。こう考えた彼は綿入れを脱ぎ、ゴム服に着替えて仮橋に上っていった。

……事務室では電話の主がなおも待ち続けていたが、もう誰も相手にしなかった。

ケーソンの下では水位がなおも上昇中である。四時間作業をするともうぐったりしてしまう。石粉でむせかえるほど空気が悪い。八時間交代を六時間に変えるよう曾技師は命令した。また極度に疲労した労働者を随時交代できる人員を用意するよう命じた。

……夜が明ける頃、ケーソンは水底に届いた。最後の班の労働者がはしごを伝って水面に出た時、耳がガンガンして何も聞こえないくらいだった。だが心は喜びにあふれ、松明《たいまつ》を燃やしているかのようだった。仮橋がすでに水上に浮かんでいるのもかまわず、仮橋に上がると岸に向かって声を張り上げた。

「間に合ったぞ――!」

「でき――上がった――ぞ!」

「ここはもう大丈夫だ――!」

河岸ではこの知らせを長いこと待ち望んでいた。

しかし作業はこれで終わったわけではない。引き続き石積み工が橋脚に上り、はめ込み石（訳注―橋の装飾用の石）を積み上げるのだ。労働者が上で積んでいると、下では水かさが増してくる、実に冷や汗ものの話である。石を一段積めば、水かさも一段上がる。はめ込み石を積み終えると、すぐに冠水してしまった……

三分隊員たちはほっと一息ついた。この二十四時間、本当に危なかった！　だがこの喜びも長くは続かなかった。数分後、落胆する知らせが伝わった。アーチ橋の一号橋脚が洪水で流されてしまったというのだ。

六

橋梁隊から引き揚げる前に、未完成のアーチ橋に別れを告げるため、私は川辺にやってきた。この橋は、素晴らしい橋となるだろう！　南岸から延びる第一アーチは、さながら鷲の翼のようだ。一号脚の修理が始まれば、もう片方の翼も羽を広げるに違いない。しかし今は、川の中央に一基だけ残っている橋脚の北側に、鉄筋が数本露出しているのみで、アーチ型橋桁の姿はなくなっていた。あたかも翼が一刀両断になって、筋骨だけが残されたかのようだ……。

無論この橋のことだけが残念なのではない。押し流された橋脚も半年後には復元されるだろう。汽車もこの橋の上を通っているだろう。人々も、この雄大な橋を観賞する機会に恵まれることだろう。しかしもっと重要なことがある。

羅隊長と周主任に私は別れを告げた。黄昏時で、工事現場には静寂が広がっていた。いつもなら交代の労働者が行き交っている頃で、一番にぎやかなはずである。一号橋脚が流されてからというもの、各作業はほとんど停止状態だった。不幸な事件に対する哀悼の思いに現場中が沈んでいた。この光景を見て私は思わず溜め息をついた。羅立正も続けて嘆息したが、最近彼が工務局に宛てた報告から考えても、一号橋脚事件の責任が自分にないと思っているのは明白だった。洪水の来るのが早すぎたんだ、自然災害じゃないか、何か手立てがあったのか！……一号橋脚のことを持ち出すたび、羅立正は決まって苦笑交じりに首を振った。はじめ私は、このしぐさが何を意味するのか分からなかった。しかし何度か見ているうちに、不意に私は理解できた。何かいい方法があったのだろうか、我々は不運だったのだ――という意味である。今日もまた溜め息をもらした後、同じ様に苦笑してみせた。

急に私は周主任が好んで口にする言葉を思い出した。そこで私も苦笑しながら「橋を造るのは難しいことですね！」と言った。

「そうなんだ。難しいね！」。周主任は我が意を得たりとばかりに言った。「幸いにも今回、人身事故は起こらなかった。誰も死なずに済んだ。こんなひどい洪水でだよ！　突然襲ってきたのにだよ！　けれども死者は出なかった。これは大したことですよ……」

羅隊長は問題を哲学的レベルまで持っていった。「そうさ、そうだとも。不可避なことだったんだ。お天道さまが我々と相談してくれないのは誰のせいでもない。主観のみに基づいて事を処理しようとしても、通用しない。不可避なことは不可避なのだ……」

私はこう聞いてやりたかった。かりに橋脚も流されず、人身事故も起きなかったとしたら、その方がずっといいではないか。三分隊の凌口大橋はアーチ橋と同じ川にあるのに、「不可避」な災害を避け得たではないか。

帰る途中、私の考えはいつまでもこの問題でかき乱された。そうだ、我々の建設事業がまだ初期の段階では、経験不足のため、不可避の損失を被らざるを得なかった。今後も経験不足や自然災害などを完全に防ぐことはできない。だが、溶鋼の精製やレールの敷設のとき不足が生じたり、木材や資金を浪費するのは「不可避」なことだろうか。こんにちでも条件が全く同じ二つの場所で、事故の回数や仕事の早さ、コスト、質が大きく隔たるのは、どう解釈すればいいのか。

五カ月後の一九五五年十月、毛《もう》主席が「農業合作化の問題について」という報告を発表した。農業合作化への高揚が到来し、資本主義工商業の社会主義改造への高揚が始まるにつれ、工業建設戦線に深い変化が表れた。同年末、右傾化・保守化に反対し、建設速度を上げよとの毛主席の指示があった。これを聞いた労働者たちは「毛主席が我々の後押しをしてくださる!」と言った。

空前規模の労働意欲の高まりが、まず遼寧《りょうねい》省から——撫順《ぶじゅん》の鉱山や瀋陽《しんよう》の各職場から現れ、続いて全国各地で生まれていった。大衆の労働熱は潮のようだった。保守主義者の築いた堤防が破壊され、「先祖伝来ゆえに」「手を付けてはならない」多くの事柄がこの潮に飲み込まれていった。労働者たちは意気盛んで、自らの手で計画や指示を改め、先進生産者の名簿を広げ、幾多の似非なる妄信《もうしん》を打ち破った。昨日の「落伍分子」が、最前列に投入された。一日で二つのノルマをこなす青年突撃手が次々に増えていった。

労働意欲の高揚は過去にもあったし、大衆的な技術改革運動もあった。が、今回ほど広範かつ迅速なものはなかった。保守主義と官僚主義に大衆競争の矛先が向けられたのは、これが初めてだった。何度も考えを練り、意を決して起草した計画が、労働者大会に持ち込まれると、もっと高い要求で乗り越えられた。計画立案に携わる人々はひどく悩み、原材料を供給する人々は忙しくてへとへとになった。

二月。取材のため西北に行く途中、突然わたしは旧友・羅立正と橋梁隊のことを思い出した。氏は今、何をしているのだろう？　相も変わらず泰然自若としているのだろうか？　それとも自分で何度も書き直した自己批判書を、大衆大会で汗をぬぐいながら読み上げているのだろうか？何だか私は笑いをこらえ切れなくなってきた。

ついでに羅立正の様子でも見ていくことにしよう。

高蘭《こうらん》市からバスで二十分余り行くと西岡《せいこう》鎮に着く。ここから山を幾つか越えたところが橋梁隊本部の所在地である。

この辺りは大雪が降ったばかりだった。レール沿いの道は平坦だったので何ともなかったが、山に差しかかると少し辛かった。古い羊革の外套が急に重くなったように感じた。峰を二つ越える頃には、疲れて顔じゅう汗だらけになった。

最後の峰を登ると、思わず私は立ち止まった。眼前には美しい雪景色が広がっていた。果てしない雪が目の及ぶところ一切を覆っている。黄河は見えなかった。風はなく、窰洞や土壁の家からかまどの煙が糸のように上っている。静寂の中、陽光を浴びた枯れ枝と、時折聞こえるチチという鳥の声が、とりわけ強烈な生気を発露していた。口を開き、清新で甘みを帯びた空気を思い切り吸い込んだ。春がもうじきやってくるのだ。

川の中央に屹立したアーチ橋の石橋脚を、陽光が濃く塗り上げていた。まばらな黒い影が、雪の積もった川辺を行き来しているのが見える。対岸も同じだ。目を凝らすと、労働者が木杭を運んでいるのが分かった。一号脚の建設がまもなく始まるに違いない。編集部で読んだ投書によれば、五月の事故以来、洪水のため半年余り橋脚の工事ができなかった。そうだ。十二月になってやっと潜水工に来てもらい、百本以上ある鋼板杭を川底で一本一本、分解した。杭の中にはノコギリで切断しなければならないものもあった。それからさらに時間をかけてやっと川底から引き揚げた。一連の作業は、すでに終了したようである。

後ろでギュッギュッと雪を踏む音がする。振り返ると、労働者が二人、私の後を追っていた。背丈のやや低い方は油垢まみれの黄色い綿入れを着ている。私を見て立ち止まると、大股に私の方へ走り寄って手を取った。クレーン工の張広発だった。以前わたしに縄の結び目を指南してくれた労働者だ。私たちは一緒に隊本部へ向かった。三里の道を歩く間、張は興奮したり憤慨したりしながら、半年のうちに橋梁隊で起きた出来事を話してくれた。張の顔は熱気がのぼり真っ赤になっている。とりわけ白黒はっきりとした目が、稚気を帯びて見える。彼が敬愛している曾技師についいて、なぜ一言も触れないのか私は不思議に思った。曾技師のことを聞いてみると、張は急に立ち止まり、じっと私を見つめ、あきれたように言った。

「なに、曾技師が転勤したのを知らなかったのかい？」

今度は私が驚く番だ。

「あれは六月だったから、もう半年ちょっとたつなあ……」

それまで一言も口をきかなかった張の同僚が突然、訂正を加えた。

「どこが六月だい。五月末じゃなかったか。綿入れをまだ脱いでいなかったぞ……」

「うん。五月末かもしれない」。張広発は慎重に話を続けた。彼らにとってこの人事異動は明らかに橋梁隊の一大事だった。「五号脚を造ってから何日もしないうちに、すぐ転勤になったんだ。人伝に聞いた話だと、隊本部で連日、まるまる一日すべてを潰して会議を開いていたから、てっきり俺は一号脚倒壊事故の調査をやってるんだと思っていた。ところが後で分かったんだけど、曾技師と周主任の関係について討論していたんだと。何でも両人ともに欠点があり、曾技師は傲慢、周維本にも良くないところがあるらしい。……結局、上級の意見は、二人のうち一人を転勤させねばならないというんだ。けれど俺には曾技師に欠点があるなんて信じられない。それなのに、よりによってあの曾技師が異動になるなんて……」

「それは間違っとるよ」。背の高い同僚が言った。張広発より年がかなり上であることに私は気づいた。四十歳くらいだろう。「曾技師にも欠点が全くないわけじゃあない。傲慢なところも恐らく少しはあるだろう。しかし、若い時分、誰だって仕事をするのに欠点はあるさ。張広発よ、お前だって欠点を探そうと思えば、それこそ籠いっぱい見つかるぞ。笑っちゃいかん……欠点の有無ばかりいっても仕方ないとわしは言いたいんだ。何事も、誰が正しくて誰が間違っているかをまずはっきりさせねばならぬ。主任と技師が不仲だからといって、二人とも一概に間違っとるとはいえん。けんかを仲裁する人はむかしよく言ったものさ、一方の手だけでは拍手はできないってね（訳注—一人では何事もできないというたとえ）。もっともこの件は口論やけんかとは別のことだが……」

「二人とも間違っているなら、どうして曾技師だけが転勤になるんだ。納得いかねえよ！」

張広発は口を閉ざし、顔はいっそう赤みを帯びた。

「二人とも転勤させない、というのが呉《ご》書記の考えだった。転勤になるなら主任を出すはずだった。しかし工務局では、仲違いしているなら二人を離さねばならないと言う。ちょうどそんな時、セメント工場で人が足りなくなった。不思議なことに、曾技師のような人が行かねばならなくなった……」

すでに最後の坂道まで来ていた。隊本部の屋根から溶けた雪が滴っているのがはっきり見える。二人に別れを告げると、私は隊本部へと向かった。

ドアを開けて隊長室に入ると、羅立正は机に覆いかぶさるようにして、一心不乱に何か書いているように見えた。よく見ると、なんと羅は腕時計の修理をしていたのだ！　私が入ってきたのを見た羅立正は、驚きの声を上げて私に歩み寄り、左手できつく私の手を握り締めた——右手は油まみれだったので。

満面に喜色を浮かべ、羅は時候のあいさつをした。痩せるどころか、血色も良くなっており、むしろ太ったくらいだ。突然、羅は顔を強張らせ、大変厳しい面持ちで小声になった。

「中央の指示は聞いたかね？」

私の答えを待たず、紅茶を入れながらしきりに感嘆した。

「英明だ。党中央は全く英明だ！　なぜ我々がかくも遅鈍であるのか？　現状に甘んじて進歩を求めんからだ、現状に甘んじてな」

立て続けに党中央の英明さを褒めたたえた羅は、私をちらりと見やると、意味ありげに大笑いし出した。紅茶を一口飲んでから、おもむろに言った。

「纏足女《てんそく》だよ、はは、纏足女。我々はみな工業分野での纏足女だ！　ははは……厳しさがなかったんだな、我々は皆なあなあにやっていたんだ……」。ひとしきり笑ってから涙をふいた羅立正は、意気軒昂に続けた。「豁然《かつぜん》と悟ったよ。こういうのを豁然と悟るっていうんだな！　保守が存在しないなんて誰が言った？　中国に官僚主義が存在しないなんて誰が言ったんだ？　ええ？　我々がそうじゃないのか？　……」

不意に私は知り合いの工場長のことを思い出した。ブルジョワ経営思想に染まっていることを、普段この人は頑として認めなかった。私たちの新聞が掲載した批判記事に「ブルジョワ経営思想」とあったため、工場長は耳まで真っ赤にして反論し、譲歩しようとせず、党委員会の工業部まで訴えを持ち込んだ。ところが上級がブルジョワ的経営現象を批判し、この種の思想が多かれ少なかれ誰にでも見られるとなるや、工場長は人に会うごとに「最も典型的」なブルジョワ経営思想の代表であると自分から言うようになった。そればかりか「徹底した」自己批判までやってのけた。今回の反保守闘争でも、この工場長は勇気を奮い起こして自分が「最も典型的」な人物であるのを認めた。こういった話をするとき、工場長は偶然にも羅立正と同じような大笑いをするのだ。笑い声まで似ている！

羅立正は続けて多くの事例に触れ、「我々」が過去いかに保守的だったかを証明した。何度も繰り返して「我々」と言ったが、口振りからすると、この「我々」には羅立正ほか全幹部・全労働者が含まれているようだった。あたかも党中央以外の全員がみな保守であり、羅立正はその中の一人にすぎないかのように。

私は羅に次のことを思い出させた。ついこの間、橋梁隊には保守に反対した人間がいたのに、保守主義者は自分を改めないばかりか、他の人が尖鋭的になることも許さず、あらゆる意見・提案を突き返したではないか。

羅の笑いが止まった。が、意に介さない様子であっさりこう言ってのけた。

「あの頃はまだみんなが反対していたわけじゃない、そうだろう？　中央の指示だってなかったじゃないか。……」。少し思いに沈んだ羅立正は、何か思うところある調子で感激したように言った。「これこそ党の指導っていうんだな！　党の指導があれば、我々は何も恐れる必要はない。あ？　何を恐れるというのだ。中央が極めて周到に考えるので、どんな問題であれ、遅かれ早かれ必ず解決するのだ」。羅は再び笑い出した。

黄土の壁に掛かった大時計の音があまりに単調なせいか、はたまた、羅立正の笑顔の意味を知り過ぎてしまったせいか、私はうんざりしてきた。足の向くまま私は窓辺に寄り、外を眺めた。アーチ橋付近に点された灯火が、藍色の黄河の上で星のように瞬いている。第三班の今日の仕事が始まった。零下十数度もの酷寒の中で作業をする共産党員・共青団員・一般労働者たちも、「いずれにせよ党の指導があれば、全く問題ない」と思っているのだろうか？　……

ここにまた座っても退屈なだけだ。だがもうひとつ私は聞いてみた。

「隊での反保守はどのように行なうのですか？」

「下から上へ」。いかにも嬉しそうに答えたようだった。「我々は下級から上級へやっている。大衆的にな。まず労働者や技師が自己の保守思想を点検し、上の人間が批判を加える。それから小隊長や工事監督が自己批判する――彼らは最も深刻な保守思想の持ち主である。その後で各分隊や各管理部門の幹部が自己批判を行なう……」

羅をさえぎって私は尋ねた。

「隊長はいつになったら自己批判するんです?」

再び笑顔になった羅は引き出しを開け、大きな書類を手渡した。成算ありとばかりに言った。

「そら、ここに全部ある。二年計画さ」。私のそばまで来て手を取ると、いかにも親しげに羅は話を続けた。「記事にして我々のことを報道してくれ。書いてくれよ。我々の保守さかげんを書いてくれてもいい。おい、そうだ。君に典型的な人物を紹介してやれるぞ。周主任だ! 技術室の周主任だよ!」

激しい失望が不意に私の心にもたげた。私は落胆し、憤りすら覚えた。こんにちのような全国的高揚が形成される最中、保守に反対し排除すること、少なくとも保守的な人間を覚醒することくらいは、それほど難しくないと思っていた。私は思い違いをしていた。羅立正のような人間が、こうしたうねりに抵抗しないところに困難がある。問題が保守思想に限らないところに困難がある……

外では激しい風が、高く長い音を立て、荒れ狂ったように夜の黄河を渡っている。生命にあふれた春の息吹が、窓を通して感じ取れるかのようだ。北方の春は暴風を寄越して、春のために道を掃き清めてくれる。
私の友はといえば、同じところに座ったまま眠たそうな目をしている。
春風よ、お前はいつこの事務室に吹いてくるのか?

一九五六年

本紙内部ニュース

一

黄佳英《こうかえい》が『溶鋼は奔流する』（訳注―鉄鋼労働者を主人公に、工業の社会主義化を描いた周立波《しゅうりっぱ》の長編小説）を手に取ったのは三度目だった。だがまたも読み続けることができず下に降ろした。確かに列車の振動もひどくなっている。心も乱れているのに……。

本当に予想もしなかったことだ。二十三日も繰り上げて黄は今回の取材を打ち切った。不愉快な出来事が一日のうちに起こったのである。早朝二時、懐中電灯をつけた日勤の坑夫が十キロ以上離れた南山を越えて鉱山に駆け付けていた時、黄佳英は自分の意に背いて最後の原稿を粉々に引き裂いた。一晩すべてが無駄になったわけである。午後三時、鉱山長の事務室で議論が交わされた。党委員会会議は彼女に門を閉ざし、列席させないとの結論を出した。三時間後、訳の分からぬ電報を黄は受け取った――「ハヤクキカンセヨ」。これもまた、何か良くない兆候であることに黄は気づいた。

およそ取材に出た記者というものは、満足して泰然自若と帰路につくことなどめったにない。思うようにいかない取材は記者を失望させ、背中のリュックも重みを増したように感じる。取材が上手くいった時は、多彩な印象と考えが記者の心の中で暴れ回り、出口を求めようとする。真摯な記者にとって、帰路はしばしば新たな取材の始まりだった。……車外には青い海のような闇が広がっている。大海に音もなく漂う灯火をつまらなそうに数えている黄佳英には、こうした気持ちが同時に存在していた。しかしこれだけが、彼女の心を乱しているのではなかった。

この七年というもの、無数のニュースが黄の手から植字室に流れていった。焦って書いた三百字の緊急ニュース。入り乱れた資料の中から頭を悩ませて記事になる手がかりを見つけたこと。推敲に苦慮した見出し。送稿してからＯＫが出るまでの苛立たしい待機。編集部が粗雑な直しを入れたために、掲載後感じる懊悩《おうのう》……。こうしたすべてを黄佳英は数え切れないほど体験していた。否。黄佳英の心を占めていたのはこうしたことでもなかった。

三年記者をやっても、遠慮をして原稿を書くことに慣れていなかった。だが生憎、「遠慮」の方から黄を探しにやってくるのである。昨夜がそうだった。

テーマはとっくに考え付いていた。いつものように彼女は腰を下ろすと、事実を並べ、資料を系統だて、最も効果的に自分の考えを説明することにいちばん力を注いだ。だが骨子ができ上がると、黄の思いはノートと原稿用紙から離れ、編集部へ飛んでいった。こんな原稿を工業部が通すはずもなく、必ず編集長室まで持ち込まれるだろう。編集長室主任・馬文元《ばぶんげん》は判断のつかない原稿十本のうち一本くらいなら、一存で掲載を決定するかもしれない。が、他の原稿はすべて編集長に回してしまう人間だ。編集長の陳立棟《ちんりっとう》は、部下が指示を仰ぎにくるのが何より好きな男だ。

時間が多少かかっても、見るべきものには目を通す人間である。陳がじきじきに段落をいくつか削り、過去に載せた記事にできるだけ近い内容にして、以前発表した社説に筆者の考えを近づければ、運がいい。「非常に偏った内容なので、しばらく掲載を見合わせる」運命だってあるのだ。実際、黄の原稿は、省工業庁を批判し、上級を批判するものだった。編集長としても極めて慎重にならざるを得ないだろう。

黄佳英は力いっぱい首を振った。一束に結んだ濃い黒髪が顔に当たると、軽い痛みを感じた。もし誰かが彼女を見ていたら、こう言うに違いない。なんて傲然《ごうぜん》とした娘なんだ、と。だがこの動作は、自分に腹を立てていることの表れだった。仕事の時はやはり現実的にならざるを得ない。どんなに頑固な黄佳英でも、自分の書いた文章が新聞に掲載されるかどうか考えずにはいられなかった。ある時期、かなり長い間、黄佳英の書いたものが立て続けに「非公開」扱いされ、タイプまたは印刷されて職場に配布されるか、社外の作者が原稿を書くための参考資料となった。後に黄は要領を覚えた。筆鋒《ひっぽう》を少し緩めた方が掲載されるのだ。複数の役所に送られて「書棚に保存される」より、よっぽどましだ。

だが筆鋒を緩めるのはなんと難しく、苦しいことか。昨夜、黄佳英は七時間徹夜した。筆を進めながら、自分を編集長室主任・編集長・工業庁長に想定して、自分が正しいと思っていることを彼らの目で疑い、それから、新たな論拠を取材ノートから見つけ出して彼らに反論した。自分と自分を議論させ、妥協し、その妥協を覆して議論し、また妥協した。それにつれて文章の内容も段落が増えたり減ったり……辛抱強く一晩まるまる繰り返してから、最後に全部引き裂いてしまった。彼女の心も誰かに引き裂かれたかのように。

列車にいったん乗ってしまえば、悩み多い黄佳英の気持ちも変わっていった。長い時間、汽車に揺られていても、煩わしいと思うことはなかった。車窓にもたれて外を見やると、通る村々、建造中の橋、一切が人を多くの思いに耽らせるものだ。楽しいことも、はるか昔のことも。もしそれが夜だったら――今の黄佳英のように別の趣がある。……考えてみよう、探求してみよう、すると生活は何と奥深いものか！

……向かいに座っている若者はまだ眠っている。ぐっすりと寝入っている。綿入れの上着が足からずり落ちた。綿入れを若者に掛けてやると、黄佳英の片手はいつの間にか『溶鋼は奔流する』にぶつかっていた。

ところが黄佳英は開くなりすぐまた閉じてしまった。なぜ小説の多くは、生活と人物を平凡に、淡々と、そして単純に描くのだろうか？　ひとたび解放されると、人々は強い喜怒哀楽の情を失い、遠慮深い人間に変わってしまうかのようだ。あっけらかんと笑う人間、時間厳守で会議に出たり通勤する人間になる。工場の記録そのままの本すらある。そして、こういった本を生活の記録だなどと言う人もいる。生活本来の姿とは、こんなものであるはずがない。そう、全然違うのだ！

向かいに座っている青年労働者のことを説明しよう。劉世福《りゅうせふく》という名の機械組立工である。一昨年、賈王《かおう》鉱山の機械修理場に移ると、劉は単なる雑役になってしまった。今年の二月からは、別の機械組立工が来たので、雑役の仕事すらなくなってしまった。人事課を介して仕事を探そうとすると、「個人主義」と言われ、転勤したいと言うと、それもまた「個人主義」だと言われた。新聞に投書すると、今度は「組織を無視し、規律を守らない」とされ、仕事を休んで反省するように言われた。この人事課長のことを思い出すと、劉世福はおかしくてたまらない。「お払い箱に近いほど暇なのに、人事課長は俺からどんな仕事を休ませようってんだ！」。暇で困っている機械組立工に仕事を探してやろうと、いま劉は職場を抜け出してきたのである。旅費はみんなが集めてくれた。しかし汽車に乗っても、どこへ行って仕事を見つければいいものやら、劉には見当がつかない。

劉世福のことで黄佳英は頭を痛めていた。いま劉はぐっすりと寝入っている。けれど明日はどうするのか。新聞社には仕事を探している人の手紙が毎日届く。組立工が大至急必要な職場がある一方、別の職場では？　仕事のない組立工に国家は月七五％の賃金を払わねばならないのに、人事関係者は「思想を批判する」のに忙しい……人事の仕事に携われば携わるほど、なぜ人間のことを考慮しなくなるのか？　……

不意に立ち上がった黄佳英は、座席から突き出ている足をよけながら入口の方へ向かった。乗降口から吹き込んでくる冷気で頭がすっきりとした。

記者という職業には感謝している。この三年、多くのことを見聞し、理解した。今なお多くのことが黄の心を揺り動かす。感動的で素晴らしいことがあまりに多かったため、黄の目に欠点と映ることがあれば、彼女の心を激しい不安が揺さぶった。だが駆け出し記者の頃と違って、興奮のあまり叫び出しそうになったり、訳もなく気持ちが焦ったりすることはなかった。感情の流れが深まり、表面上は物静かになったからかもしれない。昔だったら劉世福を自分の住居に連れ帰り、一切のことを放棄して劉と八十人の友人のため奔走しただろう。だが今は、そんなことではしないと黄佳英は思っている。

笑いながら黄佳英はこんなことを考えた。もしこの労働者を陳立棟編集長の前に連れていけば、必ず編集長は「人材が滞っている問題は、社説に書いたことがある！」なんて言うだろう。もちろんこの社説というのは、党の省委員会書記が示唆して初めて執筆されたものだ。二年間処理されず、保留のままになっていた投書があれこれ引っ張り出された。だがこんなに遅れて発表された社説が、下級で熱い反応を引き起こした。新聞などかつて見ようとしなかった劉世福すら、この社説は読んだという。しかし、その後、続きの社説は二度と出なかった。生々しい問題が幾つも新聞社の傍らを流れていった。新聞が何らかの問題を提起するのは、党省委員会が会議を招集する時だけだった。だが生活の中には多くの問題があり、大衆の中には多くの生き生きした思想や提案があるのだ。そのたびに党省委員会がいちいち会議など開けるはずもない。

批判の対象が県・区以下の幹部にすぎないとしても、とにかく紙面に批判記事が載るようになり、小品文のような比較的鋭い批判形式——あまりに軽すぎて読者の投書にすら及ばないものもあるが——まで現れたのは、黄佳英にも分かっていた。さらに最近、新聞社では新しい空気が現れつつあった。上司や部下も考えることを厭わないようになり、議論することにも興味を示し出したのである。編集長室主任の馬文元ですら、とぎれがちながらも自己の見解を披露した。今春になると状況はさらに変わった。党省委員会宣伝部が新聞の単調さと無味乾燥さを批判して、編集者の中にも新聞のあるべき姿を問題提起する者が出た。……こうした状況こそが、困難にあっても黄佳英に自信を与えた。もう少し急がねばと内心焦ることもあった。物事には焦っても仕方ないことがあるのは黄にも分かっていた。だが具体的な事件に遭遇すると、自分の思いを性急に話さずにいられなかった。紙面に載らなくとも、指導者を見つけて話すだけでもよかった。党の指導機関が全力挙げて一つの問題を解決しようとしている時、別の問題に関する注意が散漫になること。これを黄は恐れていた。ところが新聞はこんな有様だった——党省委員会が重点的に取り上げるまで、新聞は紙面で当の問題を報道しようとしない。……黄佳英は筆を取り党中央に手紙をしたため、自分が下級で見た官僚主義や形式主義、労働者大衆の要求を訴えようと何度も考えた。だが問題を説明する材料が足りないと感じており、また中央もこうした状況を理解していて、現在検討中かとも思った……

数時間前、鉱山にある管理棟を通った時、講堂でちょうど鉱山の党代表会議が開かれていたのを黄佳英は思い出した。大きな窓から射す強い明りが、地面の野草をはっきり照らしていた。かすかに聞こえるマイクの響きは、恐らく誰かが報告をしているのだろう。息苦しいほど熱い考えが、そのとき突如、黄佳英の心に沸き上がった。——賈王鉱山には毎日四時間しか眠れない労働者と、劉世福のように長年仕事がない労働者がいる。会議ではこの問題について検討するのだろうか。休みなく続く会議を招集した人のこと、批判ばかりするくせに人事に関心を払わない人事課長のことを、会場に入って話そう。人から聞いたり自分で考え付いた問題解決の方法を提案しよう……だが黄佳英は不意に思い付いた。自分はまだ共産党員ではない。こうした会議に出席できないのだ。鉱山の党委員会書記を見つけて個人的に話してみようと思ったが、急きょ帰社せねばならなくなったので、それも適わなかった。自分の考えを伝えられなかったことに、今でも黄は済まなく思っていた。

今になってもまだ党員ではない。これこそ二十五歳の女性共青団員が抱く最大の懸念だった。

黄佳英は十七歳の時から、機械工場の従業員だった。一年後、故郷が解放されると、彼女は偶然、新聞社に紹介され校閲記者になった。原稿の誤りを一字一句探すとともに、余力で他人の原稿から何かを学ぼうとした。校閲の仕事は型にはまっていると嫌う人がいるが、黄佳英はむしろこの仕事を愛したといってよい。校閲記者が見るのはすべて新しい原稿である。読者は数日後にしか読めないし、場合によっては永久に読めないことすらあるのだ。新しい事跡や人物紹介の記事やニュースから、黄佳英は多くを学んだ。というのも、こうした原稿には何回も目を通すからだ。その後、黄佳英は記者になろうと思った。二十歳になった一九五一年、黄は工業部に異動になった。それから三年して黄は外勤記者になった。

最近、取材に出るたび、黄は共産党員でないがゆえに困難にぶつかることがあった。そうした時、黄は自分の感情を抑え、極力自分を惨めに思わないようにした。「入党と個人の自尊心は関係あるべきでない!」と常々思っていた。だが一九五六年五月、黄佳英は満二十五歳になった。今はまだ「年齢オーバーの共青団員」と見られないかもしれないが、半年後、一年後は? いつものように談笑して団細胞の会議に参加できるだろうか。

……空は次第に明るくなっていった。乗降口の外に、樹々や墓の影が現れ始めた。続いて、黄、緑、青の色彩がゆっくりと浮かんできた。まもなく若く快活な赤い色が、いつの間にか空に現れていた。
夜明け特有の軽やかで涼しい空気が車内に入ってきた。はるか彼方の地平線を望みながら、黄佳英は物思いに沈んでいった……

十時に列車は尚武《しょうぶ》駅に到着した。しばし黄佳英は考えていたが、「この労働者の力になろう!」と決心した。急いで劉世福のところまで行くと、彼の手をつかんで笑った。「行きましょう、ついてらっしゃい……」。二人で一緒に改札口に向かった。しかし劉世福のために結局なにができるか、黄には分からなかった。その一方、笑いをこらえることができず、こう思った。「まあいいわ。一体どういうことかって編集長が言うんなら、ご覧なさい、生きた投書を持ってきたのよって言ってやるわ。調べる必要がないからすぐ発表できるわよ……」

もう家に着くと思った途端、洒脱《しゃだつ》な男性の姿が黄の心に浮かんできた。この間受け取った男の手紙を黄は持っていたが、まだ開いていなかった。取材中、彼のことなどほとんど考えなかったのに、もうじき会うとなると思い出すなんて不思議だった……

これまた煩わしい問題だった。煩悶が彼女の心に沸き上がった。

二

劉世福を宿舎におくと、黄佳英はその足で編集部のある建物に駆け付けた。

内勤記者だった頃、黄は起きるのがいちばん早い人間の一人だった。毎朝、窓の前に響く軽やかな足音は、あの〝ほっそりした娘〟なのだと受付の徐《じょ》さんにも分かっていた。途中、黄佳英はまたもや好奇心に捕らわれた。私がいない間、編集部で何か新しいことが起きているかしら。壁新聞に曹《そう》夢《む》飛《ひ》は何か書いたのかしら?……。帰ってくるたび、編集部に何かしら変化があるのを黄は望んでいた。誰かが結婚した、誰かが子供を産んだ、こんなことでも黄には新鮮に思えた。全く変化がなくて失望する時もあった。日曜の朝、目覚めて天気が悪いのに気づいたように。

二階まで一気に駆け上がると、工業部のドアを押し開けた。「私がいちばん早く来た」優越感を味わおうという瞬間、微動だにしない後ろ姿が目に入った。目の細かい青色の木綿オーバーを着て、ドアを背に座っている。不意に振り返って黄佳英を見た彼は立ち上がり、椅子を押し退けて黄のところまで来ると、握手をした。

誰かと思えば曹夢飛だ。昨日の投稿に目を通しているところだった。黄佳英の目を見ながら話しかけてきた。

「どうだった?」

黄佳英は頷いた。悪くないストーリーになると思うぜ、賈王鉱山はそんな有様なんだろう?曹夢飛が言わんとするところは黄にも分かっていた。

曹夢飛は工業部で最古参の編集者である。社内でいちばん無口な人間だったが、いったん話し始めると、最も注目の的となる人間の一人だった。突き出た額の下には小さく鋭い目が隠されている。体が小さいので頭がいちだんと大きく見えた。黄佳英はしげしげ曹を眺めながら、ぼさぼさの硬い髪、襟ボタンの外れた粗布のオーバー、汚れた革靴から、何か変化を探し出そうとした。

「あなたはどうだったの？」

微笑みながら尋ねると、曹夢飛は分かったような分からないような感じで黄を見やり、首を横に振った。

「まあ、相変わらずさ」

これで終りだ！　曹夢飛と銭家嫻《せんかかん》の関係に進展があるのをみんなはどれほど願っていることか。二十九の未婚男性は皆の気を揉ませずにはいられない。ただ黄佳英だけが、二人が一緒になるとは限らないと早くから思っていたので、今日も特に唐突な印象は受けなかった。黄は話題を変えようとした。

「曹さん、社内で何か新しい動きがあったか教えてほしいの？　……新聞改善について、また意見を出した人がいるそうじゃない……」

「うん、これが」。曹は引き出しから活字印刷された紙を取り出した。「新聞改善についての討論用レジュメだ」

慌ただしく最後まで目を通すと、黄佳英は曹を見上げた。彼の意見を知りたいと思ったのである。なんとも不思議なことに、他の人の前では真っ先に意見を言うのに、曹夢飛の前となると先に彼の意見を聞きたがった。

「あると言えばあるし、ないと言えばない」と曹夢飛は言った。意味ありげな笑いを目に含ませている。曹の西北なまりが分かりにくいせいか、はたまた別の原因があるのか、曹の言葉は非常に短かった。陳立棟と昨日話したことを曹は思い出した。〝新聞改善についての討論用レジュメ〟に不満を持つ人が何人かいて、陰であれこれ批判し合っていると、陳立棟の方から曹を捜しに来たのである。話の終わりに、陳立棟は感嘆とも怒りともつかない調子でこう言った。「ああ！　何もしないくせに口ばかり達者な人間ばっかりだ。新聞社じゅうに知識人臭さが充満しとる。臭くてたまらんわ！　じっくり時間をかけて指導の意図を理解しようとせず、指導意図とは似て非なる自分の見解を、何かにつけ持とうとする……」。曹夢飛には、陳立棟の声がまるでまだ耳の中で響いているかのように思えた。だが、曹はこの話を黄佳英にしようとは思わなかった。

もう一度レジュメを黄佳英は読んでみた。三十条ほどから成り、新聞の体裁や内容についてすべて書き込まれていた。「重点工作の報道をいかに強化するか」から「ページごとに写真は必要か」「二、三面にはどれくらいのニュースを載せるか」まであるが、確かに新聞の大衆性や戦闘性を左右する本質的な問題には一言も触れていなかった。いつもなら曹夢飛が続けて話すのを聞くところなのだが、黄佳英はもっと差し迫った問題を話さねばならなかった。鉱工業関係の企業で人材が適性配置されない問題と、劉世福のことを話して、曹夢飛だったらどうするか教えを請うた。

「……あなたが私に教えたのよね。困難であればあるほど勇気を持って実践しなければならないって。何度も試しているうちに問題解決の糸口が現れる。もっと頑張ればすぐに解決してしまうかもしれないって。そうじゃない？……でもこの問題は私たち記者には解決できないわ。一体どうしたらいいのかしら？　下級じゃ労働者と幹部がいろんな議論をして、いろんな解決方法を提案しているけど……多くの工業部門で暇な労働者がいるのに、各部門で人手を必要としている。あなたが必要としているものを、ちょうど彼が持っている。なのにお互い通じ合えないなんて。暇を持て余している人がいっぱいいるのに手放そうとしない。それどころかこんな規則まであるのよ。労働局の紹介なくして労働者が職場変更することを禁ずる。工場が手放さないのに、労働局がどうやって紹介するのよ？　……行政も頭を痛めているわ。仕事のない人間を手放そうと思っても、どこへ送っていいのか分からないのよ。統一した組織をつくって労働力を調整しなければいけないと思うの。そう思わない？」

曹夢飛は頭をかくと、同じところを二度ほど行ったり来たりしてから、大きく開いた窓を背に立ち止まった。「僕もそれを考えていたところなんだ。制度や慣習を根本から改めなくちゃいけない。……経済建設では数百の部門、数千の業務が不断に発展し変化している。組織が複雑になれば、人間の力も不断に変化しなければならない。人力が固定され過ぎると必ず問題が起こる。今日こちらが足りず、明日はあちらが多すぎるといった具合に。労働力を分配する役所はもうこれ以上うまく処理できない。だから方法は恐らく一つしかないと思うんだ。ある程度じぶんで仕事を選ばせる。党員・団員以外にやたらと制限を加えるべきじゃない」

「そんなことしたら目茶苦茶になっちゃうんじゃないかしら？」。曹の大胆な提案に黄佳英は惹き付けられたが、そうした提案は通らないのではないかと思った。

「しばらく混乱するかもしれない。けどこれ以外にいい方法は思い付かないよ。現在、仕事がない人もいれば、身の入らない人もいる。その一方で疲れ切っている人もいる。ごく一部には、化学を学んだのに鉱石を採掘し、採鉱を学んだのに化学工業をやっている人もいる。……僕たちの新聞社だって、報道の仕事には不向きで、教育関係に適した人がいる。それなのに役人の中に記者にぴったりの人がいたりする。……」

「ええ、最近出た、役所の幹部が学校に通えとの中央の決定は賢明だと思うわ」。黄佳英は興奮して立ち上がった。「当たり前よね。進学したい人がいて、国家も大学生を必要としている。なのにどうして人材をむざむざ飼い殺しにしているのかしら？……こうすれば利点だってあるわ。組織をごく自然に削減できるわ。削減せざるを得ないのよ」

「利点は多いさ。官僚主義者の興味を大衆に向けることができる。人事の幹部も考えざるを得ないさ。不当な配置をすれば別の部署がその人を欲しいと言うかもしれないいんだから」。眉をしかめて考え込む黄佳英を見て、曹夢飛はこう尋ねた。「まだ何か疑問に思うところはあるかい？　僕が言っているのは、現在の状況は数年前と違うってことさ。職場を選ぶ時、もっと便利に、自由に活動できる余地を与えればいいかもしれないってことなんだ……」

「あなたの方法には少し疑問を感じるわ。でも劉世福をどうするかをいま考えていたところなの。半日議論したって劉の問題は解決できないと思うの」

「僕が何とかするよ。午後にでも工業庁に行ってみるさ」。曹夢飛が引き受けてくれたので黄佳英はほっとした。そこで机の上にある投稿を見ようと手を伸ばすと、曹が呼び止めた。

「佳英、一昨日届いた二通の礼状を渡すぜ。一通は五人の子持ちの母親が寄越したものだ。君の提案をすでに実行したと言っている。若い女性が日曜ごとに来て、子供の面倒を見るのを手伝ってくれるそうだ。でも、もう一通のは変なんだ。子だくさんで病気の女性にお金を送ったことがあるのかい」

決まり悪そうに黄佳英は目をそらした。間違いをしでかしたと自分でも分かっているのだ。「他人の苦しみに同情するのはいいことだ」。曹夢飛は続けた。「だけど、君がこんなやり方で助けてみたところで、どのくらい問題が解決する？　一家五人の女性に長い間金を送ってやることができるかい。個人的な生活の問題に気づいたら、関係の行政部門に手紙を書くべきだよ。政府の人間が解決方法を考えてくれるさ。忘れちゃいけないよ、君は普通の人間じゃなくて新聞社の記者なんだ。新聞社が政府機関のような印象を人に与えちゃいけない」

恥ずかしさのあまり黄佳英は言葉が出なかった。初めて取材に出た頃、些細なことに大騒ぎする黄佳英に曹夢飛が言った言葉を思い出していた。情熱だけに頼っていたんでは駄目だ。頭を使って原因を探し、それから解決の方法を検討しなければならない。……そう、ここ数年、曹夢飛がどれほど黄佳英の助けになったことか。編集の仕事をしているとき浮かんだ斬新な考えすべてを曹は彼女に教えていた。何かの問題について考えるとき盲従すべきでない、自分の頭でものを考える習慣を養うべきだ。これが曹から学び取った最初の考えだった。曹は斬新で大胆な見方をすると黄佳英はいつも感じていた。

ただ今日ばかりは言い訳がましく黄佳英はこう考えていた。本当は薬を買って送ってやろうと思っていたのよ。送金の時も手紙に署名しなかったわ……。と、その時、よく通った感じの良い、笑いを含んだような声が、ドアの外で響いた。

「ヒロインに敬礼！　会議狂に反対する将軍に敬礼！」

話し声とともに薄コーヒー色の洋服を着た血色のいい若者が入ってきた。洋服のせいで李一真《りいっしん》だということに黄佳英は全く気づかなかった。李だと分かって黄は悪態をついてやろうと思ったが、李は逆に自分を冷やかし始めた。服を指差し、それから窓の外を指差して言った。

「一九五六年の春！　……」

彼はいつも人を泣くとも笑うともつかない気持ちにさせる。もし知らない人だったらきっと李に腹を立てるに違いない。しかし李がとても善良な人間だと黄佳英には分かっていた。冗談が過ぎるので誤解されることもあるが、悪意は少しもないのである。わざとらしく目をぱっちりと開け、新しい自分の靴をしげしげと眺めている李一真を見ると、またもや人を皮肉ろうとしているのが黄佳英には分かったので、慌てて言った。

「あなたには本当にエッセイを書かせるべきだと思うわ……まず自分のことを書くのね」

「いや」。李一真は手を横に振った。「ニュースを書かせるべきだよ。第一のニュース。もうじき編集長は農村に行くだろう、労働者の福利について検討しなければならないので。第二のニュース。郊外の保養所が開放され、新聞労働者に五番目の地位が与えられる。第三の、第三のは……」。急に李は口ごもった。第三のニュースなど初めからないのである。黄佳英と曹夢飛がおもしろそうに李を眺めていると、やむなく李は第三のニュースを総合ニュースに変えてしまった。「一九五六年の春はどのような春なのか？　好事に満ち溢れ、楽しさいっぱいの春！　工商業界における社会主義改造の大勝利、科学に向かう進軍、労賃改革、先進生産者運動、高級知識人工作……これらを何と呼ぼう。どのように総括しよう？　……おお、そうだ、それがいい――人間の積極性の普遍的大解放ってね、どうだい？」

李一真が入ってきた時、銭家娴も後ろについてひっそり入っていたことに、黄はいま気がついた。彼女は壁の隅に立って微笑んでいる。小柄でおとなしいため、李一真といるとますます目立たなかった。赤紫色の紬のチャイナドレスを見にまとい、いつもより綺麗に見えた。黄佳英は喜んで彼女と抱き合うと、時候のあいさつを交わして、再び李一真のおしゃべりに耳を傾けた。ちょうど今日の新聞について持説を述べ立てているところだった。

曹夢飛の前では自分が浅薄に感じ、李一真と一緒だと才能に欠けているように黄佳英は思った。記事やルポを書かせたら、李一真は社内一だった。労働の詩的境地を李より巧みに表現できる記者など誰もいなかった。編集部の人間は冗談交じりに彼のことを「独特の見解を持っている」と言う。風景を描写したり、広範な労働の背景や労働中の人間心理を描写するのに、確かに李一真は自分なりの方法を心得ていた。

李一真の話を聞いている間、曹夢飛と銭家娴はできるだけ互いを見ないようにしていた。李一真を見る銭家娴の目には、抑えがたい敬慕の思いが発露していた。が、李一真は意に介さず滔々と論じ立てた。「……いいかね。これは自由主義とは言わないのだ。自由主義とは、面と向かって話さず、陰であれこれ言うことを指している。青年労働者たちは何度提案したかね。七回？　じゃ、七回にしておこう。意見が正しくとも受け入れない。陰で何か言えばやれ〝不平不満をかこつ〟だの〝自由主義〟だの批判する。……我々は自由主義と普通の正当な議論とを分けて考えるべきだと私は言いたい。さもなければ顔を突き合わせて何をしゃべろうというのか。子供のこと、女房のこと、天気が良いこと、へへへ……」。話しているうち、自分でもおかしくなって李は笑い出した。曹夢飛も笑いをこらえ切れなかった。ニコリともしなかったわけではないが、銭家嫻だけが笑わなかった。銭は日頃から落ち着き払った様子なのである。

八時三十分、始業のベルが鳴った。曹夢飛の机から昨日の投稿をつかむと、黄佳英は空いている机に座って最初の原稿の付箋をめくった。黄は新しい原稿を読むのが好きだった。一行ずつ、一編ずつ読んでいった。多くの感動的で新しい出来事や人物、多くの斬新な思想と感情、鋭い批判と熱い叫び。読み進めると黄は生活の息吹を肌で感じた。生活とはこうした生きた歴史の中にあるのだ……

三

十時。編集局の始業時間に一分と遅れず、馬文元が執務室に入ってきた。冬のあいだ閉ざされていた窓を開けると、大きな塊となったほこりが落ちてきた。馬はハンカチを取り出すと、痩せこけた小さな手で力いっぱい窓を拭いた。

また春がやってきたのだ！　桃の枝がもうじき窓に飛び込んでくるだろう。春は毎年巡ってくるというのに、なぜ人は疎ましく思わないのか。

十時十五分になった。十時から十一時までに電話が必ず一度鳴り、受話器を耳元に持ってこないうちに、ワーワーと耳をつんざくような声がいつも響く。陳立棟編集長はどんな話をしても同じ声の大きさだった。だがはっきり聞こえなくとも、もう一度話してもらうよりましである。陳立棟は苛立ちやすい性格だった。話を〝よく聞かない〟人がいると、たちまち苛々した。毎朝かけてくるこの電話も、編集長殿は朝食を取りながらかけてくるのだ。紙面の見出しが不適当と指摘するだけの時もあれば、党省委員会の意見を緊急に伝えてくる時もあった。編集長の機嫌がたまたま良い時は、今日の紙面に対する満足や、その類いのことを電話で部下と共有することもあった。「文元、どうだね、今日の紙面を見たかね?……」。口調を聞くだけで、編集長が何に満足しているのか馬文元にはおおよその察しが付いた。馬が返答しないうちに電話の声が響く。「一面の高《こう》庁長の論文は重要だ、重要。反響を集めよう。……三面で紹介した経験も悪くない。組織部も今回は文句はないだろう。……反響を集めよう……」。もちろん電話のほとんどがこうした最良の状況になかった。紙面の現状に不満な時が多く、編集長は電話で当日の紙面の欠点を指摘し、次回の紙面について具体的な要求を出した。社説から写真・イラストに至るまで、紙面の組み方にすら指示を出した。編集長室主任ともあろう者が、こんな仕事をしていていいのかね! 指示にはこんな叱責も含意しているのだ。

馬文元の毎日の仕事は、この電話から始まった。馬の仕事だけでなく、編集部全体の一日の行動も、この電話で決まった。例えば省委員会の会議で何かヒントを得ると、編集長はいつも一ページすべてをつぶして特定の記事——種と堆肥の準備について、とか——を組んだ。そうして、十一時以降、編集部の各部が行動を始めるのである。当然、農業部が忙しくなる。党の生活部も暇ではいられない——党組織の活動経験が必要になるからだ。文芸部でも快板《クワイバン》(訳注—竹板製の民俗楽器を使って謡う民間芸能）を書くか、先進的人物を探して取材しなければならない……

……今日はどうやらごく普通の一日のようだ。今日付の新聞をめくりながら、編集長が出してくるだろう問題を、馬文元は考えていた。党市委員会が七日以内に全市のスズメを駆除する決定を下したとの一面のニュースは、見出しの活字が少し小さかったかもしれない。冗談とも叱責ともつかない口調で陳立棟は恐らく「どうした、自信が足らんのか」と言うだろう。実のところ、七日以内にすべてのスズメを駆除するなど、馬文元にも半信半疑だった。だがどうあろうとトップはトップである。本省の先進生産者・呉長海《ごちょうかい》の報道が少ないと編集長は文句を言うだろう。昨日、半ページは必要と言っていたのに、三分の一もない。

習慣とは全くおかしなものだ。電話が鳴るたび、馬文元はギクリとするのに、今日のように鳴らないと逆に落ち着かないのである。十時十五分になってもまだ指示がない。今日の仕事にどうやって段取りを付ければいいのだ？　……

ドアをノックする音がする。工業部長の張野《ちょうや》が入ってきた。最年少の編集委員で党支部委員でもある彼は、達者な文章を書く男だった……いつも楽しげでリラックスした感じである。

タイプで打った書類を微笑みを浮かべて馬文元に手渡すと、張野はソファに腰を下ろして深々と息を吸った。開け放った窓から春が部屋にも忍び込んでいた。満開の桃の花とライラックの香りが混じり合い、濃厚な香りを醸し出している。その香りに鼻が触れているみたいだ。

書類は工業部の五月の報道計画だった。全国先進生産者代表大会の報道が、送稿字数の半分を占めていた。報告、発言、先進人物の記事がそのすべてだった。よく知っている人物を名簿の中から何人か馬文元は見つけ出した……

「この人たちは一昨年宣伝したんじゃなかったっけ?」。馬文元は微笑んだ。「去年の青年積極分子大会の時、一度報道したことがあるんだが……」

馬の近くまで来て机に屈み込んだ張野は、並んだ名前を見ながら「お手本ですよ! 全省・全国のお手本」と簡潔かつ明確に、だが意味深長に言った。

反論しようと思い、馬文元は張野を見たが、結局やめにして別の問題を切り出した。「去年の積極分子大会では発言と業績の紹介に全面を充てたが、今回もやはりそうするのかね。何か新しい業績があるからなのか。これまで宣伝したことのないような新たな英雄模範でもいるのかな」

「会議ってのはこうやって開くんでしょう。代表一人ひとりが自分の業績を紹介することに意味があるんじゃないですか」。いわくありげな感じで口を近づけると、張野は低い声で続けた。「北京の二紙に電話で聞いたところ、どちらもこうやって報道しますよ……」。言い終わると張野は笑い出した。

馬文元も笑ったが、本当は笑いたくなかった。馬文元は張野という人間が嫌いだった。ここ数年のうちに、馬は冷静に、冷静すぎるくらい他人を観察し、自己を分析するのを覚えた。張野の笑いにはどんな意味があるのだろう。自信だ。自分の打つ手の多さを楽しんでいるのだ——まず電話で北京に問い合わせ、それから手筈を調える、これのどこに問題があるのか。完璧な見通しだ! しかも絶妙なのは、編集長の意図ともぴったり合っていることである。馬文元は何か言ってやろうかと思っていたが、言葉が出なかった。これでは意見を出す必要もあるまいと思ったからだった。

微笑みを浮かべつつ、張野は出ていった。顔は赤く艶やかで、胸をぴんと張り姿勢も良かった。道を歩けば歌の一つでも聞こえてきそうだ。張野は今日、ライトグレーのギャバジン（訳注―毛織物の一種）の新しい中山服を着ている。そうだ、今日は張にとって良き日なのだ。婚約者がもうじき帰ってくるのだ！

馬文元は溜め息をついた。張野はさておき自分のことを考えてみた。鏡に映すまでもなく、馬は自分の格好を知っていた。解放直後はこうではなかった。だが春を何度か経ただけで、馬文元はこんな有様に変わってしまった。張野という人間には内心少しも葛藤がないように見える。が、彼・馬文元は？……

電話がせわしく、不吉な音を立てて鳴った。馬は受話器を取った。

省委員会農業部からだ。農村の調査報告と評語を載せるようまた督促にきたのだ。八千字もあるのでほとんど全面をつぶすことになる。これは部長の意見である、省党委員会の常任委員でもある部長はこの文書を重視していると、説得力を持たせるべく電話の声は三回も繰り返した……どうやら載せない訳にはいかないようだ。おかしな話である。記者たちが書いた新鮮で興味深い問題が全く発表されないまま〝非公開〟扱いとなる。なのにこうした長くて堅苦しい内部文書が、本来なら少数の人間に見せればそれで済むのに、数万もの購読者がいる新聞に載せねばならない。

ドアの向こうから慌ただしい足音が聞こえてきた。突然、足音が止まると、ドアが軽く押し開けられた。すらりとした女性が敷居に立っている。抜けるような白い顔から黒い瞳がやんちゃそうに馬文元を見つめていた。桜色のジャージー（訳注―毛織物の一種。絹を混紡したものもある）の短いコートを着てドアのところに立っているその女性は、額縁にはめ込まれた肖像画のようだった。目、鼻、眉。すべて美しいとはいえないまでも、彼女の体にあっては均整がとれ、しかも端整に見えた。ユーモアを帯びたり、思いに耽る表情は魅力的だった。

待ちに待った黄佳英がとうとうやってきたと馬文元は思った。

「私を呼び戻してどうするのですか?」。入るなりこう尋ねた黄佳英の目に、馬文元は疑問や不満、そして憂慮を見て取った。

電報は馬文元が打ったのだが、編集長の意によるものだった。真っ直ぐに自分を見つめる視線の下で、馬はごまかそうとは思わなかったが、できるだけ軽く攻撃を受けようと考えた。

「君の手紙は見たよ」

馬文元をじっと見つめながら、黄佳英は先を続けるのを待った。

「会議を拒む賈王鉱山の労働者の行動に君も加わった……」

黄佳英は黙って頷いた。

「参加して、自分の考えまで述べた」。馬文元が微かに笑った。昨日何度も考えたのに、なぜ今になっても黄佳英の行動に賛成か反対か決めかねているのか馬には不思議に思えた。「陳立棟同志も知っているんだが……」

問い質すように黄佳英は眉をつり上げたが、すぐ元の表情に戻した。唇は前よりきつく結ばれている。黄の行動に編集長が反対なのは極めて明白だった。これは予想通りである。いま黄は馬文元の意見が知りたかった。

だが馬文元には自分の意見がなかった。狼狽を隠すため、机の新聞を再び広げた。いや、気兼ねすることなどない。馬は黄佳英の上司であり、彼女の前で意見を隠す必要などないのだ。多くのことで馬は黄佳英に賛成し、同情していた。しかし往々にして、それは少し後になってからだった。黄佳英と別の記者の原稿が論争になる時でも、馬が反対する側に立つことはほぼなかった。他の人たちの意見を聞きながら、内心躊躇したり、思案に暮れたりする。誰かが結論を出すに至っても、なお自分の意見を出そうとしなかった。だが一、二週間、あるいは一カ月ほど過ぎると、馬に突如悟りが訪れる。しかしこの時、馬の意見を興味を持って聞く者など誰もいなかった。

「会議が多いのは良くないさ」。ついに馬文元は自分の見方を言わざるを得なかった。「誰でも認めている。会議過多には反対しなければならない。だがもちろん十把一からげに反対するのではなく、個々別々に対応しなければならない。まず指導幹部の思想を糾し、次に幹部教育を強化する——幹部の水準は高めない、会議も開かないではどうにもならんからな。それから党の政治思想工作を改善しなければならない……要するに問題はとても複雑なので、各方面から措置を取ってもらわねばならないのだ。いずれにしても焦っては駄目だ。焦っても問題は解決しないのだ。……もう一つは、必要な会議はやはり開かねばならないのだから、会議の質を高める方法を考えるんだよ。こうすれば会議の準備をしっかりやらねばならなくなる。次に、大衆を極力動員して根回しをし……」

黄佳英が目を自分からそらしたのを見ると、馬文元は続けられなくなった。黄はおかしいと思ったが、それを馬に気づかれたくなかった。本当に変な人！　斬新で緻密な見解を吐露する時もあれば、言い古された話をくどくど繰り返して人をウンザリさせる時もある。なぜ馬がこうなのか黄佳英には理解できなかった。馬文元が話したことはこの間、新聞の二面に載っていた内容とうりふたつではないか？　……

けれども、黄は馬文元が嫌いではなかった。たいへん落ち着いたなりをして、いささか面白みに欠けさえするこの人間は、人を比較的理解できるし助けようともしてくれる。他人の話に耳を傾けるという長所もある。——それもおざなりな聞き方でなく、子細に、真面目に聞いてくれる。

ソファから黄佳英が立ち上がった。ときめく心の内を吐露するたび、我慢し切れずこうして立ち上がるのである。両手を上着のポケットに突っ込み、ゆっくりと室内を行ったり来たりすると、馬文元の前に立ち止まった。漆黒の目には憂愁の思いが満ちている。

「私も悩みました。……」

黄の声が震えているのに気づいた馬文元は、そのまま黙った聞いてやろうとした。

感情を高ぶらせて黄佳英は次のように語った。

「賈王鉱山の労働者の会議ボイコットには、私も一枚かんでいます。でも私だって事前に鉱山の責任者二人に意見を言いました。ところが検討してみようと言ったっきり、そのまま立ち消えになったしまったの。それで私は少し焦ったんです。労働者が会議に出たがらないのも無理ないと思います。団委員会幹部を励まして言ってやりました。労働者にとってボイコットするのが正しいって。もし私が間違っているなら、すぐ認めますから言ってください。でも他に何かいい考えがあるのか本当に分からなかったんです。こんなことが想像できますか？　労働者の住んでいるところは鉱山からとても遠いんです。早朝二時すぎに起きて十数里の道を歩かねばならない。鉱山に着くと坑口《こうこう》でまず会議があり、切羽《きりは》に着いてからまた会議がある。六時から午後三時まで働き、切羽から坑口まで戻るのにかなりの距離がある。十分疲れたでしょうって？　いいえ、まだ帰れません——まだ会議があるのです。夜の六時、七時まで会議は続きます。それから家に帰るのにまた数十里もの道を歩き、九時すぎぐらいになってしまいます。一日四時間しか寝られなくなって、もう何年にもなるって労働者は言っています」

「あまりに疲れていれば会議を開いたってほとんどの人が眠っています。煙草を吸いながら寝てしまう人もいます。吸い差しが綿入れのズボンに落ちて布地を焦がし、綿まで達してもまだ気づかず、体を焦がしてやっと目が覚める有様です」

「省党委員会も新聞も会議を減らさねばならないと繰り返し訴えています。確かに訴えていますが、会議は相変わらず開かれている。一般の下級幹部も会議に出ているのですが、会議を多めに開いたからって死人が出るわけでもなし、とこうなんです。でもこれでは労働者はたまったものではありません！　こんな有様では無意味な会議をボイコットする以外どんなやり方があるのですか。実際このやり方は無難だと思います。会議マニアも会議を減らさざるを得ないよう自然になってきます。会議が少なくなれば、労働者も出席しないわけにはいきません」

「会議の多さだけが深刻な問題ではありません。一体どんな会議なのか中身を見ればすぐ分かると思います。ほんのささいなことでも幾重にも準備をして討論を繰り返す。動員を再三かけて失敗しないように万全を期す。党内で開いてから団内で、幹部で開いてから大衆で開くといった、規定以上の付加的な会議はもちろん、一つの案件のために常に七、八回会議を開かねばならない党員労働者もいる。会議の方が仕事より疲れる、残業した方がましだと一九五二年から労働者は言っています。話すことがなくても、何か無理やり話さねばならないので、発言が一〇〇%要求される！ ……」

「ええ？ これは一体どういう問題なんですか？」

「大衆路線だと言う人がいます。表面だけ見ていると確かにそうかもしれません。何かあるとみんなで話し合うのですからね。でもよく見るとそうではないのです。会議がなければ問題が解決しないと言っているんですから、大衆路線どころか明らかに大衆不信です。そして会議で話すことといえば、一般化した、抽象的な理屈ばかりで、大衆は聞きたくもなければ覚えることもできない。すると開き足りないのだと思って、もっと会議を開こうとする。そのくせ大衆が指導者に意見を言ったり、自分たちの要求を訴えたりする会議はないんですからね。もし大衆の意見を聞く気があるなら、こんな会議なんてとっくになくなっているはずだわ」

「基本建設の部門ではもっとひどい状況です。会議の多さで労働者は疲れ果てています。時間ばかりかかって任務が完成しません。なのに任務が終わらないとなると宣伝教育工作が不十分だと勘違いしてまた会議を開くわけです」

「一体何と表現すればいいのですか？ 大衆路線ですか？ こんなやり方で大衆の積極性が発揮できましたか？ ……」

ごく普通の会話にすぎないと馬文元は初め思っていた。黄佳英の悩みを自分が慰められればそれでいいと。もしかしたら、会議の多さを批判するついでに、賈王鉱山のおける自分の行動を弁明するつもりだったのかもしれない。だが実際はそうでなかった。黄がほんの少し話しただけで、馬文元は惹き付けられた。馬の心は黄の考えに沿って前進した。全く新しいことを黄が話したわけでもないのに、馬がさっき話した会議の意見は色を失い、きれいさっぱり忘れ去られてしまった。黄の口調や感情に激しさが帯びていたせいかもしれない。……窓の前に立った黄佳英は遠い所をじっと見つめていた。彼女は怒っている！　怒ると目や眉がいっそう黒みを帯びて見えた。

黄佳英はしばし考え込むと再び話を続けた。

「体を横にして何日もぐっすり眠りたいと、労働者がいちばん願っている時に、どうして学習なんかできますか。どうして生産改善の話し合いなんかできますか。いまは別に戦争しているわけでもないのよ。労働者が睡眠を犠牲にしなければならない理由なんてどこにもないわ……」

黄佳英が腰を下ろすと、今度は馬文元が部屋の中をうろつきだした。執務室で馬がこんなにそわそわ歩き回ることなど珍しかった。黄佳英の最後の言葉を聞くと、馬文元は立ち止まり、眉をしかめて彼女をじっと見つめた。だが彼女を見ていないようでもあった。馬は考え込んでいた。

自分の話を不審がっているのではないかと心配になった黄佳英は急いで補足した。

「私の話は偏っていると思いますか？　もちろんどこでもこうだと言うつもりはありませんが……」

返事がないので黄佳英は馬文元の身に再び仮想の論敵を見つけ、苦笑した。

「私は事態をあまりに暗く説明したのでしょうか？　この問題は何年も続いていて、少しは良くなる時もあるのですが、すぐまた元に戻り、いつも徹底的に克服されないのです。どうしてこれで焦らずにいられますか……」

依然として馬文元は無言だった。そうではないとばかりに力いっぱい頭を何度か横に揺すると、また部屋の中を歩き出した。

黄佳英は水を一口含んだ――今日、自分が口にする初めての水であることに黄は気づいた――それから黄は話を続けた。口調を和らげ、声もトーンを落とした。

「ひどく疲れている人間がいるかと思えば、暇をもてあそんでいる人間もいます。私の調べによると、本省の大きな工事と工場のほとんどで人間が無駄になっています。五、六年修業したままの見習工。一、二年やることのない大卒者。二、三年雑役をやっていた技術者……彼らを集めれば多くのことを成し遂げることができるのです。でも、どの職場でも彼らを手放そうとしない。手放すくらいなら倉庫に何年も閉じ込める方がましと思っている。今年、全国で組立工を四〇％増やさねばならないのに、私たちの省では数百人の組立工が暇を持て余しています。……今では労働力が逼迫しているのでますます手放さなくなっています。こうした人たちは、積極性が高くとも、どこに向けたらいいのです？」

外でベルが鳴った。黄佳英は立ち上がった。

「一昨日、私が受け取った読者の手紙にこうありました。私の仕事の問題が最近ようやく解決しました。それからというもの党を身近に感じますって。重要な指摘じゃないかしら……」

それでも馬文元は一言も話さなかった。感情は高ぶっていたが、しばし意見を言いたくなかった。こうした現象が起きる原因は、おそらく黄佳英の理解よりももっと複雑なのだろうと馬は思い込んでいた。しかし黄佳英には分かっていた。黄の話を聞いた馬文元は、黄の見解についてあれこれ考え、しばらくすると黄に同意するだろうことを。そう思うと、彼女の心は軽くなった。

　通りに出た黄佳英が振り返って馬文元の執務室の窓を見ると、馬文元は立ったまま、朝食に行こうともしなかった……

四

　馬文元は下級事務員の息子である。父親から譲り受けた全財産は書生気質の正直さのみだった。革命に参加したのはそれほど早くない。逡巡も困難もない道を真っ直ぐ馬は歩いた。一九四九年、全国の解放を祝う時には、九年前入党を誓った日と同じくらい自分を若く感じたものだった。

　馬文元は地下工作という具体的な仕事から離れて、党市委員会宣伝部の課長職についた。解放が馬にもたらした変化のひとつである。初めのうち事務室に座っていることができず、退勤しても仕事を放そうとしなかった――定刻に出退勤し、執務するのに慣れていなかったのだ。しかし、敵の脅威や迫害は二度となかったし、衣食を求めて奔走することももはやなかった。

　党委員会での仕事は、人によっては鍛練のための良い機会である。が、馬文元にとってはそうでなかった。五人の課員を遊ばせておくわけにもいかず、課員も指示を仰いでくる。幾度も幾度も報告を聞かねばならない。部長は馬から報告を欲しがり、下級は指示を出してくれという。この種の任務を全うするにはいろいろなやり方がある。非の打ちどころのない境地に達するには、ひとりの人間が畢生の力を注いで従事するに足るほどだ。だが、長いこと白区《はっく》（訳注―国民党支配下の地区）で地下党の活動をしてきた馬文元は、上級と単線的な関係しか生じたことがなく、厳格で集団的な組織生活を送ったこともない。党の政策に対する学習も不十分で、指導の仕事はほとんどやったことがなかった。もちろん馬文元くらいの教養があれば、これからよく学習に励み、大衆闘争に触れれば、たちまちのうちに追い付いてしまうに違いない。しかし、いつの間にか馬文元は最も簡単な仕事の仕方を選んでしまっていた。上意下達の方法で、部長の指示を自分の指示とし、課員の報告を自分の報告としたのである。

本来こうした職場では、緊張した戦闘的姿勢、はち切れんほどの政治的情熱、生活に対する強烈な興味を常に持ち続けることを要求される。だが馬文元は、そうしたものをゆっくりと失っていった。部下である五人の課員の使い方を覚えた馬文元は、事務室に腰を据えて動かないようになっていった。そのため、いつも馬は上級と下級から批判を受けた。批判は人によって鞭撻《べんたつ》にもなれば具体的助力にもなる。馬文元も自分の欠点を恥ずかしいと思っていたが、いつも客観的な原因を見つけて自分を許していた。やれ仕事が忙しいからだの、任務が重いからだの、果てはたくさん仕事をしている自分を誰も思いやってくれないと、鬱屈した気持ちにすらなった。

共産党員にとって最も恐ろしい事態のひとつ、我々が普通〝たるんでいる〟と呼んでいるものが馬文元の生活の中で始まった。

状況を変えるチャンスがないわけではなかった。偉大な朝鮮戦争、鳴り物入りで行なわれた反革命鎮圧運動と、引き続き盛大に行なわれた「三反」「五反」運動（訳注―官僚の汚職や資本家の不法行為を摘発する運動）……広範な大衆の高揚した革命的情熱と、驚天動地の闘争から、生き生きした思想と力を政治工作者はどれほど汲み取れることか！　こうした運動の中でどれだけの人間が飛躍的に前進したことか！　だが馬文元はここでも最も手軽な道を選んだ。尖鋭かつ複雑、目まぐるしく変化する闘争の中で馬が得たのは、最も一般的で抽象的なものだった。自ら「法則」と名づけた概念と公式を把握した馬文元は、どんな複雑な現象もこの「法則」に帰納させてしまった。あるいは「法則」をあらゆる事象に適用して、自分では上手く対処できたと信じ込んでしまった。こういうやり方は、そう簡単に見破ることができない。なぜなら「規則」の条文には具体例が幾つもあるからだ。自ら考える意欲のある上司なら、この具体例を分析・玩味《がんみ》して、馬文元が改めるよう働きかけてくれるが、条文を見ただけで満足する上司もまたいるのだ。

そのため、生活の中にある多彩で美しい事柄が、馬文元にかかるとありきたりの生活法則の挿絵に過ぎず、人々の喜怒哀楽は「階級的立場」「人生観」「思想方法」の三つの法則から出ることがなかった。二年前なら馬文元もまだ〝状況〟から何かを探し求めたり推測したりしたのだが、今では一目見るだけで、生き生きした景観にも直ちに字幕が現れた。こうして処理できることが多くなればなるほど、馬文元は生活の広い領域に興味を持てなくなってしまった。

ちょうどその時、馬文元は党委員会から離れ、新聞社の門をくぐった。実はこの転勤を機会に、旧来のやり方を改めようと馬文元自身願ったのである。自分の仕事のやり方に満足していたわけでなかったのだ。一九五三年夏、馬は工業部長の仕事を任された。出勤一日目の朝、女性編集者が投稿を持ってきて、三時間以内にどれを掲載するか決めねばならないと言う。それから毎日がこういう調子だった。

七月中はまだ「業務に通じていない」と言って編集者に軽々と仕事を押し付けることができた。だが十二月ともなれば、さすがにこんな言葉は口にしづらかった。仕事の量も増え、具体的になっていた。判断も速く下さねばならない。

これ以降、馬文元は自分の能力に自信を失い始めた。本来ならこれが彼の生活の転機になっていたはずである。馬文元同志よ、考えてみてくれ。問題の所在がどこなのか考えてみてほしい。急いで努力して時代の歩みに追い付くんだ！　君の能力からいっても追い付けるはずなのだ！

だがこの時、編集長の陳立棟が馬を異動させた。馬文元は文章が上手で仕事も慎重、態度も誠実だと陳立棟は見ていた。そこで馬文元を編集長室に異動させ、主任にするよう提案した。そこで編集長の直接の指導を受けることになった。

陳立棟は疾風迅雷《しっぷうじんらい》に事を処理する男だ。編集長室付けになって一週間で馬文元はそれを悟った。編集長は馬に社説を三編書かせた。論旨は口頭で伝えた。だが馬文元の社説は三編とも紙面に載らなかった。土曜日、一週間の紙面を振り返る編集者全体の会議で、編集長は不満を述べてから次ぎのように言った。「新聞の質が極めて低下している。三日続けて社説がない！」。太った顔は引きつり、いつもより赤みが増している。「責任を取るならば我々は無能ということだ。新聞の仕事をこんなふうにやっていてはいかん……」

二日後、没になった社説の筆者が誰なのか、編集部じゅうが知っていた。各人各様の見方があったが、なぜ馬文元は意見を述べて編集長と議論しないのだろうと多くの人が訝《いぶか》った。

二週間目に馬文元は新聞の編集を開始した。すると馬が担当した四ページのうち二ページを続けて三回編集長が没にした。このため刷り上がりが遅れ、またもや馬文元の身に責任がのしかかった……

自分の欠点を疑うように仕向けるのではなく、自己の存在価値そのものを疑わせるのが、陳立棟という人間の特徴だった。人間の自信を叩き壊すのは簡単である。馬文元はますます寡黙になっていった。

ほどなく馬文元は、万事編集長に指示を仰げば上手くゆくと悟った。編集長は間違いないやり方を心得ている。報道内容から文章、見出しに至るまで、すべて編集長なりの考えや見解があるのだ。

馬文元は自分でも気づかないうちに、こうした状況に服従し、ひそかに安堵の息を漏らすようになった。これだって一つのやり方ではある。

再び平穏な日々が始まった。議論もなければ口論もなく、馬文元が決めねばならないこともなかった。彼は再び「法則」をマスターし、陳立棟編集長の考えに沿って自分も考えることを学び取った。

三十三歳の時、馬文元は結婚を思い立った。妻には十分満足できなかったが、翌年、満たされない感情をすべて子供の身に移した。毎朝、子供を抱き、日向ぼっこして馬は出勤前の時間を過ごした。どんな人間でも、ささやかな場所に自分の幸福を見つけられるのである。

幸せには、人を若返らせるものもあれば、老けさせるものもある。

二年間、七百ページに及ぶ紙面の中に、馬の書いた字は一字もなかった。何か恐れていたわけでも、何か別の原因があったわけでもない。ものを書きたいという強い欲望がなくなっただけだ。煙草も吸わず、酒も飲まず、ダンスもしなければ劇も見ない。最近はトランプ遊びにすら興味を示さなくなった。洗ったことのないかのような、自分の黄ばんだ顔を鏡に映した馬文元は、日増しにたるんでゆく肌をなでて、「老けたなあ」とつぶやいた。

馬文元のその後の半年も、このまま過ぎてゆくように思えた。それは不可能なことではなかった。一九五四年の秋、一級昇格して馬文元は十三級幹部になった。二年ごとに一級上がる計算でいけば、十年もすれば八級幹部になっているではないか。

こうした生活に馬文元は不満でも満足でもなかった。なぜ夫がわけもなく溜め息をつくのか馬の妻には分からなかった——ついさっきまで子供にとんぼ返りを教えていたり、おかしな顔をして子供を笑わせていたのに。編集部の同僚も不思議に思った。会議では自分の意見を一向に述べないのに、なぜ重みのある言葉を興奮して吐くことがあるのか。そうだ、これこそ馬文元なのだ。陳立棟編集長がなんでも正しいと思っているのではないのだ。だが他人を疑う前に馬は往々にして自分をまず疑った。こんなふうに感じるのは間違っているのかもしれない、他人を悪く見過ぎるのだろうか……政治運動の時、何か摘発する人がいると、馬文元はひそかに悔やんだ。俺はとっくに気づいていたのになぜ言わなかったんだろう！　しかし運動が過ぎ去ると、馬の生活も元のペースに戻ってしまった。……新聞工作に従事していれば、平常心のままでいようとするのが無理なのだ。短い電送原稿が馬文元の心を奥底から刺激して、かき乱すことがあった。新たな生活が勃興《ぼっこう》し、叫びを上げながら窓の外から流れ込む時、生活の大きな流れの中に身を躍らせたいとの欲望が馬にも起きることがあった。だが、馬が別の生活の道を歩むには、この力は不十分だった。

一九五五年の秋から、時代は再び大きな波を巻き起こし、生活は再び馬文元に向かって手招きした。

生活の速度は速くなり、古い因習と迷信で築かれた堤防の一つ一つが、かなりの程度突破された。進歩の遅い多くの人々が、硬直した考えから解放され始めた。

新たな情勢がついに馬文元の心を揺り動かした。解放から六年経って初めて馬は現場に行きたいと要求した。大衆の中に入り、生活の深部へ行きたいと願ったのだ。珍しいこともあるものだと思った陳立棟は子細に馬の目を見つめた。結局、馬の願いを聞き入れ、黄佳英が馬と一緒に出発した。

いま生活は、窓外《そうがい》を流れているのでもなければ、無声無色の映画のようでもなくなった。あらんかぎりの色彩、速度、広大な画面で馬文元の前に展開した。

馬文元は黄佳英の後についてトンネル工事へ、ボーリング隊へ、機械製造工場へと駆けていった。帰社の途中、国営商店と手工業合作社の事情も調べてきた。この二カ月間、馬は自分を傍観者の立場へ置かないよう努力した。大衆労働の英雄的気概を反映した原稿を、黄佳英と二人で三編執筆し、投書を二通編集した。座談会も開き、新聞に対する大衆の意見、仕事と生活に対する大衆の要求を理解した。

いま振り返っても、黄佳英という女性に馬文元はどれほど感謝していることか！　取材の途中で黄が見せてくれた働きは、単なる優秀な解説員や秘書以上のものだった。秋雨が綿々と降り続く夜、泥濘と一日の疲れで馬文元は先へ進む気力がなかった。だが黄佳英は馬を説得した。しかし十七里もの泥道をどうやって進むのか。黄佳英は重たい黄色のレインコート羽織ると、前を歩いた。長すぎるレインコートの裾が足にまとわりついた。だが歩くのに慣れたか細い足は、それでも軽快だった。ぬかるみを跳び越したかと思うと、つるつる滑る急坂を登っていった。速く歩こうと思えば歩けた黄佳英は、後ろに馬文元がいることを片時も忘れなかった。微かな雨音の中、黄佳英の声がとぎれることなく馬文元の前で響いた。その声は三、四時間ほど馬文元に疲労を忘れさせた。この夜、平均二十一歳ほどの優れた青年突撃隊員たちと馬文元が知り合えたのは、黄佳英のおかげだった。

そうなのだ。新聞社でも黄佳英のような人々は、いつも前進しようと焦っているし、生活の最前線へ行くことを渇望している。そうなのだ。彼らはまだ幼稚かもしれない、過激すぎる時もあれば、観察から得た印象を成熟した思想に練り上げられない時もあるかもしれない。だが馬文元を驚かせたのは、止むことなく探求しようとする彼らの欲望だった。これこそ馬文元に欠けているものにほかならなかった。

……真っ黒に日焼けした馬文元が編集部に帰ってきた時、誰もが驚きの目で彼を見た。馬はたくさんしゃべり、声もよく通った。垂れかかったまぶたの下の目は、輝きを増していた。

これから馬文元の矛盾した時期が始まった。

以前、原稿を見る馬文元の基準は大変簡単なものだった。今晩、編集長はこれを没にするだろうか？　明朝、編集長は例の電話で何と言うだろうか？　省党委員会書記、常務委員会委員たちの反応はどうか？　……しかし今や、こうした要求のほかに、馬文元は自分を一人の労働者・技術者に見立てて、その目で原稿を見ようと試みるようになった。むろん双方の意見はしばしば一致を見た。だが矛盾する時もあり、そうすると前者の意見を放棄できず、さりとて後者の意見通りにするわけにもいかない。馬文元の仕事の能率は落ちていった。

だがこんなことはたいしたことではない。

新聞社内の具体的な問題に対し、いま馬文元の心には二つの意見が存在した。ひとつは陳立棟のもので、以前は馬自身のものでもあった。もうひとつは黄佳英たちのもので、今なお完全に馬のものにはなっていなかった。ある問題について考えたり討論したりする時、馬文元の頭は二つの意見の間を絶えず徘徊していた。前者は比較的権威があるが、その多くが時代遅れであるし、ある意味では誤っているとさえ言えた。後者は比較的新しいが、それほどしっかりしてもいなければ、信頼できそうもなかった。

「自分の意見が持てたらどんなにいいことか！　……」

これが、馬文元の心にひそかに隠れていた苦悩だった。

五

黄佳英は疲労を感じ、体も冷えていた。

公園にこんなにたくさんポプラを植えてどうするのだろう。そよ風でかさかさ音を立てる木の葉が、寒々とした感じを与える。遠くの空き地を月の光が照らしており、一面に雪が積もったように見える。このせいで黄佳英は寒さを感じたのだろうか。

二人は一時間あまり座っていた。話に気を取られている張野は、黄が疲れているかどうか一言も聞いてみなかった。昨日は一晩中列車に座り、今日は馬文元とあんなに長い話をした……

自分の七年計画について話し終えた張野は、もうじき出版される工業経済論文集のことを話し、話題を再び二人のことに持っていった。

ベンチの背にもたれ、向かいにあるポプラ林から漏れる灯火を張野は眺めていた。歩いても座っても、張野の姿勢は美しかった。自分の声も美しいと思っているに違いない。だから張野はひとつひとつの言葉を長く引っ張るように発音するのだ。話しながら声を鑑賞しているのである。

「七月中に新しいビルができあがるさ。二階がいいな。三部屋いっしょになっているやつだ。黄色い壁だったら赤色かコーヒー色のランプシェードを買おうと思っているんだ。水色の壁だったら濃紺のランプシェードにしよう。油絵ももう僕が選んである。タンスがないけど僕が何とかするよ……」

この人はなぜこんなに自信があるのだろう。男性はみなこうなのだろうか。黄佳英はこんなことをこれまで全く考えてみたことがなかった。

人は一生のうちただ一度だけ本当の愛を得るといわれる。自分と張野の間にあるのが本当の愛なのか、黄佳英には分からなくなっていた。張野が自分を愛しているのは知っている。彼は才能ある人で、努力もする。趣味でも、黄佳英と張野の好みはよく一致した。映画の帰り、二人はよく歩きながら感想を語り合ったが、意見の食い違いはなかった。……しかしこれだけでいいのだろうか？

体を傾けると黄佳英には張野の横顔が見えた。高い鼻、豊かな額、頭全体の輪郭が柔和な美しいラインで縁取られている。……張を羨む女性がいるのも頷ける。彼は美しいのだ。張野と一緒に街を歩いている時、髪の毛が張野の肩に触れると、通行人が羨ましげな視線を投げかけてくることがあった。天性の夫婦とでも言っているかのようだった。こういったことを黄佳英は誇らしく思った時もあった。

しかしどうして黄佳英は次第に手紙を書かなくなっていったのだろう。そう、ひと頃こんなことがあった。工業方面の多くの問題について、何が原因で何が結果なのか黄佳英はさっぱり分からなかった。ちょうどその時、分析してほしいと思って一週間に三、四通、張野に手紙を書いたことがあった。張野は編集部でも論理的なことで有名だった。論理の通った返信があったものの、黄佳英は満足できなかった。そう、彼女が期待していたのはこんな答えではなかったのだ。以後、この手の問題について黄は張野に聞こうと思わなくなり、張の方でも二度と話そうとしなかった。なぜ張野と疎遠になってしまったのか黄佳英にもはっきりしなかった。すべてにおいて同じでいてほしいなどと恋人に求めたわけでもないのに。

話し終えた張野は、彼女の方に振り向いた。彼女の意見を聞きたがっているようだった。この人、なに話していたのかしら？　黄佳英は困惑した。仕方がないので黄は適当にひとこと言ってみた。だがどうしてこんな言葉が不意に出たのか自分でも不思議だった。

「あなたは共産党員として果たさなければならない役割を、完全に果したと言うの？……」

張野の顔がはっきり見えなかったので、何を考えているのか黄佳英は当ててみようとした。不意の質問にこの人はすぐ答えようとしない。自分の印象ばかりいつも気にしているというのは本当かしら。なら、どうしてこんなに自然に見えるのだろう。

張野は戸惑っていた。

「まだ多くの欠点が僕にもある。問題の見方も偏っているし、組織能力にも欠けている。生活の中でそう鍛えられてもいない。でも自分の力でできることであれば、僕は精いっぱいやってきた。……社の指導者は僕にとても目を掛けてくれるんだ。陳立棟編集長は……」

彼の欠点がこれだけだったらよかったのに！　……そうなのだ、社で張野が指導する工業部は、編集長が最も理想的と認めるセクションである。この部はほとんど省人民委員会工業庁の宣伝課だった。省党委員会委員や省委員会工業部長兼工業庁長が会議で陳立棟を見つけると、必ず紙面を褒め上げ、張野を称えた。本省における工業的成果はこうして新聞紙上にすべて載っているが、鋭い問題点を新聞から理解しようとしてもそれは難しかった。ここ数年でやや徹底的に暴露し得たのは、でたらめな的経営のため倒産した耐火材工場のことくらいだった。それもこの工場が当時、省委員会工業部で進めていた反資本主義経営思想運動の典型だったからだ。……

張野はまだ滔々と話し続けている。が、黄佳英の耳に入ってくるのは断片的な語句ばかりだった。何度も〝編集長室〟とか〝馬文元〟とか張野は言っているみたいだった。なぜだか分からないが、この言葉は黄佳英の脳裏に不愉快な記憶を蘇らせた。

一九五五年の春、前年の仕事を総括する大会での出来事だった。陳立棟が一年の総括をした後、編集者や記者が発言した。ちょうどみんな自分たちの新聞に不満を感じ始めた頃だった。曹夢飛とある記者が発言し、こうした現象の原因について触れた。はからずも二人は一致した考えだった。新聞社で働く人間の積極性と創造性が十分発揮されないのは、編集長が編集者や記者を信用していないからだ。記者の自覚や能力を低く評価し過ぎる。何でも編集長が自分でやってしまい、編集の人間の意見をあまり顧みない……職歴のみで評定をし賃金を決める。同一労働に同一賃金を出さないのだから、人間の向上心など刺激できない……等々。

二人の話が終わると直ちに張野が席を立った。ゆっくり前へ歩いてゆく張野を見ているうち、講堂のいちばん後ろに座っている黄佳英の顔がさっと赤く染まった。彼女は嬉しくてたまらなかった。張野は何を話すのかしら?——編集委員の中で最初に彼が発言するのだ！　振り返って自分を見る人がいるのではないかと思うと、黄佳英は少し恥ずかしかった。

白いクロスが敷いてあるテーブルの側に張野は立ち止まった。メガネを少しずらした張はテーブルの湯飲みを見ている。やや感情を高ぶらせているようだ。……張はまず工業部の仕事について話した。彼自身と工業部員が新しい事物に対して敏感さを欠いていたこと、真面目に調査研究する精神に欠けていたこと、党の政策をよく学ばなかったことを、厳しく自己批判した……この話と前の二人の発言に何の関係があるのか黄佳英が一生懸命考えていると、突然、張野は批判の矛先を編集長室に向けた。

「編集長室は編集委員会の指導意図を実現する責任がある。しかるにどう実現しているのか」。張野は慣れた口調で詰問し始めた。「編集長室に入ると、ぐっすり眠りこけているような気分になる。忙しいのは確かだし、雑然としてもいる。しかし考えなしにいたずらに忙しかったり雑然としていても、何の役にも立たない。……原稿の取捨選択や紙面の具合を決めるのは、編集長室であって編集長ではない……先の二人の意見は考慮に値するし、紙面も改善が必要だ。だが紙面を改善するにはまず編集長室の仕事を点検しなければならない……」

憤然たる張野のこの発言は、前の二人が出した問題に払う一部の人の注意をそらしてしまった。確かに張野は正しい。感情的なのはよくないが、張野はあんなに厳しく自分の部を批判しているではないか。そして編集長室は確かによくない。馬文元の鬱陶しさにはほとほと愛想が尽きていた……

しかしこの発言の真意を見抜く人もいたので、会場は騒然となった。張野の意見に賛成する人もいれば、反対する人もいた。このため議事進行が遅れ、議論のはっきりした結論も得られなくなった。恥ずかしさのあまり耐え切れなくなった黄佳英は、早めに会場を後にした。翌日は日曜だったが、黄は張野に会わなかった。二人の亀裂はこの時から広がっていった……

だが黄佳英は張野との関係を絶たなかった。優柔不断とはいえない少女が、なぜ愛についてだけ臆病になるのか、黄佳英はむかし首を傾げたものだった。自分の恋人に満足できないのになぜ別れられないのか。男の側が完全に裏切った場合ですら、長い間その人を忘れられない。だが女性がひとたび一人の人間に思いを捧げたら、元に戻すのが難しいことを、黄佳英は今になって分かった。情けない！　一度キスしたくらいで永遠にその人のものになるとは限らないのに。こう自分を激しく責めることもあった。……自己弁護に多くの時間を割こうともした。張野の中から愛しいところを探そうと努めたのである。……本当に矛盾している！

公園の土が湿り気を増してきた。ライラックの香りを含んだささわやかな夜風をベンチの背に感じた。黄佳英は考えごとからゆっくりと我に返っていった。

「君の手紙は読んだよ」。穏やかで軽快だったさっきとは打って変わって張野の声はぎこちなかった。真剣な話が始まるのだろうと黄佳英は思った。「君と曹夢飛の意見は正しい。僕だって新聞に満足してやいないさ。不満だよ。新聞は生産性の問題だけじゃなく、社会性のある問題をもっと提起すべきだって曹夢飛はいつも言っている。誰でも知っている当たり前のことは減らして、大衆の要求をもっと反映させるべきだって……これはいいさ。だけど一体どういった社会問題か、大衆のどういった要求なのか、君たちははっきり言っていないじゃないか……」

「新聞に問題提起する勇気がない。これこそ社会性のある問題だわ」

「勇気がない？　どうしてそんなこと言えるんだ。僕たちの新聞は毎日問題提起しているじゃないか。今日の新聞には工場の深刻な生産事故について書いてある」

首を横に振って黄佳英は急に笑い出した。

「こんなのが問題ですって？　ええ、一九五二年の紙面にはしょっちゅう〝事故が多い〟っていう言葉が載ってたわ。でも、そうじゃないのよ」。背筋をピンと伸ばした黄佳英に、議論しようという気がもたげてきた。「例えば去年の上半期、農村で二カ月生活した曹夢飛が、農村幹部の右傾保守思想を批判する記事を書いたのに、なぜあなたたちは圧力をかけて発表させなかったの？　まだあるわ。工業の右傾保守に反対する文章を書いた人がいるんじゃなくって？　なぜあなたはそれに圧力をかけたのよ。まだ例があるわ。女性が産児制限しないのは問題があるってかなり前から社に意見を言ってきた人がいるけれど、どうして適切な時に紙面で討論しなかったの……」

意見を聞きながら張野はうんうんと頷いたが、胸中次のように思っていた。省党委員会委員が提起したことのない問題を、新聞が取り上げるものか。君に新聞の責任を負わせたら、君だって少しは考えてみるだろうよ。……だが黄佳英の最後の意見を聞くと、張野は驚きのあまり彼女の目を見ていった。「そんなことはだめだ！　党中央がまだ決めてもいないことを、新聞紙上でどうやって討論するというんだ！」

「何でもかんでも中央の決議を待って、それから新聞に載せなきゃいけないの？　事によっては下級の人たちが勝手な主張をして、党中央の考えを歪めたりしている時なのよ。中国医学の問題がそうだったじゃない。党中央がすべてに気づき、すべての問題に決議を出すなんてできっこないじゃない。だいいち何でも中央待ちにして、中央が会議を開いてからやっと新聞に載せるようじゃ、新聞なんていらないわ……」

これ以上、張野は話したくなかった。女ってのはどうしてこういつまでも無邪気でいられるんだ。党中央で決まった指示も決議もないのに、新聞が問題提起できるだと。非現実的な！……こう思ったものの、黄佳英の気性を知っている張野は、その場を取り繕おうとして言った。

「間違いじゃないけれど……」

黄佳英は自分の考えにしたがって、話をなおも進めていった。張野を自分の論敵に見立てて続けた。「新聞を縛る規則や制度がいっぱい！　新聞は党委員会や政府に大衆の声を聞かせるべきじゃない？　新聞が何か言えばすぐ大衆が騒ぐと心配する人がいる。でも何を心配しているの？何年も教育や闘争で鍛えられて、やっと大衆の自覚が高まったのよ。それにあなたが言わなくったって、大衆の要求は頑としてあるんだから避けられっこないでしょ。話を戻すけど、新聞が問題提起しても、まるで友達のように仲良く話し合うんじゃちっとも解決にならないわ。本当のことをはっきり言って何が悪いの……」

真剣な黄佳英の様子を見て、彼女は確かに変わったと張野は思った。二年前、おとなしかった彼女は張野の語る意見に耳を傾け、目には敬慕の念があふれていたのに。時間もたいして経っていないのに、全く別の人間になってしまった。会っていても、愛を語るより、議論している方がずっと多くなった。だが議論そのものより、彼女の不服げな表情が張野には気にくわなかった。優しさを失った少女に愛しいところなどあるものか。時の流れが二人を近づけるどころか疎遠にしてしまった。なぜだろう。彼女が記者になるのを認めなければよかったと張野は後悔した。……

今年の春は格別寒かった。張野は自分の上着を黄佳英に掛けてやった。いつも早めに衣替えしてしまう黄は、単衣の服しか着ていなかった。

二人は黙ったまま歩いていた。張野が再び口を開いた。

「明日の編集委員会で編集長たちが君の鉱山での行動を批判するけど、何を言うか準備しているかい？」

口元に微かな笑いを黄佳英は浮かべた。恐れるものなど何もないと思っている時、人はこのように笑うものだ。

「私の意見、私の見方を言うわ！」

張野はできるだけ声を和らげた。

「君の意見と見方は、後でいくらでも話す機会があるよ。明日はやっぱり意見を言わず、聞き役に回りなよ」

振り返った黄佳英は目を大きく見開き、詰問するように張野を見た。

張野はうつむき加減に視線を落とし、ゆっくり動く爪先を見た。

「衝突が避けられる時は、避けるに越したことはないよ。誰が正しくて誰が間違っているかは、少し経てば必ずはっきりするよ。……それに今度の編集委員会では、陳立棟編集長も君の問題を厳しく扱うつもりはないんだから」

黄佳英の反応を待っていたが、口をきかないのでやむなく張野は続けた。

「いま君のいちばん大切なことは入党問題を解決することだ。……明日の夜、党総支部が君の入党申請を検討するはずだ……」

身震いして黄佳英は張野に振り向いた。何かを待っているように張野は彼女を見ていた。この人は一体どうしてしまったのか。

しかし黄佳英が承知すると思って、張野は慌てて先を続けた。

「明日の編集委員会で、君は自分の誤りを認めなければいけない。こんなのたいした誤りじゃないさ。……要は強弁しないことだ。無意味だよ。事態をやり過ごしてから話したって遅くはない。……こうすれば夜の総支部委員会でも了承すると思うんだけど……」

張野がこんな考えだったとは！　入党のためには党の利益を擁護しなくとも平気！　入党のためには自分の意見を隠さねばならない！

不意に黄佳英は立ち止まった。張野に手厳しい反論を加えてやろうかと思ったが、結局何も言わないまま後ろを向き、もと来た方向へ歩いていった。張野が大声で彼女を呼んでいる。すると黄佳英の足取りはいっそう速くなった。まるでこれまで、これまでこんなにひどい侮辱を受けたことなどなかったかのように……

一九五六年

本紙内部ニュース（続編）

一

夜十時半。『十五貫』（訳注―江蘇省の伝統劇。建国後改作され、官僚主義批判の意味合いを帯びた劇となる）の上演は終わりに近づき、〝友誼館《ゆうぎかん》〟での舞踏会もいま一番盛り上がっている頃だろう。だが『新光日報』編集長・陳立棟はリウマチ性関節炎を患う両脚を引きずりながら、執務室のある建物へ向かおうとしていた。夜勤の編集委員がいるから、別に行かなくともよいという人がいる。陳立棟も以前そうしてみたことがある。だが中途半端に寝て、また起きるくらいなら、早く来た方がましだった。どのみち安心などできないのだ。編集長なしで、明日の紙面の出来栄えを誰が保証するのか。

いつものことなので編集長室主任・馬文元は全く驚かなかった。事務室に陳立棟が入ってくると、レタリングの印刷された紙を馬文元は手渡した。それには「社会主義の道を前進する××省」とあった。新設欄の見出しである。

スプリングの壊れたソファに座った陳立棟はしばし考えると、馬文元を見て怒鳴った――陳の話し方はいつもこうだった。

「それじゃあ全国は？　全国の記事はどこに載せる？　全国挙げて社会主義の道を前進しとるんだぞ！」

意外に思った馬文元は弁解した。

「ほとんどの面を割いて全国のことを宣伝しているのですよ。こんな小さなところで省の宣伝をしたって構わないんじゃないですか？　……」

太い眉をしかめると、陳立棟は怒鳴って馬の話を遮った。

「君だって分散主義なんて言われたくないだろう」

陳のこめかみに青筋が立つのを見た馬文元は、それ以上言葉にならなかった。新しい見出しに変えようとした陳立棟は、二ページ分の大刷りをつかむと部屋から出ていった。

一方、馬文元は新しい見出しではなく、別のことを考えていた。陳立棟の後ろ姿が見えなくなると、後悔の念が心をよぎった。口論すべきだった。チャンスだったのに。いつも事が済んでから後悔するのが自分の欠点だったことに気づくと、馬はいっそう後悔した。

最近、自己変革しようと馬文元は人一倍焦っていた。布靴に慣れた馬が、柔らかい靴底では歩くのに力が入らないと思い立ち、初めて革靴をあつらえた。急を要する指示が編集長室から多く出され、編集会議で発言する馬文元の声も確信に満ちているのに社の人々は気づいた。報道部とよく話し合い、馬文元は六月まるまるひと月を第一面の刷新に全力を挙げた。上手いことに陳立棟は関節炎の発作を起こして休みを取っていた。経済建設と人民の生活に関する生き生きとしたニュースが二日続けて一面に報道された。五つか六つだったニュースのテーマも二十を超え、思いがけない投書もあった。「川の側に住んでいるのに飲料水がない」という批判的な投書を一面に載せた。この二日というもの夜中まで馬文元は紙面の組み方を考え、一番きれいな飾り罫を選ぶのに植字室まで駆け込んだ。机の周りをうろつきながら心弾む思いで新聞の刷り上がりを待った。翌日夜が明けると、すぐ起きた馬文元は、社の新聞掲示板のところへ行って人々の反応を窺った。掲示板の周りにこんなに多くの人が集まったことなどあったろうか。自分で作った新聞は見たくないのが編集者の常だなんて誰が言った。賛嘆の声を聞くと、馬文元は報道部と編集長室の編集者が払った手間を幾度も思い出した。自分の労働の成果が紙面に初めて表れ、馬は興奮を禁じ得なかった。翌日、陳立棟が出勤してきた。この二日の編集方針に全く異を唱えなかった。が、明日の紙面の一面には必ず『人民日報』の社説を転載し、本省の活動を点検した農業省の報告、科学振興大会で省党委員会の常《じょう》書記が行なった発言を載せるよう再三言い含めた。その晩、馬文元は一言も口を利かなかった。翌日、日記に付けていたかねてからの目論見を馬文元は実行に移した。省党委員会・常書記に相談を持ちかけたのである。

書記との話を終えた馬文元は、新聞改革への思いがますます抑え難くなった。

このところ馬文元が毎日夜更けまで一人残っているのは、陳立棟の指示から隙を見つけ出し、記事やニュースを盛り込もうとするためだった——こうでもしなければ、読者が本当に必要とするものを与えたとの安心感が馬には起こらなかったのである。

新聞社内では、勢い盛んな新たな潮流が現れている。だが、少しも動じる様子のない陳立棟を見ると、馬文元の気持ちは焦燥に駆られた。

文教部の事務室にまだ誰かいるようなので、陳立棟はふらりと入っていった。机に向かっていた部長の鄭克倹《ていこくけん》がゲラに筆を入れているところである。編集長を見ると立ち上がった。

「まだいたのかね？　……何を直しているんだ？」

「読者からの投書です。食糧の供給が足りなくて、生徒が腹いっぱい食べられない中学がありまして……」

「何？」

鄭克倹は繰り返した。訝しげに鄭の目を見た陳立棟は、しげしげ彼を眺めてから大声で言った。

「君のような古参党員がなんだってまた党の政策にそんな見方ができるのかね。……その投書は没にしたまえ！」

鄭克倹は次のような説明をするつもりだった。食糧庁は十分供給するよう決めたのに、市や県が上手く実行しなかった、党の政策は全国人民の生活を満足させるものである……だが陳立棟はすでに出ていってしまった。

自分の執務室のドアのところで、陳立棟は文芸部の編集者・郭珂《かくか》に会った。郭珂は長い間待っていたようだった。

「現場へ行きたいんですが、もう長いこと行ってなかったんで」。年配の人に笑いかけるように話した。子供っぽく見せているのだ。

「現場へ行くのはいいことだ。どこへ行く?」

「農村へ行って合作社の方を回ってきたいんです」

「田舎へ行くのか?　いいとも、行ってこい」

この青年編集者が現場の取材のことで今朝、文芸部長と言い争ったことなど、陳立棟は思ってもみなかった。これで郭珂は明日「編集長がいいと言った」と言えるのだ。

陳立棟は大股にゆっくりと自分の執務室に入っていった。むかしロシア人の応接室だったものを、執務室に改装した部屋である。濃いコーヒー色の壁は金襴緞子《きんらんどんす》で飾られており、革のソファ・事務机・厚地のカーテン、すべてがコーヒー色だった。部屋全体がコーヒー色と真紅に浸かっている中、大きな電気スタンドの笠だけがクリーム色だった。リノリウムに包まれたどっしりした大きなドアは、一切の音を遮断する。乳液のように柔らかな電気スタンドの光が、落ち着いた快適な雰囲気を与えていた。部屋の配置すべてが、静かで優雅な感じを醸し出していたが、雰囲気すべてをぶち壊しにするものがひとつあった。それは工作機械と農機具をぎっしり描いた、壁に掛かった大きなポスターだった。ポスターの位置にはもともと油絵が二枚掛かっていた。深い谷にある朝の森を描いたものと、名画『第九の波』(訳注—難破船に襲いかかる大波を描いた、ロシアの画家アイワゾーフスキイの作品)の複製品だった。二枚とも執務室の主人に外されたのである。装飾など仕事に無関係な事柄に、陳立棟はゆっくり楽しんだことがなかった。大きなガラス窓から見える川の景色すらお構いなしだった。部屋に入った人ならこの生きた絵画——川の景色を前にして思わず帰るのを忘れてしまう。こんな時、陳立棟は背後で一言も話さず、窓外にあるありふれた水の流れを眺めて不思議に思った。見とれるほどのものかね？　それとも私が見飽きただけなのかな。君たちは詩人だが私は無骨者だ、とふざけて言う時もあった。

机の上の期日を過ぎた入場券や招待券を押し退けると、字体の整った書き置きが陳の目に止まった。「親愛なる立棟同志……」。さっき会った編集者が書いたものだった。ここ数年、部下の編集者や記者に戦闘の体験や新聞工作の経験を語るのが陳立棟の楽しみだった。彼らが所用で陳のところに直接来たり、手紙を書いてくるのも楽しみだった。四、五人の若い編集者と記者が陳立棟の気心の知れた部下となった。彼らは何かといえば編集長を探し、所属の部長を探さなかった。編集者と部長が仕事の上で争った時でさえ、陳立棟はよく編集者の肩を持った。記者の原稿を編集部が没にして突き返すことがよくあるが、こんな時でも記者が編集長に手紙を出せばすべて掲載となった。「親愛なる立棟同志、か！」……書き置きを手に取ると陳立棟はそっとつぶやいた。

不愉快な記憶が心に蘇ってきた。今日の午後、省党委員会の財政経済部で会議があった時、常書記に会うなりこう言われた。「どうして君が来たのかね。別の人間に出席させればいいじゃないか」。常書記は笑っていた。これまでも同じ話を常書記は何度も繰り返したが、今でもまだ陳立棟には意味がよく分からなかった。私が幹部を信頼せず、何でも一人でやっているのを非難しているのか。それとも私の負担を軽くしようと好意から忠告しているのだろうか……それに、あの笑いの意味は何だろう？

ドアが突然開いた。馬文元が明りのところまでやってきた。陳立棟に微笑みかけながら言った。

「もっといい見出しは考え付きませんでした。あの見出しでも編集長室の人は悪くないって言っています……」

「君は？」。自分に向かって反対意見などまず言えないのを知っていながら、陳立棟はわざとこう聞いてみた。

やや躊躇した馬文元は、穏やかな、だが断固とした口調で言った。「私も同じ考えです。それにレタリングだってもう凸版になっています」

陳立棟は何も言わずに半身前に突き出した——足が短いので上半身が崩れ落ちそうに見えた。訝しげな目をして真っ直ぐ馬文元を見つめていた。陳立棟のまなざしからあるものを見つけた馬文元は、顔が紅潮してきた。馬の小さな目に怒りが表れ、これまで出したことのない声が響いた。

「私は編集長室の主任じゃないんですか。編集委員じゃないんですか。……私がここにいるのは、取るに足りないことでもいちいちあなたに指示を仰ぐためなのですか」

馬は言いたかった。もし編集長室主任の仕事の目的が編集長に決定事項をひとつひとつ覆されることにあるのなら、編集長室など必要ない。馬は言いたかった。これから先も編集長の私的伝令兵になるなんて真っ平だ。さらにこう言ってやりたかった。私は陳立棟に反対する。なぜならあなたはこの新聞を良くしようと思っていないからだ……激烈極まる言葉で馬文元は年来心に鬱積していた一切を、洗いざらい話そうと思っていたのである。だが陳立棟の目を再び見ると、馬文元は言葉が出てこなくなった。その目つきは、まるで自分のことを観賞しているかのようだった。馬文元は自分が滑稽に思えてきた。

馬文元は頭を上げ、背をぴんと伸ばして出ていった。

機械的に一面の大刷りを手に取り、陳立棟はざっと目を通した。だが何も目に入らないようだった。精神の安定を失うことなどめったになかったのに。馬文元の態度から、新聞社内で起きている大きな変化に陳立棟は直《じか》に触れた思いだった。馬文元のような人間ですら癇癪を起こすのだ。他にどれくらいの人間が……

蒸し暑い天気だった。間もなく雨になるかもしれない。リンネルのシャツのボタンを陳立棟はすべて外したが、それでもまだ暑かった。川に面した大きな窓を力いっぱい押し開けても、風はなかった。川の北岸は墨を流したかのように一面真っ暗で、薄暗い灯火が二つ、三つ残っているだけだった。陳立棟のように遅くまで働いている人間などいるのだろうか。たぶん不注意な人が明りを消し忘れたのだろう。

……仕事もそこそこに陳立棟が帰宅する初めての夜となった。

家のドアを開けると、妻はまだ起きていた。両目が赤く腫れている。二人は言葉を交わさなかった。足を洗った陳立棟が横になると、妻が隣で話しかけてきた。

「明日は日曜だし、子供を遊びに連れていってほしいの」

返事はなかった。

「結婚して七年にもなるのに、私を一度も散歩に連れていってくれたことがないなんて……他の夫婦はこんなんじゃないわ」

「えっ」。陳立棟は上の空だった。相手の話を全然聞いていないのに気づくと、また「えっ？」と言った。

妻がもう一度同じことを繰り返すと、納得できないとばかりに陳立棟は言った。

「五人も子供がいて、そんなに遊びたいのか……暇だったら勉強すればいいだろう。工農速成中学に行ってもう七年にもなるのに、まだ三年生じゃないか……」

恥ずかしさのあまり妻は顔を枕に埋めた。……新たな憎しみが妻の心に生まれたようだった。今ごろ思い出したように忠告なんかしないでほしいわ……

陳立棟の思いは再び元に戻っていった。常書記の言葉はどういう意味なのだろう。


数時間後、『新光日報』が輪転機から刷り上がった。「今日の新聞！」と叫んで、新聞の売り子が読者の手元に届けねばならない。

今日の新聞――なんと人を惹き付けるものか！　祖国の隅々で毎朝、何万もの人が興奮した気持ちで、好奇にかられたまなざしで、そして頭の最も冴えた状態で、この使節を迎えるのだ！　それは全世界の声・色彩・香りを全身から放射しながら、朝日に向かって開かれたドアに飛び込む。人々に向かって叫び、ささやき、感動させたり考え込ませたりする……

ところが、よそよそしい活字がただ並んでいる第一印象しか与えない、そんな新聞もある。いつ発行したのかはっきりしないほど薄い印象。四ページもある紙面に辛抱強く向かっても、得るものは非常に少ない。

『新光日報』の読者には分からなかった。紙面には〝強力に展開する〟〝断固として貫徹する〟〝積極的に応える〟との呼びかけや指示がたくさんあるのに、大衆自身の生活・要求・提案はなぜ哀れなほど少ないのか。あす大衆が行動を開始しようという時まで、なぜ困難の所在を教えないのか。熱気あふれる闘争や活気みなぎる新生活が、なぜ紙面では数字やパーセンテージに変わってしまうのか。

党省委員会がこの新聞に満足しているかといえば、そうではない。この新聞に対する大衆の評価は毎朝、党省委員会の事務室にも伝わってくる。しかし編集長が陳立棟なのを思い出すと、委員会の人々は溜め息まじりにこう言った。「新聞をしっかり編集するのは確かに難しい！」。党省委員会の建物で見かける陳立棟は、編集部にいるあの陳立棟とは違うのだ。欠点はあっても、陳はやはり責任というものを負っているのだ。どの夜でもいい、党省委員会が編集長室に電話をかけるといつも陳立棟がいるし、夜の集まりで陳の姿をほとんど見かけない。いわんや党省委員会の決議を陳立棟ほど断固かつきめ細かく執行する人間はいなかった。

しかし、時は人間をゆっくり覚醒させていった。一九五五年六月が、この新聞をあれこれ批評する段階だったとすれば、一九五六年六月になると、この新聞を刷新しなければならないと人々は感じるようになった。

党省委員会は次のように決定した。七月一日から公費による予約購読を一部取りやめ、小売り部数を拡大して個人の予約購読を奨励する。

これは賢明な決定である。七月一日、三種類の異なった新聞が売店に並んだ。自分のお金と引き換えに新聞を買うのである。読者は選択を迫られるので、最も有効な批判となった。

同日午後、凶報が伝わった。『新光日報』の売れ行きが一日で突如三万部から一万二千部に落ち込んだというのだ。

日暮れ時、新聞を満載した二台の三輪車を、受付の王《おう》さんと許《きょ》さんがしょんぼりした様子で社の正門に押し込んだ。契約の規定により、小売り所で売りさばけなかった新聞は、新聞社が責任を持って引き取ることが決まっていた。

ちょうど編集部の退勤時間だったため、三輪車の周りには人垣ができた。

それからの情景は描写に及ばない。自己の労働の成果を誰も必要としていないのを知った時、人間がどういう反応をするのか、誰でも想像がつくだろう。

二

七月二日の朝、曇り空の蒸した天気だった。

ベッドから起き上がった陳立棟は傷でも負ったかのような気持ちになった。机の新聞にさわる気がしない。この新聞のおかげで誇りに思っていたのに、今では悲しみに沈んでいた。

食事時にはあれこれ考えないのが何年も続いた陳立棟の習慣だった。だが今日ばかりは思考をコントロールする術がなかった。今日の牛乳には水が混じっているに違いない。饅頭《マントウ》は石のようにカチカチだった。イチゴジャムが好きなのを知っているはずなのに、今日出てきたのはリンゴジャムだ。陳が煙草で焦がしたテーブルクロスの穴は、今日も開いたままで皿の下にあった。誰もが陳に敵対しているかのようだった。

他のことはさておき、自分の新聞が不要にされるのを陳立棟は認めるわけにいかなかった。努力して働いてきたのではなかったか。自分に二つ生命があっても、陳は両方とも新聞に振り向けただろう。五年前、この新聞の責任者になった時からこうした意気込みでやってきたのだ。その時から陳立棟は自分を初めて発見したかのように感じた。編集長室に座った日から、両腕に力がみなぎってゆくように思えた。責任と信頼につれて自信が強くなるのは当然だ。

革命参加歴二十年になる人間など新聞社にいなかった。一九四二年に隊伍に加わった馬文元が最古参のようである。革命に参加した時、陳立棟は文書の取り扱いを任された。にもかかわらず一九四九年からの幹部がごくあっさりと記者や編集者になっている。こんな連中を当てにして新聞を発行するなど冒険だ！　陳立棟が各方面に具体的な指導を施さないと駄目なのである。

五年一日に思えるほど、陳立棟は疲れを感じなかった。五年一日に思えるほど、党省委員会幹部の目に信頼を読み取り、編集部の人間から厚い威信を感じ取った。自分は欠くことのできない人間だとどこにいても感じた。会議に何日か出席していたり、病気になったりすると、編集部の建物に戻るや驚きと喜びの声が聞こえた。

「本当に編集長のことを待っていました。」

「ああ、やっと来たのか！」

「編集長がいないと、ここはもう……」

こうした言葉を聞くと、陳立棟の心は和んでいった。

編集長といえども神ではない。間違った話をしたり、過ちを犯したりするのは避けられない。し

かし過ち は普通〝思想の在り方〟が未熟で、下級幹部が偏った状況を反映して起きるのであるが、陳立棟においてはすべて〝仕事のため〟ということになった。毎晩深夜になっても明るい編集長室の窓を思い出すと、意見がある人でもそれを引っ込めてしまった。陳編集長は確かに勤勉で誠実だ。いささかの個人的打算もない。

政治運動にも陳立棟は淡々とした気持ちで参加した。面倒な様子でもあった。〝個人的打算〟という言葉を誰かが口にすると、陳は内心こう思った。「個人的打算だって！　このオレ陳立棟に一体どんな個人的打算があるっていうんだ」

年末の勤務評定のたび、陳立棟は自分を評して、厳かかつ謙虚に次の言葉から始めた。「党に忠実で、一切を党の利益に従わせる……」

異論はなかった。新聞社から党省委員会に至るまで、この長所に疑いを抱く者などいなかった。日頃から陳立棟と親しい張野など、あらゆる機会を見つけて、会議の時、あるいは個人的にこう言った。

「党の事業に対する立棟同志の盛んな忠誠心は……に値する」

「……すべて立棟同志がよく考えてくれるからである」

「もし編集委員会をしっかり指導してくれなければ、ますます……」

「編集長の最大の長所は大きな誤りを犯さないことである……」

しかし晴天の霹靂《へきれき》、昨日一日で新聞は半分以上の読者を失ってしまったのだ！　今でもまだ陳立棟は夢心地だった……

苛立たしげに食器を押し退けて立ち上がった陳立棟は、部屋をうろつき始めた。

ああ、もっと憂鬱なのは一カ月近く党省委員会書記の指示がないことだ。新任の常書記は何を考えているのか分からない人だった。劉《りゅう》書記は去ってしまった。これこそあらゆる変化の中で最も重大な変化だった。常書記は何かにつけ少し変わっていた。自分で話すより質問するのを好んだ。以前、常務委員会や個人的な会話では、劉書記がひとりで話し、陳立棟は記録を取ればよかった。それが今では党省委員会から出ると、手首は痛まなくなったものの、心配ばかりするようになった。何か言い間違えなかったろうか、何か言い漏らさなかったろうか。この間、党代表大会の報告を常書記が書くと聞いたので、党省委員会から戻ると陳立棟はすぐ張野をやった。これまで書記の報告は毎回、新聞社が起草していたからだ。しかし今回、常書記は張野を追い返した。自分には頭があり、それを錆び付かせたくないと言うのだ。

常書記は不意に次のような問題を提起することもあった。

「君たちのところに女性記者はいるのかね? ……どうだね、よく指導できんだろう?」

即刻、新聞社に戻ると、陳立棟は黄佳英を呼び付け、彼女の手落ちを探して説教した。当然、黄佳英は強情に弁解に努め、これがまた陳を怒らせることになった。陳立棟ともあろう者が若い娘に手を焼くとは。

しかし、その上いままでは馬文元がいる。馬文元のことなど、これまで眼中になかった。無能であるばかりか従順だからだ。それが今、馬文元すら変わってしまった。いや、馬文元ひとりが変わったのではない。新聞社の多くの人間が変わったのだ。紙面審査会議で李一真が言ったあの言葉はどういう意味なのだろう。その週の紙面に不満を述べると、李一真はぐるりと会場を見回し、一言ひとこと区切るように言った。

「……この紙面からすると、我々には編集長がいないか、あるいはたったひとりの編集長しかいないようだ、あるいはその両方かも」

ここまで考えると、悲憤の思いが陳立棟に沸き上がった。机の新聞を苛立たしげに手に取ると、再びそれを放り投げた。うちわを取り上げ、それも放り投げた。最後に、壁に掛かった六月のカレンダーを破り、それを丸めて力いっぱい床に叩き付けた。すぐに大声で通信員を呼び、部屋を片づけさせた。

そうだ。現在すべてが陳ひとりに押し付けられている。これを称して党省委員会の指導だという。だが新聞が上手く編集できないのは陳立棟ひとりの責任ではあるまい。大衆について陳立棟に関心を持たせ、大衆のために新聞を陳に編集させる人間が、果たして党省委員会にいるのだろうか。今になって大衆！大衆！と言っても、大衆に関心を払わねばならないことなど陳立棟には分からないのではないか。

陳立棟は頭を上げると、目が壁に釘づけになった。

壁には写真が二枚掛かっていた。一九五二年と五四年に編集部員全員で撮った写真である。誰かを歓迎して撮ったのか、送別のため撮ったのか、よく覚えていない。黄ばんだ写真には枯れ木のように痩せた背の高い男が、泰然と微笑む陳立棟のそばに座って写っていた。その男は一九五二年、副編集長だった。微かに眉をしかめた男は、写真屋の並べ方に不服げだった。そうだ、陳と意見が合わなくてこの人は損をしたのである。数年来、党支部大会で陳立棟を批判した唯一の人物だった。もう一枚の写真には、文弱な格好に厳粛な表情をした中肉中背の男が、泰然と微笑む陳立棟のそばに座っていた。この人はあまりに聡明かつ真面目だったため、黙った表情ですら陳立棟より優れていると訴えているように見えた。……

人をまとめる力量がないと陳立棟には思えなかった。しかし、二人の副編集長は半年と経たないうちに転勤させてほしいと頼み込んできた。送別の宴席で酒を二杯あおった陳立棟は、正面に座る長身の痩せた男が気の毒になったきた。それほど男は憂鬱そうだったのである。党省機関紙の副編集長の職を投げうつのだ。愉快なはずがない。

いつか私を送別する日も来るのだろうか？　陳立棟の心に突然こうした考えが閃いた。この新聞社を去る可能性などこれまで、これまで陳は考えてみたこともなかった。そんなことがどうして考えられよう？　……いや、そんなことはあり得ない。自分に代わる人間など見つからないのだ。キャリアといい、経験といい、気迫といい……二十年の党歴を持つベテラン新聞幹部をこの省で見つけることなど、言うは易いが！　……

ソファに座ると、額を撫でて、自分の思考を落ち着かせようとした。あらゆる懸念や危惧の中で、その根幹をなすのが——退職であることが、陳立棟にもゆっくりと分かってきた。できない。新聞社を去ることなどできない！　『新光日報』にある一木一草、この部屋、小さな花壇、古いがまだ使えるセダン。こうした一切に陳は馴染んでおり、こうしたものと切り離せないほど陳の体は成長してしまったかのようだった。苦労もある、悩みも多い、だけど結局、編集長がいちばん理想にかなった職業だった。田畑の収穫の善し悪しや、生産計画の完成具合を心配する必要もない。商業庁長が会社や県ごとに心砕いている様を陳は知っていた。県内の土地で発生したささいな出来事にも地区党委員会書記が責任を負わねばならないことも知っていた。だめだ。陳立棟はもう編集長の地位に慣れてしまったのだ。ここでは、他人のやり遂げたことを報道するのが、陳の任務だった。都市や地方では、どんなに大きなことでも、陳立棟の姿を見つけることはできな。報道の仕事ですら、陳自ら手を出す必要がなく、新聞社の建物内のことを管理しさえすればよかった……

軽い足音が響く。網戸の前に誰かが立ち止まった。

張野の顔には笑みがなく、無表情だった。何かまた悪い知らせを持ってきたなと思った陳立棟は、張をソファに座らせた。

「党省委員会が人を二人派遣してきました」。この意味が理解できるかどうか疑問に思った張野は、もう一度繰り返した。「党省委員会が人を二人寄越しました。話がしたいと誰か探しています!」

陳立棟は無言だった。やはりこうなったか、予想通りだ。陳の表情からこう思っているのが分かった。黄佳英が党省委員会に手紙を出した当然の結果だった。だがその実、彼女がこんなことをするなど陳立棟にも予想がつかなかったのである。

陳立棟の顔色を子細にうかがうと、張野は赤い表紙のノートを取り出した。しかつめらしく張野は話した。だが相手に対する気遣いが込められていた。

「十一人の社員と私は話をしました。議論だったのでそれほど穏やかな気持ちではなかったのですが、本当に指導に不満な人はまだ少数でした」

この人は今日どうしてしまったのか？　陳立棟を見て張野は訝った。……陳立棟は分厚いまぶたを閉じた。先を続けろと言っているのだ。これでやっと張野は続けた。

「立棟編集長。この状況では自発的に自分の欠点をはっきりさせるべきです。自発的に。……社内で立棟編集長は自己批判までしなければならないかもしれませんが、もちろん実際にそぐわないほどやる必要はありません。しかし、考え方にならら点検すべきものがあるはずだと思います。こうしておいて、もう一方で、競争を提唱して、合理化案を大胆に提起するよう編集の人間に働きかけるのです……」

ためらって決しかねている陳立棟の目線に張野は気づいた。このやり方に賛成なのか反対なのか張野には分からなかった。編集長は何を考えているのだろう？　自分の話を聞いていないらしいことが、数秒で張野にもはっきり分かった。なぜなら陳立棟が突然笑ったからである。

だが、すぐ張野は自信を取り戻した。いや、編集長は注意深く聞いている。表面上、気に留めていない素振りをしているだけだ。そこで再び張野は気遣うような、建設的批判をするような口調で話を続けた……編集長の目には興奮し、感激すらしているような光が表れていくのが分かった。

二日の午後、天気はにわかに好転した。新聞社の労働組合が初めて江北（訳注―江蘇・安徽省など長江下流の北側の地区）ピクニックを催した。陽光、空気、そして川の水を誰もが浴びたがっていた。仕事が退けると直ちに出発した。

最初に水に入った人の中には、肌が真っ白な人がいた。馬文元だった。だが実のところ、馬が最も水泳のキャリアが長かった。ただ泳ぐ回数が少なかったのである。いつもだったら、誰かが水の中でパシャパシャやっていても、馬は釣竿を持って誰もいない寂しい場所に午後いっぱい座り続けた。だが今日は水に入ったのである。

両岸が二百メートルほど離れた小さな河口だった。李一真と若者二人が大声を上げて猛然と対岸目指して泳いでいった。まだみんなは岸辺一帯の、腰の深さのところで泳いでいた。浮輪を被っている人もいる。馬文元も腰の深さのところで立っていた。川岸と平行に二回泳ぐと足をつけ、李一真たちが対岸から戻ってくるのを見ていた。三人とも平泳ぎである。岸辺にいる人たちは三人の泳ぎっぷりを観賞したり批評したりしていた。馬文元も泳いでみたいと思ったが、悔しいことに真ん中がどのくらいの深さだか分からない。水があごまで浸るところでは、馬は冒険しようとは思わなかった。だが思い切って前へ飛び込み、いくらか泳いでみたが、呼吸は乱れ、何だか恐ろしくなってまた戻ってきた。

砂浜に寝そべると、空が迫ってくるようにも、離れてゆくようにも見える。透き通るような雲が軽やかに流れている。空の青さも雲の白さも魅力的だ。馬文元は思い切り息を吸った。川の水は空気を清新で甘い香りに染め上げていた。人の肌を洗い、心肺に染み込んだ。

広々として気分は爽快だ！　密閉された暗く小さな箱から、馬文元はたったいま飛び出したかのような気がした。まばゆい川の水、柔らかな砂浜、清らかで香しい空気が、今すべて彼のものなのだ。そうだ。ここ数年来、馬文元は自分で真四角の厚い箱をこしらえ、自らその中にこもっているような暮らしぶりだった。この箱は音を遮断し、湿気も防ぎ、振動だって物かは。だが同時にこの箱は陽光も隔ててしまった。

馬文元は目を閉じた。陽光が全身の皮膚を晒し、痒みを覚えるほどだった。体のいちばん外側の細胞が太陽で焼かれ、変色してしまうみたいだ。自分の肌の色が馬文元は大嫌いだった。白くて、黄ばんでいて、まるで何日も薬の中に浸かったようだった。頭髪やひげが疎らに生えた肌は、肥料を与えたことのない作物みたいである。それにこの腹だ。太っているわけでもないのに、理由もなく腹が突き出ていた。

「ここ数年、味けのない、空虚な生活だった」。馬は物憂げに考えた。「本当の生活とは、川の水のようなものだ。不純物もあれば味もある。音だって色だってある。流れは止むことなく続き、流れにつれて幅はますます広がってゆく。そして自分にも他人にも生気を運んでくる……」

誰かが大声で呼んでいる。太陽を浴びて気怠くなった馬は起き上がりたくなかった。が、最近彼は座右の銘を決めていた。「やらねばならぬことは、一分たりとも遅らせない」。決断力を養うためにも、馬はやむなく起き上がった。川辺で仲間が競泳に誘っていた。

「どんな泳ぎ方でもいいことにしよう」。馬文元の泳ぎがどんなスタイルでもないのを、李一真は知っていたのでこう言った。「向こう岸に着けばいい。たったの二百メートルだ」

川の真ん中あたりを眺めた馬文元はやや当惑気味だった。あそこは背の高さまであるのか聞いてみたかったが、仲間はすでに馬を水辺に引っ張っていった。

馬文元は泳ぎが遅くはなかった。岸辺では分からなかったが、泳いでみると、眼下の水はとりわけ広く感じ、見渡す限り洋々としていたのでびっくりした。足が着くかどうか分からないのもまずかった。試してみる勇気もなかった。心臓が高鳴り、持ちこたえられなくなってきた。もう半分まで来たのだから、元の場所へ戻ってもよかろう。こんな危険は冒すまい。だが考えてみると、戻ったところで距離は一緒である。やむなく馬は泳ぎ続けた。両腕が疲れてきたので、姿勢を変えて背泳ぎにしようと思った。それほど慌てず、水を一口飲んだだけで、体は難なくひっくり返った。もう水を見ようとせず、手足をきびきび動かしながら、向こう岸まで後どれくらいあるか考えた。ちょうどその時、尻が砂底に当たった——もう着いていたのだ。しかも馬はビリではなかった。

両腕がだるく、頭もふらついていたので、馬文元は浜辺に腰を下ろした。川の真ん中の流れを見ると、興奮し、誇らしい気分になった。長いこと自分を怯えさせた水を、ついに征服したのだ！大事を完成した人のように、馬文元は砂浜に横たわって寛いだ。

「人間の生活とはこうあるべきではないか？」——さっき中断した考えに馬文元は戻った。

体内で多くの機能と欲望が、何より考える力が回復しているのを最近、馬文元は感じていた。そしていちばんよく考えることとは、共産党員とはいかなる人間であるべきか、ということだった。これまで馬は自分を高く評価していなかった。良くも悪くもなく、積極的でも消極的でもなく、進歩的でも落伍してもいない共産党員にすぎないと思っていた。ここ数年、自分と似た共産党員がいっぱいいるのを見てきたが、こうした人々は満ち足りた気持ちで日々を送っていた。彼らは局長、課長、工場長あるいは編集者としてそこそこなのかもしれない。が、共産党員としての働きは十分なのだろうか。党員に欠点があっては駄目とまでいわないが、共産党員としてどうしても欠くことのできないものが彼らには欠けていた。この不可欠なものを馬文元は言葉にまとめることができなかった。が、この精神と反対のものならば、二文字ではっきり言い表せた——冷淡。何でも関わろうとする積極的な態度を、馬文元はいま必要としているのではなかろうか。共産党員とは単なる職業上の称号ではない。共産党員は名労働者・名幹部・名編集長であるばかりか、すべてに関心を寄せねばならず、人民の必要とするところで自己の力を惜しみはしない。違うだろうか。そして馬文元はといえば、目の前のことにさえぶつかってゆこうとしなかった——熱意にも勇気にも欠けていた。

ぶつかるならまず陳立棟だ。この男の頭を正さねば新聞編集は上手くいかない。昨夜言い合ったので、陳立棟に対する恐れは半減していた。陳立棟のところへ行って、もう一度じっくり話し合わねばならない。そうすれば、陳に対して思っていることをきっぱり言ってやるのに。

耳を刺すような鋭い叫び声が、馬文元を物思いから覚醒させた。体を起こして見てみると、若者が銭家嫻の頭を押さえて無理やり水を飲ませようとしている。必死になって叫び、もがいていた彼女は、ついに抜け出した。岸に駆け上がり、濡れた髪を振り乱しながら、真っ直ぐ馬文元のところに走ってきた。

馬文元は慌てて横になり目を閉じた。この娘を相手にしたくなかったのだ。

だが銭家嫻は馬文元のそばに走り寄って座った。砂を握ると馬の腹にゆっくりとかけてゆき、楽しげに言った。

「太ったおなかを埋めたげる！　……太ったおなかを、あはは！　……」

本当にうるさい奴だ。みっともない腹を急いで手で隠すと、目も開けずに考えた——こんなに若い娘がどうして心だけ老いさらばえてしまうのだろう。それでも彼女は入党している。

馬文元が再び目を開けると、幅のあるでっぷりした足がそばにあった。頭を上げると、なんと陳立棟だ。

「君と話がしたくてな」。何の表情も浮かべず、陳立棟は腰を下ろした。

馬文元は起き上がって髪に付いた砂を払い落とした。編集長は挙兵して馬文元の罪を問いにきたわけではなさそうだった。だが昨日、何か間違いを犯して陳に済まないような気がしてきた。このいやらしい感情を馬は極力抑えようとした。馬は右手で砂をつかむと、左手に投げ付けた。目は依然として陳立棟を避けていた。

「上級に言って私を配置転換してもらうよう決めたよ」と陳立棟はさりげなく言った。さりげなく言い過ぎたとばかりにもう一遍繰り返した。「配置転換してもらうよう決めたよ」

呆気にとられた馬文元は、半信半疑に陳立棟の目を見ていた。水球をやっている青年を見つめながら陳立棟は続けた。

「私には才能がないんだ。新聞が上手く編集できないのは私の落ち度であるし、任に堪えられないからでもある。……君を編集長か編集長代理に推薦するつもりだ」

「そんなことが——」。馬文元は顔がさっと赤らむのを感じた。奇妙な怒りが心にぐっと沸き上がったが、陳立棟に向けたものではなかった。馬文元は陳立棟に弁解した。新聞を発行するのは一人仕事ではなく（昨晩も日記で陳を責めていたのを馬文元は完全に忘れていた）、社の党組織と党省委員会にも大きな責任がある。さらに多くの事例を挙げて馬はこの点を証明しようとした。

ところが陳立棟は頭をただ横に振るばかりだった。馬の話の最中、陳立棟の目に喜悦の光が輝いたのを馬は気づかなかった。陳の顔に憂いがあふれているのを見ただけで、馬文元は気の毒に思った。そうだ、編集長はここ数年、来る日も来る日も朝早く起き、夜遅くまで働いてきたのではなかったか？

「それは君ひとりの見方にすぎん。他の連中はどう思っていることやら」。陳立棟は苦笑した。「まあ、もっともな話だ。私には欠点が多すぎるし、考え方が一面的なのが特にいかん。君をもっと大胆に使うべきなんだな。私がいようがいまいが、君は新聞社でもっと多くの責任を負わねばならない」

馬文元がまた弁明しようとすると、陳立棟は片手で彼を押さえて話を続けた。

「個人の去就などささいなことだ。よい新聞を出すことが大切なのだ。仲間が焦っているのに、私は焦っていないのだろうか？　私は誰よりも焦っている。党が君を高い地位に置くのだから、君は責任感を強めねばならないぞ。……今晩、私の家で話し合おう。まだ十分煮詰めてないが、新しい案を考えたんだ」

短い脚を引きずりながら陳立棟は離れていった。本当は陳の欠点を指摘するはずだったのに、陳のご機嫌を取ってしまったのに気づいた。馬は後悔した。自分のあの軟弱な欠点をまだ克服していないことを、この後悔が物語っていた。

三

二日の夜、党支部大会が開かれた。

黄佳英が立ち上がると会場は静まり返った。入党問題の討議にこれほどの関心が示されることなどかつてなかった。討論の対象となる人は普通かならずパスしていた。ところが今回は、それほど単純ではないと誰もが感じていた。黄佳英に対して新聞社内で意見が分かれているのだ。

ごく簡単に自分の経歴を黄佳英は紹介した――極めて簡潔に長所と欠点を要領よく述べた経歴だったが、急に彼女は続けられなくなった。手に持つレジュメから目を移し、出席者を見、それからテーブルを見た。そして力を込めて言った。

「入党の動機は他の人とほとんど同じです。申請書にすべて書きました。……私が言いたいのは……党に入れば、もっとよく党の利益を擁護できると思うのです。もちろん今でもできないわけではありません。でも私が党員になれたらもっと……」

最後まで言わないうちに、黄は眉をしかめて腰を下ろした。多くの出席者の目が見つめており、緊張気味だった。自分が話した内容にも不満だった。日記に何度も書いた思いなのに、いざ話してみると不適切でありきたりな感じがした。自分の情熱の十分の一も表現できていないのに、それでもみんなは誇張していると思うかもしれない。

判事のような冷静かつ落ち着いた態度で、張野は党支部と紹介者の意見を述べた。だが心は非常に乱れていた。彼より困っている人はいなかった。黄佳英の入党に陳立棟は反対である。そればかりか入党問題について客観的であるよう張野に警告したくらいだった。この娘の入党のことで編集長と対立するなど張野にはできなかった。自分が黄佳英と寄りを戻せる保証などないではないか。彼女は最近、張野に対しますますぶっきらぼうになっていた。会っても張野のことなど見もしないし、苦痛より嫌悪を目に浮かべることが多かった。不思議なことに彼女が見限ろうとすればするほど、張野は彼女に惹かれていった。彼女を完全に失ってしまったと思うほど、自分のものにしなければと思うようになった。これは愛というより自尊心や強がり、独占欲に近い感情だと張野は思いもしなかった。しかし、もし自分が彼女の入党に反対票を投じたら、寄りを戻す可能性すらなくなってしまうのでは？　事態はかくのごとく矛盾していた。

こんな有様なので、張野の発言を聞くと、黄佳英をよく知る人たちは何だかわけが分らなくなった。発言者が二人いるみたいだった。片方は入党に賛成しているのに、もう片方がこっそり相手の邪魔をして彼女の入党に反対しているみたいだった。

五分の休憩になった。テーブルの隅に座ったまま黄佳英は動かなかった。自分にとって極めて重要な五分間だと彼女にも分かっていた。黄をよく知っている党員の間でも、見方が一致しておらず、その他の人たちなど全く自分を理解していないのを彼女は知っていた。どんな気持ちで会場から出てゆこうか黄は計りかねていた。

議論の声が黄の後ろで聞こえるみたいだった。黄佳英の入党申請など取り上げるべきでないと、誰かが咎めているらしい声がする。だがこの声は誰かに遮られ、他の人々の声に埋没していった。

出席者の着席を待たず、窓の近くで誰か立ち上がった。文芸部の編集者・郭珂だった。手の扇子を閉じると議長に向かって言った。

「矛盾した性格だ。自分は党に忠実だと黄佳英は言うが、彼女のやることなすことみな我々党の主張に背を向けているではないか。真面目で謙虚であるよう党は求めている。しかるに黄佳英は何かにつけ自分の見方があり、党の政策など眼中にないと言いたい。黄佳英同志にとっていちばん重要なのは、編集委員会の考えなのか、それとも自分の考えなのか、そう私は問いたい。私は……」

「編集委員会なんて陳立棟以外にどこにあるんだ？」

突然起こった声の主を出席者が探そうとすると、三十歳くらいの太った男が体でみなの視線を遮った。資料室の王《おう》主任だ。彼は会議でほとんど発言せず、問題提起がせいぜいだった。今度も主任は一言質問しただけである。あたかもそれが彼の意見のすべてであるかのように。

「自分なりの見方をして何が誤りなんだ？」

言い終わるとすぐ席に戻った。

「どうかしら！」と女性の声。

発言者は自信を一層強めたらしかった。聴衆の中にその女性は立っていた。中年の女性で、新聞社の女性のうちいちばん高給で、いちばん休みを多く取る一人だった。顔は正面の演壇を向いていたが、話は彼女の右にいる黄佳英を差していた。

「私たち女性の中で、あなたがいちばん若くて有能なのをみんな知っているわ。でも、ただ怒りや聡明さにまかせて事に当たっても駄目なのよ。立場をしっかりさせなければ。ちょっと考えてみましょう。どうして私たちの生活の暗黒面にそんなに興味を持つ記者がいるのかしら。黄記者が今年書いた五十以上の原稿のうち、二十編余りが批判的原稿だったたっていうじゃない。ちょっと考えてみましょう。私たちの社会の半分近くが暗黒なのかしらって」

この女は昔から言いたい放題だった。放っておけば滔々とまくしたて、ものすごい剣幕で人を圧倒する。彼女が座ると、よく知った声が後ろで聞こえた。

「それは問題だ！　……」

感想をふと漏らしたようである。だが聞こえよがしのようでもあった。

黄佳英はまだ立っていた。手が少し震えているのが自分でも分かった。力いっぱい握り締めると、反論しようかしまいか迷っていた。声が震えて笑いものになるのではと思ったからだ。「ちょっと私にも言わせてほしい」。李一真が立ち上がった。「私は今の話に反論する必要などないと思います。あなたにお伺いしたい。パーセンテージで人の思想を点検するなんて誰から聞いたのですか？　ただいま発言されたこのお方は、今年一編の批判的原稿も書いておりません。が、彼女が他の人より新社会を熱愛しているといえるでしょうか。当然いえません。なぜなら、なぜなら肯定的原稿もまた、彼女は一編たりとも書いていないからであります。何も書かないから、彼女は誤りを犯す可能性を完全に克服しました！」。いつものように発言の終りに棘を含ませた李一真は、一堂どっと笑う中、席に着いた。

銭家嫻も笑っていた。中年女性もおかしかったし、李一真もおかしかった。二人の話す様子や口調がおかしかったのである。どうしてあんなに興奮しているのかしら！　会議のたび、隅に座って静かに他人を観察するのを、特に自分と比較するのを銭家嫻は楽しみにしていた。彼女はこの世で一番幸せな人間だった。新聞社の女性のうち、銭より進歩の早いものは体が悪く、銭より入党の早い者は家庭の負担が重かった。どれを取っても申し分ない女性でも、結婚が上手くいっていなかったり、家庭の出身階級が悪かったり、あるいは年を取っていた。銭家嫻は十九歳と三カ月なのに入党している。これは容易なことではない。将来、例えば二十九歳になった時、十年の党歴を持つことになり、今よりもっと幸せになれるのではなかろうか？　……最近、夜ごと机に伏せって同室の黄佳英が入党申請書と経歴を書いては直し、直しは書いているのを見ると、黄佳英に同情するとともに、わけもない喜びが胸に迫った。私は難関を潜り抜けたのよ！　〝青年団員〞と呼ばれることは永遠になくなった！　……新聞社には、自分より年齢が上なのに入党していない人がこんなにいる。今日この会議で激しいやり取りが交されるのを聞いた銭家嫻は、黄佳英に同情すべきだとふと頭をよぎったが、すぐまた幸福感に酔いしれていった。銭家嫻が現在、手に入れていないものが一つだけある。だがまもなく李一真も自分を避けなくなるだろうと彼女は確信していた……

会場が急に静かになった。すると郭珂の甲高い声が再び耳障りに響いた。

「全く長所のない人間を支部大会の討論にかけるとしたら、それはおかしい。黄佳英の欠点が、その性質からいって非常に重大なのが問題なのだ。私はこう疑っているのだ。こう提起せざるを得ない……いや、こう問わずにはいられない。黄佳英は党に不満なのかと……」

黄佳英が立ち上がった。不思議なことに黄はいつもより痩せて見えた。不安げな、警戒心を帯びた張野の視線がこちらに投げかけられたが、彼女は相手にしなかった。少しかすれた声で、彼女は話した。

「なぜ私が自分の意見を隠さねばならないのですか？　私が不満に思うのは陳立棟編集長のことです。編集長は私たちみんなを信じていません。私たち社員の話に耳を傾けたことがありますか。……私たちの新聞にも私は不満です。新聞は本当のことを話すべきです。そうして初めて新聞としての力を発揮でき、大衆も喜んで読むと思います。誠実であれ、実事求是（訳注―事実に基づいて真実を求める）であれと毛主席が何度も言っています。なのに私たちの新聞は？」。誰かと議論するかのように黄佳英は不意に頭を上げると、紅潮した顔で続けた。「ことなかれ主義で、事実を恐れ、自己の欠点も認めようとしない。〝党大会〟といえば必ず〝民主を発揚した〟と書き、〝重要な活動〟といえば必ず〝大衆が熱烈に参加した〟と書く――こんな論理があります……ところが、もしこうした紋切り型を書かず、事実を書いたら、編集長が間違っているのではなく、書き手の思想が異常ということになります！」。黄佳英は右手を高く挙げた。彼女が新聞を持っていることに出席者は初めて気づいた。「でも『人民日報』を見てください。党中央機関紙がどう報道しているか見てください！　北京では非民主的だったと書いたある市の党代表大会を、私たちは〝民主を発揚した〟と書いている……自分たちの欠点や誤りを認めることが即、私たちの党がおかしく、党全体が誤りを犯し、私たちの社会が悪いものだと認めるの等しいという人がいる。でも違います。それとこれとは別です。正反対です。何も言わなかったり、悪しきもの良きものと言うことこそ、その悪を合法的だと認めることであり、私たちの弱さを認めることなのです。……病気で死にかかっている人間が医者を恐れるなんて。風邪を引こうが咳をしようが私たちは恐れやしないわ！」。人から侮辱されたかのように、黄佳英は首を横に振った。

黄佳英がここまで話すと、机の隅に座っている陳立棟の体がぴくりと動くのが張野に見えた。この瞬間、黄佳英の話のせいか、はたまた陳立棟の不安げな姿のせいか、張野は胸が二度ドキリと鳴った。おしまいだ。佳英は自暴自棄にも等しい真似をしてしまった。それでもまだ入党したいのだろうか？

曹夢飛は立ち上がるとすぐ話し始めた。黄佳英について討論する会議ではなく、陳立棟の問題について討論する会議に参加していると言わんばかりだった。

「自分を信用するのは正しいことだし、必要なことでもある。だからといって他人を信用しないのは間違いだ。新聞社にいる百人以上の職員のうち、職務に適していると陳立棟に信用されているのは何人いるのか。社内ではここ数年、多くの制度を討論し制定してきたが、今に至るまでみな〝草案〟で終わっている。上手くいかないのを編集長が恐れているのだ。五年の間、編集長は二度、現場に行っただけ。しかも二回とも工事現場に荷物を下ろすとさっさと戻ってしまった。編集長は心配なのだ。自分が出てゆくと新聞はおしまいになってしまうと思っているみたいだ」。微笑みながら首を横に振った曹夢飛は、陳立棟を見やって、「そんなことはない、安心したまえ。反対に私はこう思うのだ。試しに編集長が現場に二カ月住み込んでも、新聞は恐らく何の損失も受けないだろう。それどころか良くなるかもしれない！……編集長は大衆を理解していないし、他人が大衆を理解しているとも信じていない。自分の殻に閉じ籠っている。編集すればするほど、新聞も編集長自身に似てきた」と言った。

これを聞くと党委員会は慌てた。発言のうち幾つかが本題から外れていると思ったが、黄佳英のことに全く関わりがなかったわけではないので、制止しづらかった。曹夢飛が終わると、会場中が新聞について侃々諤々の議論になった。話題も当然、陳立棟のことになるのも避けられなかった。しかしこれは、黄佳英の入党問題を討論する会議であって、陳立棟の問題を討論する会議ではないのだ！「みなさん！」。書記は二度声を張り上げた。会場はやっと静かになった。本題に戻るよう書記は注意を促した。

ところが今度は発言する人がいなくなってしまった。奇妙な沈黙である。これ以上何を言わねばならないのか分からず、言うべきことはすべて言い終わったかのようだった。

馬文元が立ち上がった。好奇の目で出席者は彼を見た。

会議が始まってから馬文元は一言も口にしなかった。が、黄佳英に劣らぬほど心は揺れていた。最近、心中絶えず考えていた「共産党員とは」との抽象的な問題が、ここでは生々しい具体的な人間——黄佳英、張野、郭珂、陳立棟、もちろん馬文元自身もいる——に変わっていた。もともと馬文元は黄佳英に賛成票を投じようと早くから決めていた。だが討論が進むにつれ、事はそれほど単純ではないことに気づいた。ここで話し合われているのは、明かに黄佳英個人が共産党員になれるかどうかという問題ではなかった。馬文元という名の共産党員が、賛成票を一票投じればそれで済みはしなかった。時機を見計らって、自分の見解を党に告げるべきであり、保守的な潮流を撃退すべきであった。しかし馬は躊躇してもいた。黄佳英、張野、郭珂などの人々や、現在起こっている事態に対して、自分が確固たる意見を持っていないようににわかに思えてきた。陳立棟は一体どんな人間なのだろう？　張野はどうしてしまったのか？　……

しかし馬はついに立ち上がった。レジュメは持たず、立って発言をする――。こんなことは初めてだった。目が不意に張野の視線とぶつかった。この人はどうしてしまったのだろう？　さらに馬は別の人を――特に陳立棟を見ようとした。しかし遅かった。馬は話さねばならないのだ。自分を相手に話すかのように、世間話でもしている感じで馬文元は話していった。

「私は黄佳英の入党に賛成です。先ほど反対の人がいましたが。反対の人たちが言った理由が、彼女の入党に賛成する私の理由です。黄佳英に欠点がないなど私も言いません。が、反対する人たちが並べたことは、必ずしも彼女の欠点ではない、こう私は言いたいのです。……我々の党が最も必要としているのはどんな人間なのか？　最近わたしは繰り返し考えました。五年にもなるのに自分の考えというものが私にはありません。あるとしてもそれを隠したでしょう。陳立棟の言うことなら私はなんでもやったのです。それで構わないと私は思っていました。考えてみると、こんな危険なことはありません！　命令どおりに事をなすだけで、すべてを毛主席と党中央に考えてもらおうとは、一体どういうことなのでしょう。共産主義者でありながら、頭を持っていないならば、共産主義者などと言えるでしょうか。……そのうえ、自分で考える習慣を失ったその日から、次第に私は情熱までも失ってしまいました。〝熱心〟という言葉に反対する人もいます。熱心と呼ぶかどうかはともかく、こういった感情、つまり共産主義に対する思いがなくては駄目だと思うのです。職責を果たし、規律に従い、汚職もしなければ腐敗にも無縁。一切合切すべてが立派だが、ただひとつ、国家が困難に直面しても焦らないし、人民の苦しみを見ても心痛めない。こういった人たちがいますが、彼らは共産主義者といえるのでしょうか!……」

黄佳英は息を殺し、一心に聞き入っていた。馬文元の一言一句が彼女の心に響いた。これこそ私の話そうとしたことだわ。自己の一生の大事を討論する会議であることを、黄佳英は忘れてしまったかのようだった。周りの人々の真剣な顔つきが彼女を満足させた。こっそり張野を見やると、彼は精彩がなく、紙にやたらと鉛筆を走らせている。人前で静かになるほど、心が乱れているのを黄佳英は知っていた。張野が煙草を吸っている——いつ覚えたのかしら?

陳立棟はいつもと全く違っていた。会議ではいつも他の発言を遮り、自分の意見を一通り述べてしまう。発言者はなす術もなくその場に立ち尽くすか、隣の人と雑談するか。ところが今日はおかしなことに、陳は静かで真面目くさっており、眉を何度か軽く動かしただけだった。その発言には驚いたと言わんばかりに。

「ここ数年、私たちの新聞社では七人もの社員が入党するまでになりました。ほとんどみな立派な人たちであります」。馬文元は続けた。「しかし隠すまでもないことですが、私たちが挙手して七人の入党を決めた時、全く誤りを犯さなかったともいえません。共産党員は最も優秀な人間であるべきです。私たちが仲間に入れた七人がみな優秀かどうか考えてみてください。社内に忘れられた人がいるのではありませんか?」。いったん馬文元は話をやめた。先を続けるべきかまだ迷っていたのだ。何度も考えたのになぜ言えない？　これでは優柔不断もいいところだ。――こう考えると心も決まり、いっそう興奮した面持ちで話を続けた。心変わりを恐れたかのように、一息に言った。「もし認めてもらえるならば、銭家娴の名に投じた一票を、私は撤回したいと思います！　……」

会場は騒然となった。党支部大会で個人を名指し批判したことなどこれまでなかったのだ。それも馬文元の口から出ようとは、予想だにできなかった。会場中の扇子の動きがぴたりと止まった。

白くもあり黄色くもある馬文元の顔が真っ赤になった。口角泡を飛ばし、怒りで片手を振り回している。数分後には失われてしまうかもしれない重要な何かを、ライバル相手に奪い取ろうとしているみたいだった。

「意見の多いのが黄佳英の欠点だという人がいる。では銭家娴を見てください。彼女が書いた原稿を百回直させても、元の考えをすべてひっくり返させても、相手の意見が正しかろうが間違っていようが、とにかく彼女には意見が全くないのです！　これはどういう問題なのでしょう。不思議なことに、私たちは多くのことを思い違いしていたのです。大衆的観点の強さが銭家娴の主な長所であると、彼女の資料に書いてあります。しかし大衆的観点とは何でしょう。銭家娴はこれまで癇癪を起こさず、対人関係も良好ですが、これが大衆的観点なのでしょうか。しかし大衆の切実な利益が官僚主義者に犯されるのを見て、銭がこれまで非難したことがあったでしょうか。大衆の正当な要求に耳を傾け、それらを反映したり支持したことが銭にありますか。……党性という二文字さえ私たちは曲解していました。折り目正しく、声も立てず、規則どおりに事を行なうのを党性だと思っていました。党の利益に反することを見ても何も言わず、新聞の編集が上手くゆかなくとも平気でいられる。何でもご無理ごもっともで、いかなることに対しても意見を持たない。これが党性なのでしょうか？　むろん規律性はなければなりません。だが規律性の下に党の事業に対する冷淡さや無責任さを覆い隠している人だっているのです。相手が言うとおりに、命令したとおりにやればそれでいい、と。まして党性から戦闘性や創造性を骨抜きにするなんてことがどうしてできるのでしょうか？　……」

立ち上がる人はいなかったが、ガラガラした胴間声《どうまごえ》が聞こえた。声の低いことで記者部でも有名なデブの林《りん》だった。公衆の面前では立って話をしない旨、林は前から公言していた。林は馬文元の発言を補足した。

「俺も長いこと考えてきた。取材をし、編集して、時間通り確実に新聞を出すこと以外、共産党員は何をしなければならないのかを。党の会議ではこれまでこうした問題を討論したことがなかった。俺たち記者をやっている人間が現場へ取材に行くと、必ず問題を持ち帰ってくるのではないか？　家に帰るとノートには多くの状況が書き残され、頭にも多くの考えが積み重なっている。これらすべてを党の指導機関が必要としているのだ。だが現場での取材状況や、そこで得た考えなど、党の会議でも、総括報告の時でも話そうとしない。俺たちもまた、どんな機会にこうしたことを上級に伝えるべきか分からない。こういった事態が長く続くと、現場の生活に存在する問題を俺たちが伝えるのを、党が必要としていないかのような、いろんな問題に対して俺たちが自分なりの意見を出すのを党が求めていないかのような、そんな印象が出来上がってしまう。君は党員かね？ よろしい、真面目に仕事をしたまえ。それで十分だ。……しかし今、俺たちはみんな分かった。党員一人ひとりが党の目・党の耳・党の頭になるべきなんだ……」

他の人と同じように、会議前は、陳立棟も論争くらい起こるだろうと予想していた。だがこんなにも尖鋭になるとは思ってもみなかった。なぜ誰もかも他人のように感じるのだろう。彼らと初めて知り合い、彼らの考えを初めて知ったかのようになぜ思うのか。自分のこうした感覚を陳は繰り返し奇妙に思った。……どのような見方を自分はすべきなのか。黄佳英を良き党員とするなら、これまでずっと黄佳英に重大な欠点があると見做してきた陳立棟は、逆に党性が弱いのだろうか。つまり、陳立棟のように苦労して党のため働くと、情熱のない人間になってしまうとでもいうのか。〝冷淡〟とは何か？ 〝情熱〟とは？ こんな流行の言葉を馬文元すら振り回すとは！ ……では黄佳英の入党問題で、結局、陳立棟はどんな態度を表明すべきか。……省党委員会の常書記さえ黄佳英の〝報告〟を信じたようだ！ 省党委員会が今日、寄越した二人は、事情を一目で理解し、引き揚げるとき陳立棟に一言あいさつしただけだった……

誰かの発言の中でまた陳の名前が出たが、陳は最後の方しか聞いていなかった。

「……陳立棟編集長の仕事が積極的でないというのは間違いだ。だが編集長が積極性を発揮するほど、他の人の積極性が発揮しづらくなる！」

陳立棟を最も苦しめる疑問が、再び彼の心にもたげた。「まさか私が本当に間違っているんじゃあるまいな？」

頭の中で何度か素早く考えを切り替えると、陳立棟は新聞社内外の現況をはっきり理解し、素早い決定を下した――痛みの伴う決定ではあるが、臨機応変な決断力に自分でもいささか満足を覚えた。同時に、自分のこの発言が引き起こす効果を考えると、顔に笑みさえ表れた。ゆっくりと立ち上がった陳立棟は、真剣かつ沈着な表情を見せた。

陳立棟が黄佳英の入党に反対するのは確実だと出席者は思っていた。それにしても、これまで出た尖鋭な批判に対し、陳はどう応えるのだろう？　誰もが予想できず、会場全体が静かに陳の言葉を待っていた。

「私は黄佳英記者の入党に賛成します」。きっぱりとした口調だと自分では思っていたが、心にまだ迷いがあったので声は小さかった。だがかえってそれが誠実な態度に見えた。「政治に対する情熱が高く、党の利益を勇敢に擁護し、仕事も積極的である……黄佳英には入党する資格があると私は思います」

ほとんどの出席者が驚いた。だが黄佳英に反対する人々は、この発言が編集長の真意ではないと思ったらしく、元の見方を依然として変えようとしなかった。こうして支部大会は新たな論争に巻き込まれていった。

腕時計を見た支部書記は支部委員と相談すると立ち上がり、黄佳英の入党問題に関する討論はひとまず打ち切ると、散会を宣言した。今日のところはしばし表決を見合わせる。

出席者はがっかりした。が、時間も遅かったので、やむをえず立ち上がって椅子を片づけた。

わざと出口のところに残って張野は黄佳英の反応を見ようと思った。やってきた彼女は歩きながら、隣の女性に一生懸命なにかを説明していた。首を傾げ、目は真っすぐ相手の目を見ている。張野の前を通り過ぎる時、彼女の顔はちょうど反対方向を向いていた。通り過ぎた彼女はゲラゲラ大笑いしだした。

「まだ笑うなんて！」。黄佳英の体から流れてくるよく知った香りに気づきもせず、張野は思った。「少しも落ち込んでいない。……」

黄佳英を失い、無駄に費やした努力を思うと張野は辛かった。だが数秒後には張野の心は別のことでいっぱいになった。よく知った後ろ姿が張の前をゆっくり通り過ぎていった。陳立棟だった。心持ち頭を垂れ、まるで地べたに何かを探しているみたいだった。首はいっそう太くなったように見えた。誰かが力いっぱい太い首を押さえて、下を向かせているようだった。いま張野は陳立棟により近づいた気がしていた。黄佳英の入党問題で二人はすでに矛盾がなくなったのである。陳立棟がこの問題で素早く意見を変えたということは、新たな情勢下で彼ら二人が心を通じ合わせたのを意味していた。張野は思わずひとり得意がった。

「指導、組織、規律。結局これらが最も基本的なのだ」。得意げに笑みを浮かべながら張野は心中ひとりごちた。「いちばん基本的なものこそ、いちばん確かなもので、どんなに行き過ぎても間違いは起こらない。民主、自由というのは必ず個人と結び付き、注意しないとすぐに極端な方向に走ってしまう――ブルジョワ思想やプチブル思想に……」

帰路、張野は心の中で、批判性のある文章を過去何遍書いたか数えてみた。すると思わず黄佳英の姿が再び彼の目の前に浮かんできた。ただ張野はもう悩まなくなっていた。明日の昼、支部大会が再開する前に、彼女を捜してもう一度話をしようと思った。いま必要なのは、自分から動いて彼女を勝ち取ることなのだ。彼女の入党問題のために、とりわけ陳立棟の頭を正すために、自分がどれほど心血注いだかを、それとなく彼女に知らせなければならない。

ベッドに横になって、張野はやっと自分の考えに一区切りつけた。それから、今日費した精力が浪費だったかどうか、もう一度子細に計算した。浪費ではないと思うと、張野は安心して目を閉じた。

一九五六年

ひとりの人間とその影

一九八〇年の旧正月、四川省《しせんしょう》成都《せいと》の近くにある新津《しんしん》県の県城（訳注—県庁所在地。県は省の下の行政単位）で小さな事件が起こった。それはあたかも濁った水のように、全県挙げて喜びにあふれる場面の一角を汚した。

知識人のために初めて催された旧正月の集いで、経済方面の指導者・顧某《こなにがし》が杯を挙げて酒を勧めに回った。一人ひとり各テーブルに近づいて乾杯した顧が、一人だけ避けて通った。かつて「右派」と認定され、去年名誉回復した人間を、故意に冷たくあしらったのだ。二十余年もの間、こうした集まりに全く出席できなかったこの男は、自己の運命の巨大な転換に大変興奮していた。自分自身と四川全省の喜ばしい状況を祝い、杯を挙げて一気に飲み干そうとした矢先、意外な一撃を受けるとは考えてもみなかった。恥ずかしさのあまり男は憤然として会場から立ち去った。

事件は瞬く間に町中に広まり、知識人は騒然となった。不注意では済まない顧某の侮蔑的行為を非難する時、知識人は顧の動機をも分析しようとした。

「恐らく男が顧に不愉快な記憶を蘇らせたのだろう。五七年に顧は三人を右派分子としたが、その中の女子大生は、顧のプロポーズを断ったせいだっていうぜ……」

「言いにくいが、右派と誤認した人を名誉回復する中央の政策に、顧は不満なのだろう」

「そうかもしれない。ただ重要なのは、顧が自分のことを知識人よりはるかに立派だと思っていることさ。まして『右派』なんか眼中にないんだろう」

「けっ、どこが立派だ。経済の仕事を担当して二十一年。全県人民に顧が何か良いことをしたかね？　顧がいる限り新津県は永遠に変わらん！」

惜しいかな、人間の値打ちは測定機にかけることができない。社会主義に対する忠誠・意欲・積極性、業務能力と教養、実際の行動と仕事の成果。顧某と名誉回復した「右派」をそれぞれ天秤にかけ、優劣を計ることができればいいのだが！

人間の真実の価値と表面上の価値はしばしば一致しないものである。ひとりの人間の価値を評価する時、私たちは、真の品格・才能・貢献を必ずしも表していない外殻を、果たして破ることができるのだろうか？　……

再び奈落に落ちる

一九六〇年、二十二歳の鄭本重《ていほんじゅう》は再び故郷に帰ってきた——新津県に。人は故郷に錦を飾ろうとするものだが、破れてボロボロになった（小ざっぱりとはしていたが）木綿服を着て、「右派」のレッテルを貼られているのに、大手を振って屈託なく若者は帰ってきた。近眼のメガネの奥には自信に満ちたまなざしがあり、浅黒くやつれた顔には微笑みが輝いている。江東（訳注—長江の下流域）のご先祖様に少しも恥じる様子がないばかりか、十年前に匪賊を討伐して凱旋した解放軍のような気概すら見られた。

道行く人は若者を見て不思議に思った。彼は他省の人間に違いない。そこは食糧の配給量が月十五とか十九斤（訳注―一斤は五百グラム）よりはるかに多いはずだ。しかし故郷の尽きせぬ川の流れと、一面に広がる青草を見た若者が、二年近くいた場所に比べれば、新津県は天国のようだと思っていたことなど、人々は知るよしもなかった。

一九五九年、極めて優秀な成績で成都工学院を卒業した「右派」学生・鄭本重は、すっかり生まれ変わり、功績を立てて自分の罪を償おうと決心し、「最も苦しい場所」へ行って自己改造したいと文書で五回も申し出た。西寧《せいねい》から五百キロも離れた、人も住まない荒れ果てた工事現場で、鄭本重は自然と人為の苦しみを存分体験した。月の給料は三十数元。それなのに一人分の食費は月五十数元かかった。一日にコップ半分の水か、一個の氷しか配給されないので、顔を洗いたければ水が飲めず、渇きを癒したければ顔が洗えなかった。半年に一度、髪を切り、一年に一回しか風呂に入れなかった。だが鄭本重のきれい好きな習慣は、こんなことでは「改造」できず、彼がどうやって服を洗濯しているのか誰にも分からなかった。腹が減れば苔すら食べたが、それでも楽天的な性格と身に付いた書生気質――鼻歌を歌うこと等――を失うこともなかった。すっかり「生まれ変わる」のは、確かに容易なことではない。

故郷の大河にどっぷりと漬かり、たっぷり泳ぎ、すっかり体を洗った鄭本重は、砂州の上に寝そべって物思いに耽った。水よ、お前がこんなにも愛しいものだったとは！　水あっての生命であることを、二十二歳になるまで実感できなかった。渇きを癒す一杯の水が欲しい。夢の中でそんな幻をいつも見ていた。それが今、滔々と尽きることない大河の横に寝そべっているのだ。なんと幸せなことか。自分の運命に転機が訪れたことの象徴ではなかろうか。もちろんそうだ。自分は水力発電を専攻したのであり、四川省の水資源は全国に冠たるものがある。この地で自分の力を存分に発揮できるのは明白ではないか。

ほどなく、ある水力発電所の工事現場に鄭本重はやってきた。日中は工事に携わり、夜は労働者に専門技術の講義をした。労働者たちはこの若き知識人を好きになった。仕事をしだすと無鉄砲、三、四日眠らずとも平気で、メガネ以外に労働者と違ったところはなかった。同年末、鄭本重の平素の態度にかんがみ、右派のレッテルを外すことを同意すると、工事現場の党組織が報告を上げた。しかし県党委員会の調査によると、本人の档案《ダンアン》（訳注―当人の履歴・階級区分・政治的立場・思想傾向などを記した個人調書）がない。西北の元の職場に手紙で問い合わせたところ、「当該職場はすでに解散しました」との返事だった。さらに温江《おんこう》地区党委員会の統一戦線工作部に聞いてみると、該当の档案はすでに新津県に回したとの答えが返ってきた。

飢えに苦しんだり、批判闘争にかけられたりしても、狼狽しなかった鄭本重だが、今度ばかりは慌てふためいた。档案をただの紙袋と思ってはいけない。それは経歴・身分を入れてあるもので、当人についての存在証明書なのである。おかしな話だが、もしそれをなくせば、鄭本重の大卒の資格、五七年までの「良好な態度」との評価、等々、つまり鄭本重の過去にあった良いことがすべて消えてしまう。逆に「右派」の身分だけは完全無欠のまま保存されることになり、おまけに档案袋の紛失により、この身分を変える手段や希望も失われてしまう。これこそ最も恐るべきことだった。当面の問題としては次のことがある。すなわち、合法的手続きを踏んで四川省に来たことが証明できなくなってしまう。自分勝手に逃亡してきたのかもしれない。いや、困難に耐え切れず四川に逃れてきたに違いない――と、こうなってしまうのだ。

果たせるかな「小四清運動」（訳注―一九六二年から始まった社会主義教育運動。はじめは農村の帳簿・財政・在庫・労働点数の点検運動だったが、次第に階級闘争的色彩を帯びた）が始まると、「右派」の身分や「自分勝手に逃亡した」ことが、鄭本重をして理想的な階級闘争の標的たらしめた。発電所の指導者は「労働者階級を腐敗させた」ことを第一の罪状に挙げた。鄭本重はこれを認めなかった。顔を紅潮させた指導者は、声を枯らし、力いっぱい怒鳴った。

「なぜお前は労働者に専門業務の講義をしたのか言ってみろ。お前が『反動的専門家』なのは明らかだ。おまけに労働者階級を『反動的専門家』の道へ引き摺り込もうとした。これが腐敗でなくてなんだ！」

これは、ある論理を中国人が創造的に発展させたものである。鄭本重の少しばかりのマルクス＝レーニン主義が何の役に立とう。鄭本重はただ無力に弁解するだけだった。

「私は専門業務に携わる人間なのです。専門的なことを少しばかり講義できて当然です……」

「いいや違う」

敵の手を封じる武器を相手はもうひとつ持っていた。

「お前はワイセツなもので労働者階級に害毒を与えた！」

鄭本重は唖然とした。ワイセツだって？　万巻の書を読んだ鄭本重がワイセツとは何なのか知らないのだろうか。大学時代、恋愛の経験くらいあったが、キスの段階に達するまでに、恋愛を楽しむ権利を失ってしまった……青年労働者が聞きたいと言うので、五〇年代に見た映画について話したことがあるだけだった。しかしその中に、若い男女のラブシーンがあったのである。あにはからんや、六〇年代中期になると「愛」そのものが「ワイセツ」と化していた。鄭本重は何ゆえその科を辞するのか？　いわんやすべての「ワイセツ」はブルジョワ階級のものであり、革命の対象である。ゆえに批判者は、一つの政治的結論をごく自然に導き出した。

「鄭本重、反党反社会主義の立場を堅持する十分改造されないこの右派は、反革命の道をいっそう先に進んでゆこうとする」

「事実を挙げてくれ！」

耐え切れなくなった鄭本重は怒鳴った。

鄭本重はまた間違えてしまった。事実だって？　一切が「プロレタリアートの政治」に奉仕せねばならないご時世に、事実だけがどうして例外たり得るのか？　政治を突出させ、政治がすべてに優先するからには、事実を政治に奉仕させることも、事実を全く葬り去ってしまうことも、可能だった。

その夜、すっかり落胆した鄭本重は考えた。

「俺はひと月二十六元の金しかもらえなかったのに、昼も夜も働き、技術改革だってやった。自分の仕事で他人が有名になり、賞をもらうことを心から願った。俺が良いことをやっていると認めてもらうだけで俺は良かった。それがどうして『反革命の道をいっそう先に進んでゆこうとする』ことになってしまうんだ？」

恐らくこの時から、中国事情に対する鄭本重の認識が若干前進した。档案の紙切れが生身の人間よりずっと重みがあるのだ。実際、档案袋の数行の文字のせいで、彼・鄭本重は卑しい身分の人間になったではないか。数行の文字のために、数年の時間をかけて必死で働いてきたし、全精力と時間を注ぎ込んで「贖罪」しなければならないと思い続けている。だがもともと鄭本重に罪などないのだ。しかし鄭本重を取り巻く環境の中では、五〇年代に驚くべき巨大な力が形成されてしまい、自分が罪人であると善人自ら進んで信じるほどになっていた。贖罪には働かねばならない。だが今や、贖罪の機会すら得られなくなってしまった。後に、派出所の二階に溜まっていた紙屑の底から、鄭本重の档案袋が発見された。しかし指導者に逆らったとの理由で結局、発電所から追われてしまった。

ゼロから始めるが、それ自体がゼロになる

鄭本重は自由人になってしまった——もはやいかなる組織にも集団にも属していない。空虚と恐怖の自由を鄭本重は感じた。あたかも自分がひとつのゼロとなったかのようである。誰にとっても役に立たず、誰も自分を必要としていなかった。

身体壮健、大学教育を受け、専門業務にも長けた自分が、社会主義祖国に全く役立たないなど、

鄭本重にはどうしても信じられなかった。川のほとりへ駆けていった鄭本重は、空しく流れていく激しい川の流れを眺めていた。そこには、多くの中国人が切実に必要としている光と動力が、ただ空しく流れ大海に没しようとしていた。

「鉄鋼を俺に与えよ、しからばこの水を電力に変えることができる。最も安価なこの動力さえあれば、できないことなど何もない。朽ち衰えた家々を新築し、壊れかかった道も修復できる……」

それでも中国では、まだ至るところで良い人に巡り会えた。社会から見捨てられた孤児のようだと鄭本重が思っていた時、ある善意の人間が彼の前に現れた。丸々と太った四十歳くらいの廖《りょう》鎮長（訳注—鎮は県の下の行政単位。日本の町に相当する）は鄭本重の略歴に目を通し、見定めるように彼を見ると、溜め息とともに一人ごちた。

「人は飯を食わにゃならん」

しばらく沈思《ちんし》していると、廖本人が鄭本重に何か過ちを犯したかのように釈明した。

「君の才能は現在、使えない。本当にどうしようもないんだ。私には決められんのだよ……ちょっと我慢して砂利公社に行き、そこで何日か働いてみるのはどうかね?」

文句を言う気持ちなど全くないのに廖鎮長は気づかなかった。久しく日照りに遭った土地が甘露を求めるように、鄭本重はただやるべき仕事を求めていたのだ。彼の体格、特に広い肩を見て廖鎮長は聞いた。

「骨の折れる仕事だが、我慢できるかね?」

鄭本重は力いっぱい頷いた。この太った男とだったら、水の中でも火の中でも行こうと思ったくらいだ。別れ際、廖鎮長は鄭本重の手を握り、目には痛々しげな感情をたたえて言い聞かせた。

「しっかりやれば悪いようにせんからな」

こうして鄭本重は「日雇い界」に参入した。ここでは地主の家庭という彼の出身を咎める者もいなければ、右派なのか左派なのか問題にしようとする者もいない。档案も経歴もいらなかった。どれだけ石が運べるか、という彼の実際の価値に完全に基づいて、彼の善し悪しを判断した。こうして彼は他者と平等になれたのである。力の限り働いて飯を食べ、消耗した力を補充すればそれで良かった。一度の食事で十品ものおかずや二斤半もの牛肉の醤油煮を存分食べることができた。数日に一度、これくらい食べなければ体力が衰えてしまうのである。

どんな単純なことでも、仕事とは大変なものだ。二、三百キロの石を船に運び上げ、再び船から下ろす。中学時代に鍛えた強健な体と精神が役に立った。幼い頃から歌が好きだったが、いまは音頭を取るのに役に立った。十数年前、苦学して積み重ねた知識だけが役に立たず、それどころか重い負担になった。頭上には燃えるような厳しい陽射しがあり、足元には逆巻くような激しい水の流れがあった。石を移す苦しい労働に慣れるのは簡単だ。だが不意に意識に上る一つの思いをかき消すことは難しかった。「愛しく、貴い、尽きせぬ川の流れよ。俺に機会さえあれば、お前を電流に変えて、苦しい労働から幾千幾万の人間、そして自分自身を、解放することができるのに……」

水力発電所の工事現場から追われた鄭本重が生活の軌道から外れていくと、生活自体もまた正常な軌道から離れていった。文化大革命がちっぽけな新津県の町を、熱狂と痴愚、動乱と停滞に変えてしまった。あたかも演出家不在・台本無視の芝居みたいに舞台は大騒ぎ。役者も声を枯らして全力で走り回り飛び回るが、正常な関係すべてが壊れてしまい、話の筋は進まない、それなのに演技は際限なく続いていく、そんな感じだった。

自分の足元を日々流れてゆく大河のほか、鄭本重は想像の中にも大河を見ていた。幾千幾万もの人間が当たり前の労働・探求・思考を放棄して、激しく濁った政治の大河へ情熱・精力・時間・生命を注ぎ込む。するとそれらは、耳をつんざく騒ぎ声・鬨《とき》の声・呻吟《しんぎん》を発しつつ、全くの廃物に変わって、流れ流れて失望の砂漠へその姿を消していった……

それでも鄭本重はあらゆる人間から忘れ去られたわけでなかった。やはり鄭本重は見出だされた。一緒に石を運んでいた数人の貧しい男たちは、彼が電力を学んだ大卒者であり、社会が専門技術の分かる人間を必要としているのを知ると、別の仕事で生計を立てようと彼に持ちかけた。鄭本重を主力に、そして他の者を部下にして、男たちは東奔西走した。機械や変圧器を修理し、電線を架設したり、機械を設置したりした……

数年間、鄭本重は実に多くの敷居を跨いだ。某工場で新たに生産した数十台の電動機がどうしても稼働しない。そこで鄭本重が分解してあれこれいじっているうちに、直ってしまった。設置したばかりの発電機が故障して、電気工がいくら直しても「火を噴く」ばかりだった。ところが鄭本重が直すとたちまち電流が流れ出した。……驚喜し賛嘆する人々のまなざしと、情熱に満ちた感激の言葉の中に、鄭本重は慰めを得、自信を奮い起こした。この俺・鄭本重はまだ役に立つ人物なのだ。人民は自分を必要とし、自分を好ましいと思っている！

多くの工場が鄭本重に残ってほしいと思い、彼も当然そうしたかった。だが結局、果たせないまま、あるいは数日働いただけで追われてしまう。自身のこれまでの経験から、鄭本重はゆっくりとだが一つの真理を会得していった。中国人には二種類いるのだ。教養があり、技術を理解し、自己の事業をしっかり仕上げようとする人間は、概してまともである。鄭本重を捜して工場の正門から迎え入れようとするのは、すべてこの種の人間である。彼が右派なのを知っていても、実際の行動や労働精神、能力から生まれる効果を重んじた。もう一種類の中国人はそうではない。彼に貼られた符号やラベル、いったん塗られると落ちない政治的ドーランを重んじ、鄭本人をあくまで見ようとしなかった。彼を追い立てるのは、ほとんどこの種の人間である。鄭本重は知っていた。背後で自分を巡る争いが何度も起こり、最後に前者の人間が敗れてしまうことを。ひとたび手にすれば直ちに効果を発揮する百発百中の武器（訳注―階級闘争のこと）を後者の人間は持っている。おまけにその武器は、知識も才能も努力もなしに自由自在に運用できて、万に一つも的を外さないのだ。一つの場所から鄭本重が去るたび、前者の中国人は嘆き惜しみ、遺憾に堪えない様子で釈明した。「仕方がない。今は政治優先なんだ……」

しかし例外もあった。しかもそれは全く夢のような、突然の訪れだった。多年来、夢に見るほど恋い焦がれていた水力発電の仕事の機会が、ある朝突然、鄭本重の前に現れたのである。

綿陽《めんよう》県のある地区で水力発電所を建設中だった。工事に携わる人間を一人必要としていると鄭本重の友人の友人が聞きつけた。水力発電！　本職だ！　しかし現場へ向かう鄭本重が唯一心配していたのは、繰り返し演じられた例の場面に遭遇することだった――「済まないが、政治条件に適していないんだ……」。

工事監督の羅応昌《らおうしょう》は長いこと鄭本重を待っていたらしく、来るのを見るやすぐ工事現場に引っ張ってゆき、辺りを見せながら事情を説明した。鄭本重は内心いぶかった。こんなことを話して俺に何をさせようというのか？　俺に仕事を一つ割り当てればそれでいいじゃないか？　彼は心配になってきた。もしかして誤解があるのではないか？　俺を上級機関が派遣した幹部とでも思っているんじゃないか？

大型ダムの土台の近くに腰を下ろして一息いれる時、こらえ切れなくなった鄭本重は羅応昌にしどろもどろになって自分の「身分」を説明した。

「知っています」

痩せて長身の総指揮官は真っ白な歯を見せて笑った。

「『右派』だと仕事ができないんですか？　鄭さんに来てもらったのは、私の助手になって工事全般を取り仕切ってもらいたかったからです。やってくれますか？」

鄭本重はあっけに取られた。どう返答すればいいのだろう。

中国にはまだこんなに人材を必要とするところがあるのだ！　非常に多くの事が鄭本重の到着を待っていたようだった。プレハブ式鉄骨について誰も知らない。五キロメートルの高圧線を架けることのできる人間が、綿陽県にはいなかった。鋼管をつなげて二百メートルの送水パイプが造れるのに、ここの電気溶接工はやろうともせず、町まで運んで溶接してもらい、それをまた現場に運ぶことしか考えていなかった。鄭本重は現場の人間に尋ねた。

「行きは大丈夫かもしらんが、帰り道、そんな長いパイプをどうやって運ぶのかね」

「五台のトラックを数珠つなぎにして運ぶ計画ですが」

「それでいくらかかる」

「往復で運送費がざっと千元です」

「やめよう、私が溶接する！」

差し迫った発電所の工期はあと三カ月を残すばかりだった。鄭本重は朝から晩まで休みなく働き続けた。自ら本をめくって学習しなければならないことも多く、見習工を率い、操作規定を定めて講義をやり、もちろん工事を指揮して自ら働き、技術的な問題も解決しなければならない……五日間ぶっ続けで眠らないので、労働者たちも見かねて彼を説得した。「鄭先生、少しは寝てください。鄭さんが気を緩めても、俺たちゃ間違いなんざ絶対に起こしません。鄭さんの言った通りにしますから！」

発電機は取り付け終わったものの、試運転時にすぐ歯車が壊れてしまい、どうやっても動かない。羅応昌は心配で気が気じゃなかった。鄭本重が下に潜り込み、労働者の手を借りて機械を分解すると、座り込んでじっくり考えた。

二時間後に、鄭本重は羅応昌のところに行って「故障が見つかった」と言った。鄭本重の提案により縦型発電機にし、真ん中にあった伝動部分を除去して動かしてみると……果たして上手くいった。羅応昌は鄭本重の手を握ったが、自分の感激をどう表現していいのか分からなかった。いつまで仕事ができるか鄭本重が心配しているのを知っていたので、こう言ってあげた。「私たちは力を合わせてやってゆきましょうよ。こんな水力発電所なんてちっぽけなものです。大発電所を築く闘いを進めましょう。ここが終われば私たちは移動します。数年は働きがいがありますよ！」

大学を離れて十年――。専攻が初めて役に立ち、一人前の人間だと他人が初めて認めてくれて、鄭本重は感激した。「中国は私を必要としている。人民にとって自分は役立つ人間なんだ」との信念が十分実証されたことになる。その思いを鄭本重はここでいっそう堅固にした。

ひょろりと痩せてややせむしの羅応昌の後ろ姿を見ながら、心の中で「必要」「役立つ」「必要」「役立つ」と繰り返すうちに、鄭本重は熱い涙が目に溜まってくるのを感じた。自分を侮辱し軽蔑した「もう一種の中国人」と心の奥深くで議論を戦わせていたのである。

水力発電所の竣工日が間近に迫った。数日ひまができたので、鄭本重は新津県に帰って食糧配給券を取りにいくことにした。

新津に着いて居民委員会の門をくぐると、罵声が飛んできた。

「あんたは本当に凶悪だわ！」

居民委員会で悪質分子の管理を担当する女が、鄭本重を見るや机を叩いた。

「自分がどういう人間なのか分かっているの？　あんたは『公安六法』に違反して長期間外地に逃亡していたのよ。どんな悪事を働いてきたのか、一つ一つ白状してもらうわよ！」

鄭本重は弁解した。自分は別に「逃亡」したわけではなく、働いていたのだ。自分が働いていた職場がそれを証明できる、と。だが女は全く聞き入れず、以後勝手に新津の県城から離れないこと、でたらめな言動をせず真面目になるよう鄭本重に命じた。

綿陽水力発電所では今か今かと待っていたが、鄭本重が戻ってくる様子がない。そこで城関鎮《じょうかん》党委員会に人をやって二度ほど交渉してみたが、どうしても鄭本重を放そうとしない。三度目に県党委員会で経済部門を担当する顧某の部屋を探し出した。使いの人間が四十分間説明するのを、顧某は多大な忍耐力で聞いていたが、内心ずっと不思議に思っていた。鼻つまみの右派分子をどうしてこんなに大事にするのか？　発電所を建てようが建てまいが、早く建てようが遅く建てようが、大したことではあるまい。省水力発電所が新津に大型の水力発電所を建設しようとしていたが、顧某は終始興味を示さず、結局取りやめになってしまった。しかしそれでも新津県はやはり新津県に変わりないではないか。……最後に顧某は、見くびったような口調で一言の下にこの話を打ち切った。

「地区革命委員会のところに行きたまえ。革命委員会が許可したら、我々も手放そう」

鄭本重は幹部ですらないのに、どうしてわざわざ地区革命委員会の許可を得る必要があるのか。明らかにこれは遁辞《とんじ》だ。新津県で別の仕事があるので手放したくないのだろう。——使いの人間はこう考えた。

しかしこの人は全くの思い違いをしていたといえる。顧某の目にとって鄭本重は「0」なのである。ちょうど水力発電所が「0」なのと同じように。

沈没を拒絶して

ここ十年の生活の中で、鄭本重は幾度となく奈落に落ちた。だが今回の転落はいつものそれとは違っていた。綿陽水力発電所にいた数カ月間、鄭本重の希望は頂点に達していた。願ってもない自己本来の専門的業務、指導者から労働者に至るまでの信頼と尊重……ゆえに今度は最高点から落下してしまったのだ。意気消沈した鄭本重は八平方メートルほどの洞窟へ自分を閉じ込めた。どうやって次の一歩を踏み出せばいいのか分からなかった。また石でも積んで初めからやり直すか？　しかしそんな勇気は二度と奮い立たないように思えた。

薄暗い小洞窟は冷んやりしてじめつき、彼の暗澹たる思いや望みなき境遇、そして孤独にぴったりと調和していた。ある種の覚悟さえ持てば、すべてが一つにまとまって、小世界が自ずと出来上がる。それは死への願いだ。鄭本重は死に思い至った。

二十一歳の頃、彼は初めて死神と対話したことがあった。

「遅かれ早かれお前は必ずやってくる。俺は恐れはしない。だから急がないでほしい。この俺・鄭本重にはまだやりたいことがある。それだけなんだ。もし行き詰まって何もできなくなったら、俺はごく簡単に命を投げだし、お前に従おう」

死の思いが頭をよぎったとしても、ほんの一瞬のことであり、自分で自分を茶化していたにすぎない。しかし今度ばかりは真剣だった。死ぬことに関して、他人よりは恵まれていた。というのも、鄭本重は独り身なので、思い残すこともなければ、誰かに苦痛や悲しみを与えることもない。陰気で冷たい王国へ鄭本重が去ろうとしても、嘆きの声を背後に聞くこともないのである。

「これも幸運の一種だ。人に妬まれるかもしれない」

冗談とも本気ともつかず彼は考えた。

「でもやっぱりちょっと寂しいな」

こうした絶望の中でもなお冷静さを失わない鄭本重は、死ぬ時に起こるかもしれない数々の状況を、醒めた頭であれこれ考えていた。そして痛々しい微笑みを浮かべてこう思った。

「かつて何度も電動機や発電機の前に立って、いくつもの修理方法を考えだし、機械の生命を回復させた。それが今では自分の命を工作台の上に置き、いちばん簡単で苦痛のない命の壊し方を探しているんだからな」

とすると、この命は機械一台より安いわけだ……いろんな死に方の中で、簡単かつ確実、それほど苦しまずにできるのは、感電死が一番いいように思えた。そこで彼は電気回路を設計し始めた。すると、作業中、不注意で感電した時の感覚が、次々と記憶の中に蘇った。突然、嘲笑的な厳しい声が耳元に響いた。

「大学で四年間苦労して学び、人民のおかげで習得できた専門知識は、上手く自分の命を終わらせるためのものだったのか」

動悸で全身冷たくなるのを感じた彼は、死の探索の途中でその歩みを止めた。この声が自尊心を突き刺したのである。彼・鄭本重はかつて自分を無能で怯懦な人間だと思ったことはない。しかし自殺は、怯懦《きょうだ》で無能の極みにある人間のみなし得ることではないか？　自分が人民と社会にとって有用であると堅く信じ、いろいろな状況下でそれを実証したのではなかったか？　人民が提供する数千元のお金が、大学生一人当たりの一学期の経費に消え、四年間では数万元に上ると在学中聞いた時、数十倍の貢献でこの借りを返済しようと密かに誓ったのではなかったか？　この十年でいくら返し終えたのか？　むろん鄭本重に落ち度はなく、彼が怠けていたわけでもなかった。人民の名で鄭本重を攻撃・抑圧し、あらゆる手段を講じて彼に仕事を与えなかった人々が、人民を代表できるのだろうか？　人民もまた苦しみの中にあった……

「あんな奴等が俺を縛り・軽んじ・踏み付けにしたくらいで、何一つ自分にはできず、死の道しか残されていないと思うのか。いや違う！　あくまで俺は生き続けねばならない。鄭本重がどんな人間だかあいつらに証明してやるためにも、俺は生き続けねば！　……」

「俺は有用な人間だ。人民は俺を必要としている」

鄭本重は断固たる結論を自らに下した。

「俺は死ねない」

困難な離陸

一九七〇年、失業知識青年と余剰人員の就業問題解決のため、城関鎮ではこうした人々を組織して集団所有制の電機工場を建てることを決めた。だが彼らの身分を聞いた経済担当の顧某は、思わず声を上げて笑ってしまった。

「社会の屑！　みんな社会の屑だ！　こんな工場など放っておけ！」

この話が労働者に伝わると、むしろ良好な政治的刺激となった。——必ず成功して、あいつに見せつけてやる！

三十平方メートルの間口、二台のおんぼろ旋盤、万力が数台。これがいわゆる「電機工場」だった。これではどうしようもないので、初めの三カ月は給料なしでやろうと皆で相談した。鄭本重は空き時間も労働に注ぎ込んだ。電動機を修理したかと思えば電線を架け、鋳造を行なっていたかと思えば鉄を叩き、電気溶接もした。すべてをこなしたうえ、見習工の面倒も見る。他の人が休んでいる間にも掃除をしていた。

だが鄭本重の挙動をそばで冷ややかに見ている目があった。多くのことを巧みにこなせばこなすほど、この目はますます冷たくなっていった。工場にはまだ工場長がいなかったので、陳《ちん》という女性が未来の工場長の座を狙っていた。治安関係を受け持つ陳は、階級闘争の新たな動きを毎日、派出所に報告していた。陳は鄭本重の身辺から是非とも何か得なければならなかった。しかし仕事の面では乗ずる隙が一分もない。そこで陳はからめ手から攻めようとした。

某部隊の車の発電機が故障して、鄭本重が修理を手伝った。部隊では大変喜び、再び鄭本重を車で迎えにきて、別の機械も直してもらおうとした。「鄭先生」「鄭先生」と二人の兵士は必死になって彼を車に押し込めた。修理から戻ってくると、「治安」の陳の顔が不機嫌に歪んでいるのに気づいた。陳は彼を呼び付け、声高に訓戒を始めた。

「あんたは分をわきまえていないわ！　自分がどんな人間だか知っているのかい。勤務中に遊びに出かけ、おまけに車に乗り、解放軍をペテンにかけて部隊長と握手までするなんて！　この身のほど知らずが。これでレッテルを外してほしいなんてよく言うわ。今日の行動を見ていると、あんたがまだ自分の罪を認めていないのが分かるわよ！」

　鄭本重は一言もしゃべらず、苦笑をうっすらと顔に浮かべた。軽蔑でもって怒りを抑える術を覚えたのである。自分が「賤民」であり、不公正に取り扱うことが世間一般の決まりであるのを、鄭本重は十分わきまえていた。

　鄭本重の頭脳は、世界に存在する物質相互の関係を認識するには鋭敏であっても、人間に向き合うと直ちに愚鈍になってしまう。もし聡明な才知の百分の一でも駆使して、「治安」の陣の不機嫌な表情に隠れた秘密を観察・探求していれば、この先十年の彼の生活もまた違った様相を帯びていたはずである。

　後に建材機械工場のトップになる鄧学民《とうがくみん》が慇懃に鄭本重に尋ねた。

「あなたに木材を都合してあげましょうか？　安く手に入りますよ。わたくしの妹婿が運転手なんです」

　差し出されたこの手と、彼は握手すべきであり、断ってはいけなかった。鄧学民が外から工場に来て、工場経由で帰宅する時、鋼材や木材をくすねていた。しかし鄭本重は見て見ぬふりをすべきだった。鄭本重（賢明だったら余計なことは一切しなかったろう）と労働者が一緒になって規則や制度を定めて鄧学民に渡すと、鄧は溜め息をつき、やましげな微笑みを向けた。「こんなに細かく、こんなに融通の利かないように決めてしまうなんて。わたくし一体どうすればいいのです？」

鄭本重は危険を前に立ち止まるべきだった。鄧学民の顔にこうした笑み（この笑みを向けられた者は必ず酷い目に遭うのを労働者たちは知っていた）を二度と浮かばせてはならなかった。だが鄭本重はそうしなかった。七〇年代の中国にあって、鄭本重は生存不適の生物だった。五〇年代よりもっと適していなかった。罪を贖おうとするほど、贖う日はますます遠くなっていった。

一人のまなざし

一九七二年五月のある日、一人の少女が新津県建材機械工場（元の電機工場。規模が拡大して新しい所在地に移った）の正門をくぐった。門前で少女はふと立ち止まった。塀を直している男の姿が目に止まった。動作は張り詰め、全神経が集中している。てきぱきとモルタルをすくい、レンガを取り上げ、塀を作っている……機械的動作と熟練したその姿に、表現できないある種の美しさが宿っていた。二、三人でやる作業なのに、なぜこの人ひとりでやっているのかしら。メガネもかけているし、知識人みたいだけれど。額から流れる汗をふこうともしないで……男の顔に見慣れた何かを感じ、少女はどこかで彼に会ったような気がしてきた。

周躍華《しゅうやくか》はこの工場に入ったものの、内心非常に不愉快だった。彼女は一九六九年に高校を卒業した。十七歳ですぐ職に就き、労働者として国営工場をいくつか回ったが、いつも工場が操業停止になってしまい職を失った。新津建材機械工場は労働者の身分が複雑で「社会の屑」が多い、と新津の町で評判だった。周躍華はこの工場にしばし身を寄せるのに渋々同意したにすぎない。藁葺き小屋に、そこらじゅう泥だらけの職場。周躍華は眉をひそめた。これのどこが工場なの？

周躍華は電気溶接工である。貧困家庭の長女によく見られるように、彼女は大人になるのが早かった。政治的動乱と工場でのこれまでの経験から、世の中の複雑さをよく理解するようになっていた。周躍華は仕事の合間に周囲のすべてを注意深く観察した。

よく目につくのはレンガで塀を作っていたあの人――鄭本重だった。みんな彼を捜して質問しているところからすると、まるでチーフエンジニアのようだ。しかし旋盤・ペンチ・溶接・鋳造・カンナかけ・フライス削り――あらゆる工程を一人でみんなこなしているのを見ると、特殊な労働者のようでもあった。よく周躍華のところにやってきて、一緒に電気溶接をした。はじめ周躍華は彼を避けようとしていた。というのも、工場に入ってすぐ「治安」の陳が鄭本重の後ろ姿を指差して「こいつを先生と呼んではならない」と教えたからである。高卒の周躍華は教養そのものと、教養のある人間を尊敬していた。聞けばこの人は大卒というではないか。彼を先生と呼ばずして何と呼べばいいのか。名前を呼び捨てにするわけにもいかない。周躍華は困ってしまった。

しかし好奇心を抑え切れず、周躍華は横目でちらちら鄭本重を見ている自分に気がついた――仕事をする彼の姿はとても魅力的だったのだ。数十斤もの砂箱を一人で運んだかと思えば、休む間もなくすぐ別のところへ向かう。精密組み立て部品を削る時など、女性の刺繍に負けないくらい丁寧で真剣だった。新しい組み立て部品の溶接の手本を周躍華に見せる時など、電気溶接を数年やってきた彼女も鄭本重の能率と質の高さに感心しないわけにはいかなかった。全身油まみれの作業服を着て、汗や汚れで顔まで真っ黒の鄭本重だが、仕事が引けると見違えるようになる。体をきれいに洗い、皺も汚れもない木綿服に着替えるのであった。周躍華は鄭本重に好感と敬意を持った。「先生」とも呼ばず、呼び捨てにもせず、他の人と同じように彼を「メガネさん」と呼べるのだと気づいた時、周躍華は嬉しくてたまらなかった。ただ初めて冗談交じりのこの言葉を鄭本重にかけた時、少し失礼じゃないかしらと顔を赤らめた。

初の給料日、周躍華は賃金表に目を走らせてびっくりした。「鄭本重」名義で「三十六元」と書いてある。全工場で最低の賃金だわ！　彼の仕事は誰より多く、残業だっていちばん多いのに。なぜなのかしら？　周躍華は鄭本重が「右派」なのをすでに知っていた。しかし彼女の素朴な論理はこうだった――たとえ「右派」でもこんなに重い責任と任務を負わせているんだから、報酬をこんなにケチったり、不公平に扱うのはおかしいんじゃないかしら？

周躍華は日々おかしなことに出くわした。工場の業務責任者・鄧学民が労働者に誰彼なく「あいつの言うことなど聞くな！」と言うのを何度も耳にした。「あいつ」とはむろん鄭本重のことである。「治安」の陳もいつも労働者とひそひそ話をして、鄭本重に対する不満を集めたり、鄭本重の悪口を労働者に言い触らし、不満をかきたてたりしていた。なぜそんなことをする理由があるのか周躍華にはさっぱり分からなかった。しかし直観的に判断して、彼女はこの不幸な人間に一層の同情を注ぐようになった。

送風ポンプを大至急製作せよとの任務が工場に下りてきた。溶接作業が山ほどある。鄭本重は周躍華を捜しにきた。少女は溶接桿《ようせつかん》を置いて立ち上がると、片手で顔の汗をぬぐった。少女の持っている防護マスクを見ながら鄭本重は尋ねた。

「厚さ一センチの鋼板で、長さは二、三メートル。変形しないよう溶接するにはどうしたらいい？」

一緒に作業をする人間に対し、鄭本重はいつもその人間のレベルを探ろうとした。が、前半の話は大まじめにしていたのに、中頃になると話の調子が変わってきた。目の前にいる少女は自分に比べあまりにも小さい。なぜか分からないが、少女をからかってみたくなった。

周躍華の自尊心が直ちに警戒を始めた。

「私を試しているんだわ」

顔を強張らせた彼女だったが、すらすら流れるように答えた。メガネの奥の瞳を見つめると、そこには悪意はなく、冗談交じりの親しさがあるだけだった。鄭本重に対する好意がむしろ増したような気がした。

注意して見ていると、鄭本重は「会議を開く」という言葉を聞くと、何かに刺されたようになり、やりかけの仕事も慌ただしく切り上げ、人との会話すら中断して、ひとり立ち去るのに周躍華は気づいた。「右派」のレッテルが外れない限り、鄭本重は自分を他者と平等でないと思い、そのつど自尊心の痛みに耐えているのを彼女は知っていた。鄧学民が歯がみし、陰でこう言っているのを聞いたことがある。

「鄭本重のレッテルは、あの世へ行くまで外さない」

鄧学民と良好な関係になるべきだと周躍華は鄭のため考えた。だが反対に鄭本重はいつも鄧学民と諍いを起こしていた。不思議なのは自分のことはそっちのけで争うことだ。三日に二日は残業し、祝祭日や休日も全く休まず、それでも一日分の残業手当すらもらえない。だがそのことで鄭本重がけんかするのを見たことがなかった。すべてそれ以外のこと――生産秩序の混乱、製品の粗製乱造、原材料のひどい浪費、労働手当のえこひいきなどは、鄧学民としょっちゅう争った。

こうした問題を一挙に解決するのは、合理的な管理制度を確立することである。しかしこれは鄧学民の急所に触れるのが必至だった。まさにこの秩序の乱れや隙に乗じて、鄧は労働者の血や汗を吸い取り、労働者を抑圧していたのである。もし労働時間のノルマと労働者の配置を精密かつ正確に規定すれば、一番楽で収入も最高の仕事を鄧の家族（すでに六人が工場に入っていた）や腹心に分けてやることができなくなる。鄧はこうしたやり方で仲間をどんどん増やしていった。鄧に従う人間は見習工でもひと月百数元もらえるし、労働者でも三十日で七十日分ほどの残業手当を手にすることができた。だが鄧に逆らう者はといえば、基本賃金すらもらえないことがあった。

鄭本重と鄧学民は二つの極と、両立しない二つの力を代表していた。周躍華にとって嬉しい発見だったのは、労働者の多くが事情を理解しており、ほとんどが鄭本重に深い同情の念を抱いていたことだ。鄧学民が仲間にした人間の中にすら、内心どちらが正しいかはっきりしている者がいた。「鄭本重ひとりだけが勇敢に鄧学民と闘っている！」。これが多くの労働者たちの一致した見方だった。周躍華は内心嬉しくもあり、悲しくもあった。悲しいのは、社会主義集団所有制を称する工場で、一人の「右派分子」だけが集団の利益を守るため悪人と闘い、工場の命運をひとりで握る鄧学民を、全労働者がただ手をこまねいて見ているだけだったからだ。

一九七二年末、鄭本重のレッテルを外す問題が審査にかけられたが、結論は当然、鄧学民の手に握られていた。

鄭本重が一年間、苦労して働き、闘って得た評価は次のごとくである。

「右派分子・鄭本重は『技術的権威』を自称し、指導など眼中になく驕《おご》り高ぶっておる。これは鄭がいまだ罪に服せず反省していない証左である。よってレッテルを外すのは認められない」

レッテルについては、もう以前ほど切迫した気持ちを鄭本重は持っていなかった。淡々とただ笑い周躍華に言った。

「私なんか大したことない。あんなに多くの建国の元勲や大人物が打倒されてしまったんだからね」

それよりも自分の眼前で起きた悲劇に鄭本重は心を痛めていた。あの親切な廖鎮長が、鎮革命委員会主任で「造反派」の許華孝《きょかこう》によって無残な死に追いやられてしまった。一緒に石を運んだことのある鄭本重は、許華孝のことをよく知っていた。飲む・打つ・買うの三拍子そろった無頼漢だった。その許を批判したばかりに、廖鎮長は生死の境をさまようほどこっぴどく殴られ、肋骨を叩き折られた。ついには首吊り自殺してしまったのである。

「いつか必ず歴史が公正な判断を下すと私は信じている」

鄭本重は少女に言った。

「そこいらの共産党員より自分が劣っているなんて思っちゃいないさ。行動にしろ、貢献にしろ、私は一部の党員なんかよりずっと優れている」

自分が知っている党員と鄭本重を一人ひとり比べた周躍華には、彼の言葉が正しく思えた。日頃あまり政治に興味のなかった周躍華の頭は動揺した。

「最も下賤で最も反動的な人間が、偉大で栄誉あり正確な共産党内の人間や役人よりずっと優れているなんて、なぜなのかしら？」

屈辱に耐えて重責を担う

城関鎮で新たに砂レンガ工場を建てることになった。川の水で毎年堆積する大量の流砂を使って、レンガを製造する。しかし新しい工場を担当する党幹部・行政幹部など、政治的人材はいっぱいいたが、政治的信頼が置ける根っから革命的な技術者が見つからない。あれこれ探し回った揚げ句、永遠に悔い改めないあの鄭本重に担当させざるを得なくなった。

鄭本重は川のほとりにやってきた。足元に広がる川辺の砂地に新工場を建設するのだ。工事現場をひと回りして、どれくらいの労力や準備が必要だか計算してみた。彼は電機を専攻し、ここ数年は機械を扱ってきた。工事に必要な土木建築・化学工業・ボイラー熱工業などの知識は全くない。複数にまたがる分野の知識を新たに征服する気力はあっても、問題は設計施工の管理を行なう事実上の総指揮官になることである。人を使って仕事をしようにも、私の身分は……

周躍華も砂レンガ工場に転勤してきた。職場に入ると、一目で鄭本重が分かった。百斤もの鋼板をてこずりながら一人で運んでいる。彼女は慌てて駆け寄って、鄭を手伝った。

「どうしてあなた一人でやっているわけ?」

「私が呼んでも誰も言うことを聞いてくれんのだよ」

鄭本重は苦笑した。事情を理解した周躍華はこれ以上問い詰めようとしなかった。二人は黙々と担ぎ続けた。工事現場にはもう誰もいなかった。周躍華は突然、「行きましょう、働くことなんかないわ!」と憤然と言い放った。鄭本重を引っ張ってその場を立ち去ろうとする。鄭本重はあっけにとられてしまった。

帰る途中、鄭本重の自尊心を傷つけまいと自ら引いていた一線を周躍華は越えてしまった。不満が堰を切ったように口から流れ出た。

「書記や工場長は事務室に座ったきりお茶を飲み、新聞を見て、五時前にみんな帰っちゃうのよ。それなのにあなたみたいな『権威を振りかざし』『罪に服さない』人間が死にもの狂いで働いている。あなたはやっぱり『鼻つまみ者』の知識人。仕事をよく知っているけど反動的で、毎日、名誉と利益を追い求めているんだわ! でもあなたの名誉なんかどこにあるの? 利益なんかどこに? ……どうして働くのを拒否しないの? 自分を何だと思っているの? 職場の人がヒラのあなたの言うことを聞かなくっても当たり前だわ」

速射砲のように責め立てる周躍華の言葉は、鄭本重の心を暖めていった。同情する人間は過去にもいたが、これほどの誠意や情熱を込めて、しかも激しく接してきたのは彼女が初めてだった。

「もしこの娘が誰かを愛したら、その人を守るため、惜しげもなく自分を犠牲にするだろうな」

こう考えると、なぜか分からないが鄭本重はひどくがっかりする自分に気づいた。だが口にしたのは次の言葉だった。
「私は働かなくたって『権威を振りかざし』『罪に服さない』扱いを受けるのだよ。こんなこと気にしちゃいないさ。私はただしっかりした仕事がしたいだけで、個人的な思惑があるわけじゃない。仕事の成果に慰めを見つけているのさ。仕事は憂さ晴らしになるからね。もちろん別の悩みが出てくるかもしれんが。……明日、書記たちのところへ行って話をしてみるよ」

翌日、鄭本重は党支部書記を捜しにいった。
鄭本重「私には仕事をする術がない。私に課した責任は重すぎる。労働者にやる気がないのも私のせいだと言ったが、彼らは私の言うことなど聞きやしない。どうすればいいのか？」
T書記「革命をやりたまえ。社会主義をやるんだ。つべこべ条件を付けてはいかん」
鄭本重「私ひとりでやるんなら、必死にやればそれで済む。しかしあんたらは私に工事を管理させ、労働者を組織するように言う。私が勤務カードを切っても会計は賃金を出さない。右派に勤務カードを切る権利はないと言うんだ。会計が金を出さなければ労働者だって働こうとしない。私はどうすればいいのか？」
T書記「社会主義をやりたまえ。革命をやるのだ。金のことなんか口にすべきではない」
鄭本重「条件や金って何のことだ？　それじゃああんたらが現場に行って、どうやって革命をやり社会主義をやるのか教えてくれ！」

T書記「喚くな！　自分の身分を忘れるなよ！　ここで先頭切って賃金の騒ぎを起こしてみろ、罪になるだけだぞ」

鄭本重「そんな罪、私に被せることなんかできないぞ。私は三十六元の賃金しかもらっていないただの労働者なんだ。あんたが問題を解決しなければ工期は延びるし、私だって責任を持てない！」

鄭本重のこの「喚き」は、年末の「審査」の際、つけをまた増やす結果となった。「傲慢」で「権威を振りかざす」。それは「罪に服していない」のが原因で、結論は「レッテルを外すのは許されない」。

レッテルは外れなくとも仕事はやらねばならぬ。

工事に注ぎ込む投資には限りがあり、各職場が発注した砂レンガの前納金が頼りで、経費はぎりぎりだった。そこで鄭本重はエンジニア・設計技師・工事総指揮官のほか、経済の専門家にもならざるを得なかった（むろん肩書も職称も報酬もなく、ただ責任のみ負わされた）。綿密な計画を立てる必要に鄭本重は迫られた。五つの重要な設備も古い物は修理し、廃物まで利用しなければならない有様だった。

ボイラーに関しては、窒素肥料工場へ駆け込み、爆発して壊れた廃品ボイラーを見つけてきた。ボイラー工場を探して持っていったが、全然修理できないと言う。鄭本重はそれを信じようとしなかった、いや、信じるわけにはいかなかった。新しいボイラーなど買えるはずもないからだ。そこで再び成都まで出向き、「ボイラーの王様」と呼ばれる熟練工に丁重にお願いして新津まで来てもらい、実際に修理可能か調べてもらった。「王様」は年季の入った廃品ボイラーの回りを歩き、長い間念入りに見入っていた。ありがたいことに彼の結論はこうだった。「修理可能だよ。ただ腕のいい溶接工が溶接し、継ぎ目の質を確実なものにしなくちゃならん」

ああ天よ！　熟練溶接工に来てもらうのは簡単だ。しかし一日十数元払わねばならない。金はどうする？　……あれこれ考えた末、自尊心が強く真面目な少女・周躍華に任せることにした。ボイラーの状況、修理の度合いを周躍華に説明した。

「溶接できるかい？　継ぎ目に気泡が入ったり、夾雑物《きょうざつぶつ》が混じっちゃだめなんだ。どうだできるか」

言い終えると、またしても重い口調だったと鄭本重は感じた。なぜだか自分にも分からないが、周躍華に会うと最近、必ず冗談を言って彼女を笑わせようとしていた。

しばし周躍華は考えてから、答えた。

「溶接ならあたしができるけど、高圧のものはいままでやったことがないの。ちょっと自信がないわ」

「構わない、君が溶接してくれ。私がバックアップする」

「そうだったのか……」

やると言ったら直ちにやる。その日の午後、二人は廃品ボイラーのところに来て防護マスクを被った。

ボイラーの容積は二トンで、胴体の直径は一メートル四十センチである。胴体の下部が破損しており、五十センチの亀裂が走っている。胴体から二平方メートル分の鋼板を切り落とし、同一規格の鋼板に取り替えねばならない。溶接の継ぎ目がボイラー内の炎に触れないよう仕上げねばならない。作業条件も極めて劣悪だった。胴体の三十センチほどの凹んだ部分に溶接工が潜り込まねばならず、寝転がり仰向けになって溶接するしかなかった。

まず周躍華が潜っていった。溶接桿のスイッチを入れると煙が立ち込め、灼熱の熱気が襲いかかってくる。湿らせたござを敷いてはいるものの、着ているものまで保証できない。そこで十分ずつ交代することに決めた。時計の針が五分を超えると、鄭本重は大急ぎで周躍華を呼び、今度は自分が潜っていった。しばらくすると周躍華が鄭本重を呼び出した。二人は互いに少しでも長く自分が作業を行ない、相手を少しでも長く休ませようとした。溶接桿を止めてやっとの思いではい出てくると、泥と汗でぐっしょりとなり、熱でほてった真っ赤な顔が、相手の心に戦友のような愛しさを引き起こした。これから潜ってゆく側の心をも奮い立たせた。

二人は日中から深夜に至るまで作業を続け、深夜零時や一時になってやっと仕事を切り上げた。翌日も早朝から出てきた。前日溶接した継ぎ目を一つ一つ子細に点検し、規格に合わない箇所があると削り取ってやり直した。そのため仕事の進度はしばしば数時間に渡って遅滞した。

二人が仕事を終える頃、新津の町はすでに深い眠りに落ちていた。川のほとりに足を向け、緊張のため高ぶった神経とほてった体を、川の風にさらすこともあった。乾いた砂地を選び、肩を並べて腰を下ろすこともよくあった。夜の川は流れがずっとゆったりして柔らかに感じる。水に映った透き通るような月光、空をゆっくりと漂う綿のような浮き雲、そして対岸から吹き寄せる涼しい風が、二人の体と精神を緩め、ゆったりとした気分にしていった。心の奥底に抑圧されていたものが、あたかも砂層をゆっくり崩していく湧き水のように染み出てきた。

周躍華は鄭本重の過去を聞きたがった。鄭本重は幼年時代から話を始めた。自分と無関係な人間の経歴を話すかのような調子だった。不幸で、孤独で、だが生への希望に満ちた人間の経歴を。

鄭本重の落ち着いた話しぶりは周躍華を話の中へと誘い、過去の道程を二人で一緒に歩み直すことになった。扉が一枚また一枚と少女の前で開かれ、たくさんの未知の事物を目にした少女は、幼いころ他人に植え付けられた幻が消えていくように感じた。鄭本重が話をやめても、周躍華の思いは先へと進んでいった。真実だと思っていたのに、実は幻にすぎなかったもの、人間が野獣と化してゆく驚くべき姿、是非の転倒。ここ数年の政治的動乱の中で少女が目にしたものと、五〇年代来の鄭本重の様々な経験がひとつに結び付く手がかりが現れたような気がした。少女は考え続けた……

憶測にすぎない汚らわしい幻と格闘するのに、自分のような人間が十年から二十年の歳月・青春・幸福を費やしたこと。自尊心がいかに傷つけられ血を滴らせたか。生への欲望が何度枯れ果てそうになったか。こうした話を鄭本重はごく簡単に済まし、先へ急ごうとしたが、それは善良な少女の心を戦慄させるに十分だった。無邪気で信じやすく、すぐ夢中になる自分の性格を手厳しく話せば話すほど、そして自分の味わった侮辱や挫折について淡々と語れば語るほど、鄭本重はまるで知らない人の墓碑銘でも読むような感じになり、周躍華の心はいっそう痛みを増した。

周躍華は思った。

「あたしたちのこの世界が一番いいとみんな言っている。けど、こんなにいい人がこんなにいい社会にいて、どうしてこんなに苦しまなければならないのかしら？　誰が苦しませているのかしら？」

周躍華の気持ちは二つの極を揺れ動いた。長女とも母親ともつかぬ感情に駆られるかと思えば、鄭本重が自分よりずっと大人のようにも思えた。自分よりはるかに不幸な鄭本重が、自分の愛撫と慰めを必要としているほど幼く見えるかと思えば、自分よりずっと気高く強靭で、自分を導き保護してくれるようにも感じた。自分の胸の感情のうち、どれが愛情でどれが同情もしくは憐憫なのか、どれが尊敬なのか、自分でも分からなかった。ただ鄭本重のために何かしてあげたいとの強い衝動を覚えるだけだった——この人を慰めるために？　いいえ、感動したからだわ。じゃあ何に感動したの？　周躍華は自分でも分からなかった。

川辺から立ち去る頃になって、鄭本重は気づいた。数十年来、どんな人間に対しても（いちばん仲の良かった姉に対しても）自分の境遇を一部始終はなしたことなどなかったのに、この娘には話してしまった。不思議だ——。

「彼女に同情してもらいたいのか？」

鄭本重は自問した。

「いや違う。他人の涙や溜め息が欲しいなんて思ったことなどない」

ではなぜだろう？　そのまま家の入口をくぐり、きれいに整頓されてはいるが、粗末で陰気で寂しい部屋を目にして、やっと鄭本重は答えを見つけた。

「初めて俺を対等に扱い、同情を寄せ、俺に関心を持ってくれた人間だからだ」

しかしこれは鄭本重の真意ではなく、適切な答えともいえなかった。自分でも気づかぬうちに鄭本重は一つの答えを避けていた。

「そんなことは絶対にあり得ない！」

鄭本重には自分の気持ちを分析する余裕がなかった。あまりに疲れていたのだ。ベッドに頭から倒れ込むと、すぐに眠りに落ちてしまった。

愛を確かめ合って

「歴史」という名の老人は、自分の足元で蠢《うごめ》く人間どもに我慢できなくなっても決して「出ていけ！」とは言わない。その前にまず嘲弄《ちょうろう》してみせる。この老人のユーモアは七〇年代初期の中国でいかんなく発揮された。新津県で踵を接して建てられた二つの小さな工場（建材機械工場と砂レンガ工場）は人民の住宅問題に関係があり、それは、「生産第一、生活第二」というが、生活など全くほったらかし、「農地を開墾してから、住宅を整備する」というが、住宅は手つかずで産児制限すらしない経済路線に対する嘲弄に等しかった。こんな現状で二つの工場が出現するのは、国家計画を指導する者に対する不敬であり、こう公言するに等しい——申し訳ありませんが、我々は自分でやってゆきます。

こうした歴史のユーモアは、ちっぽけな人間にすぎない鄭本重の運命をも見逃さなかった。延々十六年に渡って続いてきた荒唐無稽な悪夢がいま一度新たな高みに達し、泣くに泣けない、笑うに笑えない局面が出来上がった。鄭本重は政治上の「賤民」である。建材機械工場であれ砂レンガ工場であれ、いかなる会議にも出席が許されず、表彰や奨励も認められない。ただおとなしくしていることだけ許され、勝手な言動は許されない。そういう人物なのだ。しかし同時に、どちらの工場も鄭本重なしではいられなかった。もともとこうした矛盾は工場内部に隠されていたのだが、今でははっきりと街頭に出てしまった。数百メートル隔てた二つの工場で、一方が鄭本重を呼んでくれれば、もう一方も呼ぼうとする。そしてどちらも鄭本重を放そうとしなかった。鼻つまみ者の知識人がどうして愛すべき人気者になってしまったのか？

新津県の経済発展に顧某が少しでも関心を持ち、日増しに膨脹する人口と、二十年変わらぬ住宅面積の矛盾に少しでも興味を持っていれば、二つの小工場に懇ろな配慮を加え、毎年視察にやってきたであろう。二つの工場は省レベルの役所の注目を引き始めていたのである。視察に来れば、レッテルを貼られた右派を二つの工場が互いに奪い合っている奇妙な現象に気づいたに違いない……もし顧某が真剣にこの問題に取り組んでいれば、おそらく新津県はこの得難い人材を五年早く光明の世界に連れ戻すことができたであろう。

大変遺憾なことである。建材機械工場に関して顧某は早くから「みんな社会の屑だ。ほっておけ！」と言っていた。砂レンガ工場に対してはどうか？　顧はまたもや教条主義的な評価を下していたのである。

「砂でレンガを作る？　奇想天外だな……相手にするな！」

歴史からのサインはこうして易々と放置されてしまった。しかし「歴史の老人」は非常に執拗だった。かりに鄭本重がほこりや水滴のような存在であっても、あるべき地位を回復させようとした。

建材機械工場で製造したレンガ製造機は、そもそも鄭本重が「盗んで」きたものだった。製造法を学ぶために人を派遣したが、先方の工場は秘密にした。そこで鄭本重が出向いて煙草ケースにこっそりメモを取り、戻ってからあれこれいじくり回しているうちに、出来上がってしまった。だから、機械の圧力を大きくする改造が必要となった今、再び鄭本重に来てもらわねばならなくなった。

旧式のレンガ製造機は鋳造して造ったので部品が大きく、大きな工作機械で加工しなければならない。だが新津県にそんな機械はなかった。鋼板を溶接して組み立てたらどうだろう、と鄭本重は考えた。

大胆な発想であり、冒険でもあった。そんなに大きいものをいっぺんに溶接して変形しない保証があるのか？　非常に高水準の技術が必要だが、それほど精密に仕上げられると誰が保証できる？

しかし新津県の条件下で唯一可能な方法はこれしかないのだ。一般のレンガ製造機に比べ、工費が三分の一に抑えられることも計算で分かった。

鄭本重の案で試作することが決定した。時間は極めて差し迫っている。例によって鄭本重は各製造工程すべてに関与し、労働者と一緒になって働いた。驚くべきことに、二十四時間ぶっ通しで何日も働く時すらあった。

周躍華は現在、鄭本重の境遇に対して本人よりずっと敏感になっていた。工場内で誰かが会話の中で「メガネ」と言うと、周躍華は話の前後を知ろうとした。省建設局がレンガ製造機に注目していることも、労働者たちが工場発展の望みをこのサンプル機の成功に託していることも、周躍華には分かっていた。だが鄭本重の地位にはいまだ改善が見られなかった。これを機会に鄭本重は新しい規則や制度を考案したが、またもや鄧学民に棚上げにされてしまった。周躍華は胸中、鄭本重のため腹を立て、悲しみに暮れた。そんなにバカ真面目に働く必要はないし、残業ばかりしてはいけないと忠告した。だが無言のまま微笑み、いつもと変わらず細心に働く鄭本重を見ると、周躍華の腹立ちも収まり、彼と一緒に残業に加わった。周躍華が来るのを見た鄭本重はまたクスッと笑った。周躍華は怒るとも笑うともつかない様子で言った。

「あなたって人は……、仕方ないでしょう。あなたのが伝染ったのよ！」

翌日、お昼に大雨が降り、にわかに涼しくなった。周躍華は家に戻って服を重ね着し、レインコートを一着余分に持ち帰って鄭本重に手渡した。仕事が終わると二人は一緒に家路についた。普段から二人は一緒に帰り、周躍華の家の近くの十字路まで鄭本重が送ることになっていた。雨は依然として降り続き、泥でぬかるみになった道は歩きにくかった。二人は肩を並べて歩いていた。沈黙がお互いに感染していた。鄭本重には心配事がたくさんあるようだ。周躍華も考えの邪魔をしたくなかった。しばらくたってようやく鄭本重が口を開き、歩を緩めた。

「私たちは長いこと一緒に仕事をして、上手い具合に助け合ってきた。仕事であれ生活のことであれ、私は君と話すのが大好きなんだ。……ただちょっと心配なんだ。このまま続けていけば……」

鄭本重は続けられなくなった。声が少し変だったので周躍華は彼の横顔をチラリと見た。髪がぐっしょりと濡れていて、雨水がメガネから滴り落ちている。表情は硬かった。周躍華は胸がドキドキするのを感じた。鄭本重の気持ちをはっきり聞きたかったものの、あまりに早く聞いてしまうのも何だか怖かった。周躍華も歩を緩めた。

鄭本重は立ち止まると、体をかがめ、レインコートから滴る雨水を避けながら、苦労して煙草に火を着けようとしていた。煙草を吸う鄭本重など周躍華は久しく見ていなかった。

「こんなこと私は何年も考えなかったし、二度と考えるまいと思っていた。なのに今日、いまになっても言うべきかどうか迷っている。君に会うたびどうしても考えてしまうんだ。ただ一つだけはっきりしているのは、これ以上ぐずぐずするのは良くないということだ。……」

周躍華は何も考えず、ただ黙って聞いていた。どう考えていいのか分からなかった。重大な問題に直面しており、数秒内で決断を迫られるかもしれないことは、はっきり分かっていたが……愛について二回挫折を味わったことがあると鄭本重は言った。一回目は学生時代だ。一人の少女を愛したものの、鄭本重が「右派」になったので、だめになってしまった。二回目は新津に来てからのことで、ある女医が彼のことを四年も待ったが、レッテルが外れないとなると関係を絶った。いま一度の挫折など考えたくないし、耐えられそうにもなかった。鄭本重は今、愛に飢えているのではなく、可能性があるかどうかできるだけ早くはっきりさせたかったのである……

「私は十分考えた。冷静なんだ。自分に対しても、起こるかもしれない一切に対しても。だから失望など絶対しない。なぜって、私は何の幻想も抱いちゃいないからだ。……いやなら無理しないでほしい。ただ早く決めてしまった方が、私にとっても君にとってもいいと思うんだ」

むかし鄭本重が言った言葉を周躍華は思い出していた。

「人間として味わう痛手を私はすべて被ってきた」

愛についての痛手もこの中に含まれることに、周躍華は迂闊にも気づいていなかった。三十すぎの男性にこの種のことがなかったはずがない。……しかし彼女は今どうするのか？　彼女の心にもこうした問題がよぎらなかったことはない。天津の部隊にいる人間を周躍華に紹介してくれた人がいて、その男性と二回、手紙のやり取りをしたことがあった。愛情とはどういうものか周躍華は知らなかったし、経験したこともなかった。しかし鄭本重と一緒にいたいと思うのは確かである。彼を尊敬し、同情し、哀れんでもいる。何かが起きれば彼を頼りにしている……これが愛情なのだろうか？

少女は数秒間考えた。頭でなく心で考えた。この数秒間、心の中には鄭本重だけがいた。鄭本重の容貌やしぐさ、鄭本重の経験・人柄・知識。彼のすべてが心の天秤に乗った瞬間、鄭本重と一緒になることの損得・幸不幸など周躍華の心をかすめもしなかった。通りに面したどこかの家で、柱時計が時を告げた。ボーン、ボーン、ボーン……一人ごちるように周躍華は小声でつぶやいた。

「決めたわ」

「え？　何て言ったの？」

「安心して。あたしはあなたと一緒よ」

「本当かい？」

「本当よ」

鄭本重は立ち止まった。周躍華の両手を引き寄せ、きつく握り締めた。何をどう話していいのか分からない。二人は互いに見つめ合っていた。一人は狂わんばかりに気持ちを高ぶらせ、もう一人は恥じらいの中にもいくぶん不安な様子を見せていた。雨水がレインコートの四本の袖を伝って一つになった……

十字路で別れてから、周躍華に再び疑念がもたげた。これが恋愛というものなのかしら？　愛し合う二人には甘いささやきがあってもいいのに、あたしはそんな言葉を聞かないうちに一生を決めてしまった。

鄭本重の置かれた政治的状況と、必然的に惹起《じゃっき》する一切について、周躍華は眠りにつくまで考えもしなかった。

高価で苦い幸福

我が祖国の通信事業は遅れており、ニュースの伝達が遅いなんて誰が言ったのか？　我が国の幹部が人民の幸福に関心がないなんて誰が言ったのか？　鄭本重と周躍華が愛を誓った翌日、砂レンガ工場の党支部書記Tが鄭本重のところへやってきた。いつもと違い、上司が部下に対して、あるいは指導幹部が右派分子に対して行なう訓戒ではなかった。今回は個人的性格を持つ意見を言いにきたのである。

「鄭本重、周躍華につきまとうのはおやめなさい」とT書記。

「李《り》」という書記など周躍華を見つけて切々と諭した。

「慎重に考えなさいよ！　冗談じゃ済まないんだからね」

一九七三―七四年とはどんな時代だったのか？　「幸福」と「愛情」はすでに修正主義辞典に書き込まれていた。まして「個人の幸福」など、単なる考え方から具体的存在に至るそのすべてが、「プロレタリアを興しブルジョワを滅ぼす」「政治を優先する」「継続革命」の不断の攻撃によって灰燼《かいじん》に帰してしまっていた。だから一人の少女が、あろうことか右派分子と一生の契りを交わす――この事件が数十時間のうちに新津の町を震撼させ、老若男女の興味の的となったのも当然だった。

周躍華の昔の同級生、現在の同僚、幼馴染み、遠縁の親戚が続々と押しかけ、忠告したりやめさせようとしたりした。詰ったり責めたりもした。だが要するに言わんとすることはみんな同じだった。――なんてことをしてくれたんだ。大右派と恋愛だって？　十一歳も年上じゃないか。騙されてはいけない。甘い言葉で自分を見失ってはいけないぞ！

王宝釧《おうほうせん》が薛平貴《せつへいき》に身を任せる（訳注―王は唐朝の丞相・王允《おういん》の娘で、父の反対を押し切って、身分の低い薛と結婚した）、イギリス国王エドワード二世の「国家はいらぬが美女が欲しい」、アメリカの白人女性が黒人に嫁ぐ――歴史上引き起こされた騒動はこれくらいだったろうか。むろん中国でもここ数年、地主・富農の家庭では子供を出身階級の良い家庭に養子に出さなければ結婚できない状態だった。こうした事情を考えてみれば、右派分子との結婚にまつわる我が国独特の社会現象も何ら怪しむに足らない。

まことに文学評論家のお歴々がおっしゃる通り、我が社会主義社会の中で、不幸な愛や愛のない結婚などあり得ないのだ。

溶接で組み立る「レンガ製造機」の製作に成功すると、四川省建材工業局が直ちに目を付けた。建材局では早くからこの方法を採用しようと考えていたが、何度試しても上手くいかなかった。新津に派遣されたエンジニアは、このレンガ製造機の品質に疑いを抱いていた。が、現場に着いて同機を見ると、すぐに納得した。そこで新型レンガ製造機を全省に普及するための現場会議を新津県で開催することに決め、同時にレンガ製造機の大量生産の任務を新津県城関鎮の建材機械工場に申し付けた。

しごく簡単なこの決定が、新津県では大変な難題となった。誰が現場会議で発言し、製作経験を披露するのか。常識で考えるなら言うまでもない。しかし鄭本重はもういささかの野心も抱いていなかった。運命のなすがままに身を委ねるようになっていた。頭と体を総動員して勝ち取った鄭本重の成功の果実は、物質から栄誉に至るすべてが、身分の高い人々に簒奪《さんだつ》されてしまうのだ。

ところが厄介なことに、鄭本重にぜひ出席してほしいと省建材局が指名してきた。鄭本重も察しを付けて再三辞退したが、どうにもならなかった。鄭本重が出るか出ないかまだ決まらない時、派出所の署長が公言した。

「なんということだ。この右派分子は相変わらず常軌を逸している。独裁の対象の人間が、省の会議に出席するとは。あいつも上手く立ち回ったもんだ」

実はこの時、鄭本重は自身の栄誉・得失など全く気にかけていなかった。望んでいたのは一九七三年末に右派のレッテルが外れることだった。今回ばかりは十五年来、いかなる年にも増して切実に期待をかけていた。新婦に恥じない身分で結婚式に臨みたいと心密かに願っていたのだ。自身の栄辱・禍福はいまや一人だけの問題ではなく、もう一人の人間にも必然的に波及する。恥辱の烙印を取り除く日が来なければ、そして、屈辱の十五年に終止符を打つ日が来なければ、周躍華と結婚する権利が道義上ないと鄭本重は思っていた。

今年は例年になく、かなりの自信があった。砂レンガ工場を建てるのに日夜注いだ心血と精力。五大設備を自作して国家のため節約した万単位の資金。レンガ製造機を改造して建材機械工場と新津県にもたらした利益。これら一切は鉄のごとく確固とした現実である。城関鎮と県レベルの指導者たちに見えないはずがあるまい。いわんや彼・鄭本重のここ十年の言動も、審査に十分堪え得るものだ。

鄭本重は期待していた。十一月が過ぎ、十二月がやってきた。十二月上旬、中旬と過ぎて下旬になった。鄭本重は待ち続けた……

残念なことに、城関鎮で交わされた二人の会話を鄭本重は知らなかった。

城関鎮党委員会書記「鄭本重、こいつは依然として驕り高ぶっている。言動も良くないらしい。レッテルを外したら、もっと傲慢になり、もっと悪くなるのではないか？」

県党委員会統一戦線工作部部長「ここ十数年の鄭の言動は悪くない。今年の貢献も傑出している。二つの工場で鄭は大きな働きをした」

書記「ふん。何が貢献だ！ レンガ製造機をちょっと見学しただけのくせに」

部長（憤慨して）「あんたも見学に行って機械に触ってみるがいい！」

さて結果はどうなったか？ 鄭本重のレッテルは外れなかった。なお「罪を贖い」続けねばならない。手枷足枷をつけたまま鄭本重は結婚式に臨まねばならなくなった。一九五七年、誠実でお人好しだったがゆえに、鄭本重は十五年に及ぶ青春の歳月を費やしてきたが、まだ足りないというのだ。最初は血眼になって、そして後には冷静に、普通人の生活に通じる大門を突破しようと彼は長年体当たりを繰り返してきた。しかしこの門は今年もまたいささかも動かず、きつく閉ざされたままだった。政治的拘禁・精神的屈辱・個人生活上の不幸が、なお続くのだ。

祖国よ、あなたがかくも冷酷で、かくも不公平であるはずがない。あなたの名義であなたの名声を損ない、あなたの体を傷つけ、あなたの子供たちを迫害するのはいったい誰なのか？ あなたはいつまで我慢しようとするのか？

周躍華は勇猛で名高い河南人の末裔にふさわしかった。あえて権威を軽蔑し、世論に逆らい、いかなる圧力の下でも頭を垂れなかった。わざと鄭本重と一緒に出勤し、ともに食事を取って二人で退勤するなど、常に行動をともにした。周躍華の方から鄭本重を求めたのであって、その逆ではない。いま鄭本重と二人になれて大変誇りに思う。周躍華はこう見せ付けるかのごとく振る舞った。心こまやかな彼女は、もう一生あなたについてゆくの、二人の仲を誰にも邪魔させない、と鄭本重を安心させたかったのだ。

悪質極まるデマが広まった。もし周躍華が汚れのない女ならば、どうして普通の男性を相手にせず、十一歳も年上の右派と一緒になったのか。周躍華は何を欲しがっているのか？　彼女は「売春婦」に違いない。だからあんな人間から離れないのだ。

これは伝統ある我が中国文化が誇る「奥の手」であり、か弱き女性をもっぱら対象とする。身の潔白を自分で証明してみせろというのだ。

周躍華はそれでもたじろがなかった。こんなデマなど全く相手にせず、相変わらず昂然と胸を張って新津の町を闊歩した。許婚にぴったりと寄り添い、楽しげに言葉を交わした。

この少女のために碑を立ててやるべきではなかろうか。少女の率直さ、意志の強さ、勇ましさのために。少女の眼力のために。広い新津の町でただこの少女のみが、党員でも幹部でも革命派でもなく、高説を吐くわけでもない彼女だけが、政治的レッテル・地位・境遇・出身・財産によらず、人間そのものの真実の価値に照らして、正当な評価を鄭本重に下したのである。少女は幻影に惑わされず、人間を選んだのだ。

鄭本重は再び砂レンガ工場に呼び戻された。高圧釜製作のリーダーになるよう申し渡された。

砂レンガは川の砂と一定量の石灰を混ぜ、プレスして形を整えてから、高圧釜の中で高温の化学反応を経て、初めて完全なレンガとなる。しかし製作を命じられた釜は、長さ十八メートル、直径一・六メートルの巨大なものだった。そんなに大きな高圧容器を、鄭本重は見たことも触れたこともなかった。規定によれば、継ぎ目のない大きな鋼材で造らねばならない。だが砂レンガ工場には資金もなければ資材もない。どうするのか？　細切れの鋼板しか使えない。鄭本重は鋼板を六十二枚かき集めてきた。しかしこんなバラバラの鋼板をつなぎ合わせて高圧容器を造るのは、前回のボイラー修理よりはるかに危険である。当時は危険を過小評価していたと、鄭本重は何年か後に思い出してはひやりとした。しかし当時、冒険を試みる以外どうしようもなかったし、参考になる技術的資料もなかった。強度と耐久力の二要素からしか試算できなかった。溶接継ぎ目の安全率を大きめに設定し、材料の安全性も確保した。各数値の根拠を鄭本重は何度も疑い、繰り返し演算した。これほどやってもなお鄭本重は内心自信が持てなかった。

自分の近くで機を窺っている悪鬼のような脅威を、時には漠然と、時にははっきりと、鄭本重は感じ取ることができた。彼は脅威の意味を何度も秤にかけた。鄭本重の政治的身分は単なる過失を犯罪に変えてしまう。何気なくやったことでも故意にやったとされ、偶然の行為が必然的行為と見做されてしまう。そして最後には鉄格子に囲まれた無期囚としての生活を送る羽目になるだろう。婚礼の日も迫っているので、鄭本重ひとりの災難では済まなくなる……

周躍華が周囲に当てこするように毎日鄭本重と一緒にいるのは、彼にとって励みになった。夜、残業をしていると、自分の仕事でなくとも周躍華が来る時があった。鄭本重がけがをすると、周躍華が駆け寄って傷に包帯を巻いた。メガネの上にほこりが溜まり、顔じゅう泥だらけなのを見ると、周躍華はすぐにやってきてメガネを外し、周りの人に向かって大声で「さあ、あたしが顔を洗ったげる！」と言った。

周躍華の母親はこの結婚に反対して死ぬほど騒ぎまくり、周躍華を閉じ込めてしまったが、彼女は何とか逃げ出してきた。

さらに多くの日々が、高圧釜との闘いで流れていった。一九七三年十二月のある日、周躍華と鄭本重は二人そろって結婚登記所へ行った。事務員が型通りの質問を尋ねた後、二人は証明書に記入した。現職場の紹介状に明記してあった「政治的身分」に従い、新郎の名の下に書かれた「同志」の二文字を、事務員は証明書から丹念に消し去った。一生でただ一度の慶事ですら、恥辱の影は許そうとしなかったのである。

高圧釜の工事がついに終わった。これはプーシキンの叙情詩、シュトラウスの『美しき青きドナウ』、ヘミングウェイの『老人と海』を凌駕《りょうが》する作品かもしれない。こうした芸術作品の作者は手枷足枷をはめられ、屈辱を受け、踏み付けにされながら、恋愛したわけでも創作したわけでもないのだ。我々の作者は各種権利を剥奪され、毎月三十六元の最低賃金で大きな責任を負い、大きな危険を冒して、人民のため二万五千元もの投資を節約して、この高圧釜を製作したのである。高圧釜はやがて数百数千万もの砂レンガを吐き出し、自由で幸福な新婚夫婦の家屋を建てるため、その相当数が使用に供されることになるだろう。

一九七四年一月、砂レンガ工場が竣工し、操業を開始するのとちょうど同じ頃、周躍華と鄭本重は結婚式を挙げた。

挙式の前夜、新居となる部屋を新婦は見に行った。正真正銘、新郎は無一物だった。作業着が一枚、綿布団が一枚、夏冬兼用の寝ござが一枚、その他には科学技術の専門書が一山。これが全財産だった。大卒の学歴を持ち、事実上エンジニア兼労働者である男が、十五年かかって作り出した私有財産はこれだけだった。

新婦はとっくに予想済みだったが、それでも新郎は済まなそうに説明した。

「一元の金も貯めなかったんだ。私が金なんか貯めても仕方ないと思っていたから」

来月給料が出たら一番先に何を買わなきゃいけないかしらと新婦は考えていた。

悲しくはなかった。悲しむ必要もなかった。愛は、貧困や卑賤から生まれるいかなる空白をも埋めることができるからだ。どんな財産や地位も心の隙間を埋めることはできない。

式の粗末さと寂しさは極点に達した。わずか八平方メートルにすぎないこの小屋に、四、五人の客しか入れないのがせめてもの救いだった。

かつて悲しみと苦しさの重圧で絶望に陥った時、鄭本重は自ら嘲って四句からなる予言の言葉を書き留めたことがあった。

初夜を楽しんでいるのは――隣の人
科挙に合格するのは――来世にて
日照りの後で降る恵みの雨は――雪だま
他郷で会った知り合いは――借金取り

いまや一句目は消えてなくなった。芯が強く仕事もよくできる花嫁。若くて美しく、思いやりに満ちた優しい花嫁が、鄭本重一生の伴侶となったからである。

鄭本重が多年の忠誠と精勤によって上帝――中国人民を感動させ、人民が鄭本重に与えた報酬が、これなのだろうか?

爆発

一九七四年七月のある深夜、ドカーンと轟音が鳴り響き、新津県城全体を揺さぶった。鄭本重が最も心配していたことが起きたのである――高圧釜の爆発だ。

知らせを受けた鄭本重の顔色が変わった。夫婦そろって自転車で現場に駆け付けた。砂レンガ工場からまだかなりの距離があるのに、レンガの粉が厚い層をなして道に積もっている。工場内外の樹木の枝や葉には、まるで雪が降ったかのように、白銀色の砂レンガの粉が幾重にも積もっていた。工場の全作業場が爆発で損壊していた。一万余りの砂レンガが一瞬のうちにすべて粉々

れ、十数メートルもある大木が根こそぎ倒れていた。ウインチや変圧器も高圧釜の扉が当たってひっくり返っている。

になってしまった。四十五トンの高圧釜は自ら噴き出した気体で五十数メートル以上吹き飛ばされ、十数メートルもある大木が根こそぎ倒れていた。

工場の内外で凄惨な光景が広がっていた。おしまいだ！

「階級敵による破壊」との罪状で入獄する覚悟を鄭本重は工場への道すがら決めていた。ただ結婚するのが早すぎた。自分のせいでこんな立派な娘に寡婦暮らしを強いてしまうのかと悔やんだ。

現地に着くと、事故原因が機械自体の欠陥でないことにすぐ気づいた。規則違反の操作を行なっていたのである。釜扉のネジが数本緩んでいたので、当直の労働者が五級機械組立工を呼びにいった。しかし組立工は規定通りネジを取り替えず、そのまま使い続け、そればかりか九本もの欠陥ネジを釜扉の片側に取り付けてしまった。むろん事故には前兆があった。六気圧加えた時、ネジが一本緩んでそこから蒸気がシューッと噴き出した。直ちに排気せねばならないのだが、当直に再度呼ばれた組立工は不注意にもそのままの気圧を維持してしまい、三十分後に爆発が起きた。

工場の人々は深い悲しみに暮れた。一年余の時間と金がすべて無駄になってしまったのだ。修理するのは新工場をもう一軒建てるに等しい。それなら工場を最初に建てた時の方がよっぽど簡単だった。特に高圧釜は、あんなに遠くまで飛ばされてしまい、どの程度損傷したのか誰にも分からない。再使用は無理か？　亀裂は発見できるが、肉眼ではみえない隠れた傷は？　新たな高圧釜を購入して設置するのは全く不可能だ。資金がないからである。鄭本重の心は千々に乱れ、矛盾の中にあった。この工場に対して鄭本重は深い愛着があったので、ぜひとも建て直したかった。

だが高圧釜の大部分に内傷があるのは間違いない。再使用するのはさらに大きな危険を冒すことになりはしないか？

帰宅しても鄭本重は迷いを打ち消せなかった。妻が忠告した。

「あなたが修理するなんてだめよ。あなたに責任は負わせないなんて言っているけど、そんなことできると思っているの？　今度事故が起きたらあなたの罪はもっと重くなるわよ。みんなこう言うかもしれないわ。一度爆発した時、隠れた傷があるのを知っておきながら、どうして修理したのかって」

もう少しで説得されるところだった。しかし生産が回復しなければ、労働者は何を食べるのか。多くの労働者たちが鄭本重にいま一度やってほしいと今日言っていたではないか。

考えてみると方法はまだ残っていた。高圧釜を垂直方向へ少し移動するよう鄭本重は命じた。こうすればまた爆発しても、釜本体は河原へ飛んでゆき、作業場を破壊したり、人を傷つけることもないはずだ。修復後の加圧テストの日、鄭本重は次のことを要求した。幹部全員がボイラー室に座っていること。（ボイラー室は高圧釜と平行方向にあった。）ボイラー焚きを除き、全工場の職員・労働者が休みを取ること。高圧釜のそばには鄭本重ひとりが残る。

昨年、高圧釜が完成した時、試運転で圧力をかけ、そばで観察したのも鄭本重だった。ただその時は「爆発」は一つの可能性にすぎなかった。それが今回、「爆発」の可能性は常にあった。圧力上昇後の釜本体の動向を前にも増して子細に観察する必要があった。つまりこれは、危険区域により長くとどまり、高圧釜のより近くにいなければならないことを意味していた。一年前と同じように鄭本重は高圧釜の周りを歩き出した。圧力がかかりだした。釜の外には保温材が被せてあり、まだ湿っているせいかところどころ蒸気が上がっている。この蒸気は均等に噴き出ているにすぎず、鄭本重が見つけるべき亀裂は、じわじわ染み出る蒸気からのみ識別できた。蒸気圧が増すにつれ、鄭本重の足取りも速くなった。四気圧まで上がった時、水蒸気がおかしな出方をしている場所を一か所見つけた。立ち止まった鄭本重は、じっとその部分を見詰めて蒸気のスピードをよく観察した。それから圧力を下げるよう命令した。保温材をかき分けていくと、果たして一メートルもの亀裂が見つかった。直ちに排気し、溶接機でその部分の鋼板を切り落として、新しい鋼板を一枚溶接し直した。

それから鄭本重は再び圧力を上げるよう命じた。高圧釜の周りを再度歩き続け、休みなく観察した。八気圧まで上昇した時、鄭本重の神経は最高に張り詰めたが、心は依然として平静を保っていた。午後五時から高圧釜のそばに立った彼は、そのまま翌朝八時までひたすら歩き続け、その間、足を止めることはあっても、高圧釜のそばから終始離れなかった。本来、事故が二時間以上起きなければ、安心していいのである。しかし鄭本重はなかなか踏ん切りがつかず、歩いたり止まったりして二回目の二時間、三回目の二時間が過ぎていった。それでも鄭本重はその場から離れようとしなかった。四回目の二時間、五回目の二時間が過ぎても、まだ安心できない。そのまま十五時間が過ぎ、強張って重たくなった足を引きずって、鄭本重はようやく家路についた。

鄭本重はこのとき初めて、自分が生命の危険を冒していたことに気づいた。妻には事前に何も言い残しておかなかったが、もしものことがあれば、周躍華はどうやって生きていくのか。いつもならどんなに緊張していても周躍華がついていたし、妻が現場にいるだけで彼の心は和んだ。しかし今回ばかりはあれこれ説得して、周躍華を是が非でも家に置いておこうとした。すでに身籠もっていた彼女は、もうすぐ臨月だったのだ。

疲労困憊の鄭本重は家に着くなり頭からベッドに転がり込んだ。顔も洗わず、食事もせず、言葉すら交わさなかった。気の毒に思った周躍華は彼を起こすに忍びず、何も聞こうとしなかった。ベッドの前にたたずみ、熟睡する鄭本重の顔をいつまでも眺めていた。

周躍華に会った砂レンガ工場の労働者は口々に夫を褒めたたえた。

「昨日は『メガネ』のおかげさ。さもなきゃ事故がまた起きてえらいことになったろうよ！　今度ばかりはあいつもヘトヘトだろう。少なくとも何日か横にしといてあげな。旨いものでもこしらえてやんなよ」

周躍華は思った。

「ありがたいわ、やっと表立って褒めてくれたのね。でも結局、あなたたちは部外者なの。鄭本重の苦労をただ見ているだけ。苦労は大した問題じゃないわ。彼がどんなに大きな責任を負っているか知らないのね」

前回、高圧釜が設置されて一年で爆発したことに周躍華は気づいた。とすると、今から少なくとも一年以内は、いつ爆発してもおかしくない……

鄭本重のために、自分のために、そしてもうじきこの世に生まれる小さな生命のために周躍華は祈った。天よ、幸福が無理ならば、せめて安全を授けてください……

鄭本重の運命は相変わらず同じ軌道上を走っていたが、周躍華は違った。二人が正式に夫婦になれば、外部の干渉にもけりがつくと、二十四歳の彼女は勘違いしていた。鄭本重が右派であっても、個人は個人である。周躍華に何の関係があるのか。

周躍華は単純にすぎたのである。結婚前には鄭本重の災厄にすぎなかったものが、彼女にも波及してきた。この世に罪人が一人増え、存在しないがゆえに永遠に贖うことのできないあの罪を、鄭本重とともに償わねばならぬことを、周躍華は数日たたずに理解した。望むと望まざるとにかかわらず、「右派の女房」とのレッテルが周躍華に貼られたのだ。

他人よりたくさん仕事をやるようにし、残業も熱心にやった。周躍華は揚げ足を取られないよう、どこでも小心翼々《しょうしんよくよく》としていた。もし結婚前だったら、周躍華のこうした態度は賞賛の的になったろう。だが今では「右派の女房」が当然守るべき本分としか見做されなかった。

鄭本重に対する怒りが高じると、鄭学民は矛先を周躍華に向けた。女子労働者は妊娠すると作業上の分配で配慮がなされるのに、周躍華は依然として重労働が課せられ、流産の危険があった。授乳期間の女子労働者は日勤だけで構わないのに、周躍華は夜勤につかねばならなかった。やむなく彼女は赤ん坊を職場に連れ出し、工作台の上に置いておいた。見習工がミスをしても彼女の名義で記録に残され、賃金から差し引かれた。

「あなたに嫁いだおかげで、世の辛酸も冷笑も辛辣な皮肉も、みんな味わったわ」。周躍華は鄭本重に恨めしげにこう言う時もあった。

周躍華はしかし、運命に甘んじ屈服する女性ではなかった。娘の佳佳《ヂャヂャ》が生まれると、夫と一家の災厄を終わらせようと焦り、そのために奔走した。怒れる妻と母親に、恐ろしいものなど何もない。冷酷かつ無感覚、おまけに堅固なあの大門に突進してゆこう、そして少なくとも娘のために、正常な人間としての活路を闘い取ろうと決心した。

指導者になったこともなく、学歴もさほど高くなく、ただ純真素朴な心で世界を感知する女性。片や労働に従事せず、人民の禄を食み、政治に関与するがゆえに人間性も責任感も周躍華より傑出してしかるべき人々。以下に記すのは両者の間で交わされた対話の一部である。

周躍華「事実を認めてください。鄭本重が長年やってきた仕事は、板に打ち付けた釘のように、はっきり目の前に並んでいるじゃありませんか。表彰してくれなくても昇進させなくてもいい。だけど社会主義に対する鄭本重の仕事の客観的効果が、良いのか悪いのか、はっきりさせるべきです」

指導者A「道理で君が鄭本重と結婚したわけだ。君の口は同じように悪い！」

指導者B「妻としてあなたは鄭本重の改造を手伝うべきです」

周躍華「でもこの改造は一体いつになったら終わるんです？　どの点が改まっていないか基準を設けるべきじゃないですか。何が基準なんです？　態度・行動・成果を見ているのか、それとも印象なのか、実感なのか？　鄭本重が瘋癲を起こすのは、罪を認めてないからだとおっしゃいますが、なぜ瘋癲を起こすのか聞いてみたことがありますか。彼はむしろ十分改造され、責任感があるからこそ瘋癲を起こすと思います。なんでしたら鄭本重に管理などさせないで、いっそのこと普通の労働者にしてください。そうすれば従順におとなしく仕事をするでしょうし、瘋癲も起こさないと私が請け合います。それなら罪にも服し、しっかり改造されたことになるんでしょう」

指導者C「革命をやってるんだよ！　つべこべ要求を出してはいかん。革命をやるのに金銭のことなんか言ってはいかんじゃないか。とりわけ鄭はだな……」

周躍華「金銭のことを鄭本重が何か言いましたか？　残業手当だって一度ももらってないし、奨励金だってもらっていない、昇級すらないのよ。たくさん仕事をこなしているのに、どんな会議でも鄭本重のことは話題に上らない。彼がわずかでも文句を言ったことがありますか？」

指導者D「君は鄭本重と明確に一線を画して鄭の改造を助けねばならん。功績や収入についてとやかく言ってはいかん」

周躍華「功績を問題にしているのではありませんわ。いくら鄭本重に右派のレッテルが貼られていても、彼の仕事がどんな性質か見るべきじゃないですか。鄭本重のやったことは結局、良いことですか、悪いことですか。鄭本重がやった仕事を他の人と比べてください。党員や幹部と比べて、どちらの水準が高く、どちらの水準が低いのか見てください！」

指導者E「鄭は傲慢で権威を振り回す」

周躍華「何が傲慢なの？　権威を振り回すって何のこと？　毎年そう言っているけれど、私には思い当たらないわ。能力があるのに怠けているんですか。お高くとまって労働者を見下しているんですか。間違った意見に反対し、不正に反対することが『傲慢』で『権威を振り回す』ことになるのですか。私だって間違ってないと思うわ」

指導者F「思想改造というのは長期にわたるもので、知識人というのは熱しやすく冷めやすい。鄭本重の昔の欠点はまだ直っていない」

周躍華「熱しやすく冷めやすい鄭本重の欠点が、どうしてできたのか考えてみたことがありますか？　鄭本重が意欲満々の時、彼を支持したり激励したことがありますか？　誰かが彼の足をすくおうとした時、それを止めたことがありますか？　鄭本重はあなたたちの代わりに多くの仕事をやったのよ。あなたたちはお茶を飲み、新聞を見て、時計が五時を打ったらすぐ家に帰るくせに、鄭本重が朝から晩まで何をやっていたかが分かるっていうの。しっかり改造されない、傲慢で、権威を振り回す、熱しやすく冷めやすい右派に、どうして計画・設計・組織・指導を任せるの。ふんっ。ひと言じゃべっただけで反動的言辞を撒き散らすと言われ、意見を言えば傲慢だと言われるんじゃ、鄭本重は一生改造なんてできないと思うわ。あたしの自覚が足りないって言うなら、いっそ鄭本重に働かないよう忠告すればいいんでしょ。彼を閉じ込めておいて、あたしが養えばいいんだわ！」

これは、周躍華が一家の運命を案じて駆け回り、役人たちと繰り広げた舌戦史の断片である。どちらに真理があるのか。誰が正しいのか。ああしかし、「正しさ」など何の役に立とう！　周躍華の言葉が起こした微々たる息吹は無力にすぎ、権力という大木の一枝一葉さえ揺り動かすことができなかった。その大木は厳めしく、堅固で少しも動じない。何があっても常に「正しい」のである。

とことんまで踏み付ける

佳佳はすくすく成長していった。まもなく四回目の誕生日を迎える頃には（それは佳佳の父親が苦難の中で二十一回目の歳月を迎える時だった）、佳佳が鄭本重を「お父さん」と呼んでも、「階級的立場」を失わないくらいにはなっていた。

一九七六年十月、全国人民が爆竹を鳴らして四大疫病神（訳注―四人組のこと）を追い払った。だが別の疫病神が心安らかに鄭本重の家に鎮座していた。この一年、最も記憶に残っているのは、地震警報が出た時のことである。鄭本重は直ちに防震小屋から飛び出し、自転車を駆って、砂レンガ工場に疾走した。高圧釜が沈下したり火災を起こしたりして、人命に危険が及ぶのを心配したのだ。佳佳をおぶった周躍華は自転車の後ろに駆け寄り、気をつけるよう何度も言い含めた。道端にたたずんで夫の後ろ姿を見送る周躍華は、彼が自転車に乗って無事帰ってこれるよう心の中で天に祈りを捧げた。いったん事故が起きれば、最も危険な場所にいるのは鄭本重なのを周躍華は知っていた。もしいま彼が死ねば、墓に「同志」の二文字を書くことも、追悼会を開くこともできない。あの世でも鄭本重は苦難の日々を送らねばならず、しかもそれは永遠に続く。……

鄭本重をどう扱ったらいいのか。幻影にいつまでもこだわるのか、それとも真の鄭本重――彼の忠誠心・才能・貢献を認めるのか。この矛盾は一九七七年、いっそう尖鋭になり、一九七八年には頂点に達した。かつて鄭本重が優れた貢献をした砂レンガ工場と建材機械工場は、単に省レベルの役所の注目を引いたにすぎない。だが一九七七―七八年にかけて建設された新工場――気泡コンクリート工場は全国的意義を持つものとなった。省建材局と省建材研究所に依頼され、新津の発展にも大いに寄与する同工場の建設を、新津県では当初「ふさわしい人材がいない」との理由で断ってしまった。その後「あのとき高圧釜を製作した」彼にやってもらおうと先方が言い出した。すると砂レンガ工場では野心満々の李某《りなにがし》が出てきて「悪人を重用するな！」と大声で喚き散らし、強く抗議した。抗議が通らず、どうしても鄭本重が必要となるや、すでに我々も熟知する例のシナリオをまたもや持ち出してきた。――鄭本重にいかなる肩書・地位・実権も与えないが、新工場設計と建築に関する重要な責任だけは負わせる。だが意外なことに今回、鄭本重はそれほどお人好しではなかった。仕事を引き受けるのをあっさり断ったのである。滑稽なのは「悪人を重用するな！」と声高に叫んだ正義の味方・李某である。新工場の建設について何の手立ても彼は持っていなかった。工事を再三引き延ばし、既定の竣工期（それは全国「小型気泡コンクリート」現場会議の開催日でもあった）まで三カ月しかなくなるに及んで、県は大騒ぎになった。県工業界の首脳が何度も協議を重ね、「しっかり改造されていない右派」に工事の総指揮を執るよう、断腸の思いで任命した。こうして〝正義の味方〟李某の「階級闘争を要《かなめ》となす」確固たる立場のおかげで、〝悪人〟鄭本重は、睡眠時間をいつもの半分から三分の二まで削って、無意味に失われた工期を補う羽目になった。そして全機械設備、工場の建物、実験棟を期日通りに完成させたのであった。

昔のことはさておき、一九七三年以降、三つの工場（建国して三十年。新津県でこのような工場が全部でいくつあるのか？）の建設・発展で、鄭本重が果たした貢献は、彼が敵でないことの証明ではなかろうか？　否。党中央が一九七八年、一一号文書を出し、全国の右派分子のレッテルを外すよう決定して数カ月。七八年末になっても、鄭本重を逃がさないよう必死で頑張る人たちがいた。彼らは新津県で右派が消滅するのをひたすら恐れていた。

なぜなのか？　これを説明するのは非常に簡単である。鄭本重は右派のレッテルを貼られているのに、規則や制度をつくって彼らの手足を縛り、ことあるごとに彼らのところにやってきて声を荒げ、権力を乱用しないよう制限を加えたからである。もしこれで右派のレッテルが外れたら、もっと厄介なことになる!?　彼らにとって鄭本重の才能は脅威であった。鄭本重を使わないわけにいかず、かといって鄭のレッテルを外して自分らと対等の人間にしてしまったら、鄭本重の技術力や組織力から考えても、自己の権力をむざむざ引き渡すことになりはしないか。

もう一つの幻影

一九七八年末、ついに鄭本重の右派のレッテルが外れた。さらに一カ月経って、一九五七年に右派と誤認された問題も解決した。この時、鄭本重はすでに気泡コンクリート工場の副工場長になっていた。

　職務に応じた権限を持つ幹部の一員となっても、現状を改革して弊害の根を断つのに、自分の力が依然として及ばないことに鄭本重は気づいた。彼の力が及ぶのは、純粋に技術上の問題についてのみである。最後に二回チャレンジしてみたが、失敗に終わった。そこで鄭本重は、名誉回復されたのを機にこの工場を離れた。

　気泡コンクリート工場と建材機械工場を最後に巡回した時、鄭本重の気持ちは複雑だった。ここにある機械の一台一台が、鄭本重が設計したものかもしれず、何度も操作したものかもしれない。自分が捧げた一切は、労働者集団に属しているとかつて彼は思っていた。しかし現在、いったい誰が主人なのか?

　工場の実務の決定に労働者がどれほどの権限を持っているのか?　工場の指導者が真っ先に関心を寄せるのは、徒党を組んでより多くの権力を手中に収めることだ。この目的のため、陰に日向に争い、仕事でも互いの足を引っ張り合う。おかげでコンクリート工場は、今に至るも設計水準にふさわしい操業ができずにいる。建材機械工場ではレンガ製造機を粗製濫造するため、返品が相次ぎ、多くの職場が契約を取り消した。しかし労働者には実権がない。悪弊を目にして、腹を立てても口には出さず、工場の前途を憂いて仕事に精が出ない。

「中国人には本当に良心がない!」

　国家や労働者の利益を顧みず、権力や利益を争う人々を鄭本重は罵倒した。むろん彼らは中国人の中でも少数にすぎない。しかし歴史家が忘れてならないこの種の人々が、現代中国に存在することもまた確かなのだ。

こうした人々にも彼らなりの幻影がある。X書記・T書記の身分は共産党員ならびに工場指導者である。あるいは共産党員の身分であるがゆえに工場指導者でもあるというべきか。これらは形式であって、表面的な価値なのである。これに対し、彼らの品性や態度にどれくらい共産主義の気風があり、工場指導の能力と貢献はどうなっているのか。これが彼らの真実の価値なのである。両者がいつも一致しているとは限らない。しかしいったん共産党員・企業指導者になってしまうとある種の幻覚が生まれ(権力を握った人間にこの幻覚を見せてやるのが、我々の社会に豊富にいるゴマスリ人間の主な役割の一つだ)、自分が党員として合格であり、企業指導者にふさわしいと思い込んでしまう。ひどいのになると、自分が優秀な党員であり、能力も貢献も卓越した企業指導者だと思っている。こうなると鄭本重にも「罪」がある。建材機械工場において、工場の建設からレンガ製造機の製作に至る全過程で鄭本重が果たした様々な貢献は、鄧学民の功績と鄧が頼む資本になったのではなかろうか? 砂レンガ工場とコンクリート工場の七年にわたる鄭本重の仕事の成果は、直接的あるいは間接的にT書記・X書記の貢献となり、「優れた指導」の証明になってしまったのではなかろうか? そのため、これら指導者たちの自己幻覚を客観的にも助長してしまったのではなかろうか?

さて最後にもう一度、最初に戻って「改正された右派」との乾杯を拒んだ県経済工作の指導者・顧某のことを思い出してみよう。なぜ顧は自分をかくも高潔で、威厳があり、優れていると思っているのか。杯を合わせるごくささいなエネルギーすら出すに値しないと思うようになったのか。

政治レベルが極めて高く、林彪《りんぴょう》・四人組との闘いに功績があり、実務能力と指導の才に抜きん出ているのか。鄭本重のように十年間休みを取らず、最低の給料で最大の努力を払い、新津県の国民経済を頂点まで押し上げたためなのか。すべて違う。三十年に及ぶ顧の政治方面の記録と業務関係の記録を紐解いてみると、高潔で、威厳があり、優秀だと誇り得る成果はほとんどない。

成果――。我々は期せずして成果に話が及んだ。そうなのだ、一人の人間を評価する、あるいは、一人の人間が自己評価を行なう際の主な根拠は、実際の生活の中でその人の思想・仕事・闘争が創造した成果、他者が見ても堪え得る成果であるべきではないか。鄭本重の影が実体から離れ、二十余年の中で主客転倒し、影が真の鄭本重を覆い隠し・歪曲し・抹殺し・踏みにじったのは、彼の常日頃の言動を、夜に日を継ぐ労苦を、心血注いだ苦慮を、長い歳月をかけて積み上げた鄭本重の仕事の成果を、人々が重視しようとしなかったからではないか。これらは別に分かりづらくもなければ、調べる術がなかったわけでもないのだ。三つの新工場を建てるのに鄭本重ほど優れた、もしくは決定的な役割を果たした人間が、党員と非党員、幹部と非幹部を含めて、ここ二十年の新津県に何人いたのか？　鄭本重のように自己の休息と睡眠を犠牲にし、人為的な妨害と攻撃にも屈せず、入獄や死の危険を冒してまで十万元もの資産を人民のため節約し、県内外の人民に新しい住宅を提供する条件を作り出した人間が、新津県にはいったい何人いたのか？

しかし我々が長年採ってきた方針は、経済的観点を無視し、我々の政治もまた実務の遂行を許さなかった。このことは人間の評価にも反映した。大言壮語や高説空論が実践とその効果を圧倒し、政治的スローガンが科学技術と文化教育を圧倒し、自己と他者に対する幻覚が実像を圧倒した。

一九八〇年春、私が新津県を離れる時、鄭本重と顧某はそれぞれ自分の前途について思案しているところだった。

「工業局の役所に転勤になってもう一年になります」

鄭本重は眉をひそめた。

「こんなにのんびりしたことなど、いままでありませんでした」

ところが実際、鄭本重は決して暇ではなかった。現在建設中の別の建材工場であるケイ酸塩工場は、建築部が一年かけて設計したものだった。だが最近、鄭本重が何日もかけて設計原案を再審査してみると、生産工程の流れを設計者が理解しておらず、全体的な視点に欠けていて、要するに全部設計し直さねばならないのに気づいた。こうすれば少なくとも五、六万元の資金が節約できるのである。それでは鄭本重はどのような仕事がしたいのだろう？　研究所で科学研究に携わるのはどうか？

「いえ。工場へ行って、技術的な仕事と生産組織の管理をやってみたいのです。ついでに科学研究もいくらかできたらと思っています。現場での実際的な仕事に私は向いていますし、興味もありますから」

同じころ顧某は、あまりに仕事が実際的になって閉口している最中だった。この二年で仕事はますます具体性を帯びてきた。農業でも「食糧を要《かなめ》とする」あの頃は実に良かった。私が水稲にすると言えば、目標も単位面積の生産量も買い上げもすべて水稲であって、部下に指示し、上司に報告を上げればそれでおしまい。実にさっぱりとしていた。ところが今は違う。その土地に適した作物を植えねばならず、多角経営も必要だ。そのうえ自主権ときた。農民に自主が必要なら、なぜ私が指導をするのか？……

このさき仕事に参加できる年限を数えながら、自分の党歴・等級・地位を県内で互角の力を持つ人間と逐一比較し、顧某は深々と溜め息をついた。不当な扱いを受けた感じがして、息が詰まりそうになった顧は、立ち上がると通りに面した窓を開けた。

長年、この窓から街の景色を眺めてきた。相変わらず人込みでにぎやかだが、服の色が二年前よりかなり派手になっている。メロディーのよく分からない耳障りな音楽が、放送所のスピーカーから流れている。デザインの凝った新しいアパートがいくつか同時に建設中だ。「変わったな」――と顧は思った。去年から内心、漠然とした不安を感じることがあったが、最近ではただ苛立ちしか感じない。その苛立ちは「鉄の茶碗」(訳注―食いっぱぐれのない親方日の丸的職業のこと)問題について新聞がずっとキャンペーンを張っていることに関係していた。二日前に聞いた知らせによると、幹部に対して全面審査を行なうらしい……。

顧某が力いっぱい窓を閉めると、長年たまったほこりが窓の格子からパラパラと落ちてきた……。

一九八〇年六月　北京にて

困難な離陸

少なくともここ三十年来、ひとりの人間についてこれほど大きな議論が起こったことなど丹東《たんとう》市ではなかった。何度も世論調査を実施し、無数の調査をやり、大規模な〝正式審査〟まで行なった。市レベルの五つの役所が派遣した連合工作班が第二軽工業局に進駐し、戸棚から何からひっくり返して、各会社や工場の計画・生産グラフ・総括書を審査し、事実と数字を繰り返し確認した。また局長で党委員会書記の李日昇《りじっしょう》が過去、講演した原稿を市党委員会の機関に移して厳格な審査を行なった。〝四つの近代化の勇将〟李日昇を重用するよう、五人の新聞記者が省党委員会書記あてに手紙を出して推薦してから、以上のことが起きたのである。整然として明るい職場である二軽局に波紋が広がった。「李局長は何か誤りを犯したのでは?」——二軽局の人々は胸中こうつぶやいた。その奥にはさらに次のような疑念が潜んでいた。「李日昇はいずれ酷い目に遭い、取り返しのつかないことになると、前から予言していた人がいるが、彼らの言う通りだったのだろうか……」

二人の〝起き上がり小法師《こぼし》〟

声なき論争はすでに十数年前から始まっていた。二人の異なった人間、二つの異なった道。どちらが優位を占めたのか?

一九六三年から、丹東市機械メーター会社の副社長・李日昇は注目の的になり始めた。労働者とともに李は日夜奮闘し、「丹東を東洋のスイスに」を合言葉に、わずか三年の間、古い設備・貧弱な技術力の下で、五棟の新しいメーター工場を建て、精密なメーターを生産して、中国工業の空白を埋めたのであった。

東北地区の会議と全国会議の席上、自らの経験を紹介するため、李日昇は数時間ぶっ続けに発言した。自信に満ち溢れた様子は、いささか得意満面といった感すらあり、ある指導者の注意を引いた。「あの小男、名前は何と言うんだ。年はいくつだ?」と、そばにいた人に尋ねた。

その時、生活の別の軌道の上で、違った形で上級の注意を引いた人物がいた。一部の人間の腐敗・堕落のため、省党委員会では市委員会を整頓し、組織を再編するよう人員を派遣せざるを得なくなっていた。公安局の指導幹部が何人か追い払われ、美人だけを選りすぐって組織された女性人民警察隊も解散させられた。だが当時、公安の政治・法律・組織を司っていた市党委員会の某書記は、この〝危機〟を平然と乗り切った。恐らく物事に深入りせず、観劇・飲酒・トランプにしか興味を持たなかったためであろう。

「文革」が始まると、李日昇の事業と某書記の〝業余活動〟は突然中断され、二人そろって造反派の囚人となった。ただ彼らはまもなくそれぞれ自己の道をたどり、互いにかけ離れた生活へと戻っていった。

今回の「革命」は、最初から「旗幟鮮明《きしせんめい》」だった。真っ先に引っ張り出され、ひどい闘争にかけられて、死ぬほど吊し上げられたのは、大部分が真面目に事に当たる人ばかりだった。市民の信望がすこぶる厚い副市長・呉斌《ごひん》は、闘争にかけられて殺された後、死体が長いあいだ街頭に野晒しになった。工業担当の副書記・孫建華《そんけんか》は実務に精通し、新進の気質に富み、仕事に没頭する優秀な人材だったが、闘争にかけられ危うく自殺するところだった。李日昇本人はといえば、ごく小さな機械メーター会社の副社長にすぎないのに、二百回以上も闘争にかけられ、長いあいだ自由の身になれなかった。李が体を張って仕事をし、現代メーター工業の基地建設に出色の働きをしたからでもあった。一方、ろくに仕事をしない人間や、吊し上げを職業とする人々は、早々と「結合」し、公職に復帰するか昇進していった。市党委員会某書記も忘れられるはずがない。李日昇ら「罪人」が腰をかがめて延々と贖罪させられている時、この某書記なる御仁は罪状札と三角帽子（訳注―人を吊し上げる時に被せた）を早々と投げ捨て、軍代表・林元福《りんげんぷく》の腹心となったのであった。

以上のことは、生活が発した信号であり、処世の道を人々に再考させるものだった。多くの人々がこの時から利口になった。が、李日昇はいつまでたっても悟りが開けなかった。「文化大革命」は李を十年間痛め付けた。だがその十年の間、〝従順〟だったことなど一日たりともなかった。李日昇を捕まえて放さない林元福は、李を打倒しないのであれば「丹東市に打倒すべき走資派はいない」とまで公言していた。李日昇もまた林元福追及の手を緩めなかった。たえず手紙をしたため、北京に陳情に行って、林元福が老幹部を残酷に迫害しているのを暴露し、「左派を支援する」人員がでたらめかつ非道な行為に及んでいることを暴いた。「李日昇の野郎は必ずひどい目に遭う！」――当時、李の運命をこう占う人がいた。確かに、党籍を剥奪され、何の官職にも就いていない人間が、全市の権力を掌握している第一人者に、どうやって勝とうというのか？

闘争大会で下卑た様子や卑屈な態度に出たことなど李日昇には一度もなかった。頭髪は常にきれいに梳いてあり、革靴もぴかぴかに磨いてあった。造反派はこれに腹を立て、あからさまに罵った。「お前の身なりを見てみろ。走資派そのものだ！」。後になると、訴訟のため、李日昇は家財を金に変えた。小さな鞄には洗面用具・タオル・カーボン紙・ボールペンがいつも入っており、いつでも入獄可能なプロの陳情家になっていた。もう李は十分ひどい目に遭っているのではなかろうか。だが彼の様子を見ると、他人の案件を処理するため調査に行く人間のように思えてくるのだ。

吊し上げを受けている時でも、機会さえあれば李は以前と同じように仕事に没頭し、必死で働いた。没頭して成果を挙げねばならなかった。映画・テレビ事務所に派遣されると、上級が二人の人間を監視につけているのを知りながら、李は八・七五センチ映写機、フィルム焼き付け工場、丹東市テレビ局の仕事に手を付けた。

「文化大革命」は李日昇の体に三つの傷跡を残した。手紙による軍代表の告発をやめさせようと、李の右腕をねじ折った人間がいた。北京に陳情に行く李に制裁を加えようと、指をねじ折る者もいた。仕事中、転んで右脚を折った。

十年の災難（訳注―文革のこと）は李日昇を極左路線の不倶戴天の敵に育て上げた。「四人組」が失脚すると、まもなく李は再び才気を発揮した。

丹東市で有名な造反派で略奪分子の車丕恩《しゃひおん》は、何度会を開いても絶対に打倒されなかった。臨時工上がりのこの窃盗犯は、軍代表・林元福に目を掛けられただけで一気に出世し、第四回全国人民代表大会や丹東市革命委員会副主席兼国家計画委員会副主任にまでなった。この男は悪事の限りを働き、車丕恩が指揮した武闘だけでも一度に二十四人もの人間が死んでいる。ところが一九七七年になっても、車丕恩はなお肩で風切って歩き、昼間は市革命委員会に出入りし、夜は派閥のボスの間を動き回って策略を巡らせた。車丕恩を批判闘争にかけるとそれこそ一触即発。車の〝兄弟分〟が出てきて横槍を入れ、審査運動や車を告発する人間に攻撃を加えた。車丕恩は「けじめを付ける」ことを拒否し、公職復帰を要求した。車丕恩の威光を叩き落としたのは、長期間彼と事を共にした人間ではなく、反対にずっと圧迫を被っていた李日昇だった。七千人大会で発言した李日昇は、道理と根拠を挙げつつ、感情を込めて車丕恩の化けの皮を一枚一枚はがしていった。会場全体がひっそりと静まり返った。さっきまで足を組んでいた車丕恩も、足を下ろしてしまった。煙草で煙の輪を作ることも、もうできなかった。

中国の最も重苦しい歴史の一頁がめくられた。李日昇は終日、喜びにあふれていたが、市党委員会某書記と何度顔を合わせても、相手は相変わらず笑顔すら見せなかった。李日昇は思った。

「林元福はあなたを介して私を吊し上げようとした。私の尻尾がつかめないとなると、卑劣な手段で今度は妻を吊し上げた。書記自ら私たちの給料を停止し、糧道《りょうどう》を絶った。あなたは口先で誤りを認めたなんて言っているが……」

これ以後、李日昇の任用あるいは昇進について討論するたび、市党委員会常務委員会では少なくとも二人の人間が仏頂面になった。市党委員会某書記は丹東の古株であり、配下の人間も多く、影響力も大きい。某書記がうなずかなければ事は通らないのである。

覚醒

一九七八年二月になって、李日昇はやっと名誉回復の対象になった。市二軽局（第二軽工業局）の第五局長になったのである。これは全く悪ふざけのようだった。――「君は有能なんだろう？高精度・高品質の製品を作るのに長けていたんじゃなかったのかね？　今度は包丁やしゃもじ、バケツや鍋ぶたで世界記録を作ってごらん！」というわけだ。

だが李日昇は喜々としてこの任を受けた。事務机もまだ並べないうちに、李は各工場へ視察へ出かけた。

李は審査工作を担当した。問題のある五百余人の档案に目を通すと、李は物思いに耽った。「彼らは十年間の特殊時期が生んだ産物にすぎないのだろうか？」。一九五九年から一九六〇年までの「白旗を抜く」（訳注―資本主義的な考えを改める）時期にも、李の心には一つの疑念が現れていた――

「他人の肩を踏み付ける人間がどうして次第に増えていったのか?」。この時以来、誰かと接する際、この種の特殊生物を李は注意して見分け、警戒が心にぱっと閃くようになった――「こいつは一回チャンスをつかむたび、必ず二人踏み付けにする!」。

こうした考えは、いつも李から次のような不愉快な問題を引き出した。当時、なぜ有能な人間を押し退け、破壊の才ある人間を引き立てていたのか?「文革」前、丹東市の工業生産額は常《じょう》州《しゅう》より八千元ほど低いだけだったのに、今では十億元も差が開いてしまった。もしこの頃、経済担当の書記が孫建華氏であって、凡庸で無為無策の市党委員会某書記でなければ、状況は極めて良くなっていただろう。しかし孫建華氏は終始重用されず、終いには丹東から追い出されてしまった。

一九七八年末、李日昇の心を釘づけにすることがあった。一年間「精力的に仕事を進めた」二軽局の成果は――生産額は六・四%増加、利潤は一五%減少というものだった。李はドキリとした。どうしてしまったのか。これでは一九五八年に歩んだあの道と同じじゃないか。

一九五八年秋、上海での学業を終えた李日昇が帰ってくると、丹東市は一面真っ暗闇だった。鋼鉄の精製にすべてのエネルギーをつぎ込んでいたのである。市郊外に巨大な穴を次々に掘り、数千トンもの鉱石、何万キロもの薪をその中に放り込んで、人類史の奇跡を創造しようとしていた。だが結果は、コークス混じりの鉄屑を埋め込み、「共産主義に駆け足で入る」希望をも埋め込んだにすぎなかった。

しかし、それでもなお引き下がらない人がいた。二年後、李は部下を使ってやや小さめの穴を掘るよう命じられた。今度は大量のアルミニウム粉・マグネシウム粉・ケイ鉱石を詰め込んで火をつけた。炎は色とりどりに立ち上がって、鋼鉄精製の時よりも見る者の目を惹き付け、六メートルもの青き火柱は花火より美しかった。だが結果は？　精製した単結晶のケイ素の純度は〝六つの項目で九〇％〟必要なのだが、その水準にはるかに及ばなかった。それで再び穴を埋め、埋葬することになった。この年（国民経済はすでに困難な時期に入っていた）、李日昇の手を経て廃棄処分にされた物資だけでも一千万元に値した。

続いて飢餓がやってきた。危機を救うべく緊急措置が採られた。李日昇は工作隊を率いて徒歩で農村に入った。四十数キロまで体重が落ちた李日昇は、十里の道を歩くのに幾度も休まねばならないほどだった。工作隊十人は一回の食事につき一斤の穀物しか口にできなかった。豆、砂糖、魚を配給すると、疲れ切って重たくなった足を引きずり、次の家へと向かった。

「力も金も出し惜しまず、日夜悪戦苦闘しているのに、なぜ旺盛な情熱が反対に事を損ない、こんな事態になってしまったのか？」。怒りに駆られた李日昇は「こんな馬鹿なことがあっていいのか、なぜなんだ？」といつも考えていた。

解放軍が李の故郷・草市《そうし》村にやってくると、貧しい村民は涙を流して「救いの軍隊だ」と駆け付けた一九四七年のことを、李日昇は思い起こした。国民党と匪賊が生んだ災難から人民を救ったというのに、今度はどうして自らこのような事態を招いてしまったのか？　省の経済工作の責任者・楊春甫《ようしゅんふ》書記が掲げたスローガンは「二倍四倍では増えたと言えぬ、六倍七倍で先進的だ！」というものだった。書記は無知からこう言ったにすぎないのだろうか。ではなぜ国中飢饉に見舞われた一九六〇年になっても、なお誤りに固執し、改めなかったのだろう。書記が追い求めたものは結局なんだったのか。

「共産党に従って人民は数十年も歩んできたのに、国家は結局こんな有様では、人民に申し訳が立たない！　もう少しまともにやって、社会主義には意義も旨味もあると、人民に感じさせるべきではないか？　……なぜいつまでも空虚な生産額ばかり必死に追求し、実際の効果を顧みないのか？」。この問題を考えると、李日昇は眠れなくなった。

危機から平静に復する

数日間、夜になると李日昇がぶつぶつ寝言を言うのを妻は何度も耳にしていた。早朝、いつものように四時ごろ起きると、李日昇は錦江山《きんこう》に登り、バドミントンをやった。それから大きな石に腰を下ろすと、薄暗がりからゆっくり色づいてゆく丹東市を眺めながら、李は黙々と思案に耽っていった。李日昇の仕事がいつものように日の出とともに始まったのである。

二軽局の党委員会会議の席上、驚くべき提案を李日昇は行なった。

「一九七九年の計画は少なめにするよう調整すべきだと思う。それも思い切って少なめに。やってみる勇気があるだろうか？　計画に三回、大鉈を振るうよう私は主張する。まず千九百五十万という有名無実の生産額を切り捨てる。空虚そのもので、数字を集めるためだけに寄せ集められたような数字だ。次に倉庫に滞貨している製品、つまり需要に見合わず市場も必要としていない製品を切り捨てる。商業部と外国貿易部が引き取らなかった製品が三十六品目もあり、生産額にして八百五万元にもなるが、全部切り捨てる。それから、使用量が少なく、生産を縮小すべき製品を切り捨てる……」

二十余年来、これまでは「多」ければ栄誉あることだし、「少」なければ恥だった。その上、多ければ多いほど、速ければ速いほど、大きければ大きいほど、良しとされたのである。ついこの間まで「大規模かつ迅速にせよ」「十数の大慶《だいけい》を」「十数の鞍山《あんざん》鉄鋼を」と叫んでいたのではなかったか。このため「三回大鉈を振るう」との李日昇の主張について、李が何度も「私には方策がある。生産額は絶対補填できる」と言っても、多くの人々が半信半疑だった。今年は「大いに成果を挙げる三年」の最後の一年なのに、李日昇、お前は二十年工業関係の仕事に携わってきたのに、なぜ生産を抑えようとするのか、どんな魂胆なんだ？――こんなことは李日昇も内心分かっていた。李日昇には口にこそ出さないが自信があったのである。たとえ自分に誤りがあるとされても、将来かならず名誉回復される、と。

今回の調整で、李日昇の視線はまず粉末冶金工場に注がれた。同じ種類の製品を生産する工場が全市で三軒あり、各工場では三分の一の人間が腹を空かせている。なぜ局管轄下のこの工場を閉鎖して、一軒の工場を腹いっぱいにしてやらないのか。空いた工場の建物はボール箱工場に引き渡し、それから同工場の建物のいくつかをプラスチック工場に渡して、残った建物に新たに長征服装工場を置く。こうやってみたところ、生産額は二十万元減少したが、五百万元増加した……

調整の実施を李日昇が決めてから三カ月後、党中央は「調整、改革、整頓、向上」の八字方針を打ち出した。

一年続けて調整を実行した結果、二軽局の生産額は減少するどころか逆に六％も増え、利潤も対前年比一七％の成長を見た。

この一年、二軽局の仕事は突破に次ぐ突破だった。心ある人々は李日昇のことを心配した。歩幅が大きすぎて蹟《つまず》かねばよいのだが。一方、奇異なまなざしで李日昇の足元を見る人々もいた。「李日昇の野郎、いまに必ずひどい目に遭うぜ！」

二軽局の局長数人が、市場調査に農村に赴いた。それから、トラックに積まれた在庫商品が次から次へと農村の購買協同組合、辺地の工事現場へと運ばれていった。トラックに乗った李日昇は寒さのためニンジンのように真っ赤になって震えていた。車から降りると直ちに商品を売りさばき、大衆の欲しいものを調べて、数十万元の売れ残り品を迅速に売り払った。「見ろよ、李日昇がまた面倒を引き起こしたぞ！」――冷淡な言葉が伝わってきた。果たせるかな商業部が干渉に乗り出した。これに対し「買い付けもしない、販売も駄目なんて、まさか二軽局の工場をみんな駄目にしようと思っているんじゃないでしょうね？」と李日昇は答えた。ほどなく、中央の政策は李のやり方を容認した。

李日昇は日本の商社マンに丹東まで来てもらい、服装工場を参観してもらって、その商社員と提携した。オーストラリア在住のある人間を通じてヨーロッパ市場の状況を探った。香港の商社員に来てもらって、ヒスイ加工の商取引をした……こうなってくると、海外貿易に関する規制を少しばかり犯さざるを得なかった。だがまもなくこうした規制も破られることになった。

李日昇は数十年抑えられてきた有能な人物を起用して、「実務の篭」だの「銭まく熊手」だの「銭つめる木箱」と過去軽蔑の対象となった人々に重任を委ねた。その中からは入党する者まで現れた。これがまた「政治を突出させる」ことで長年飯を食ってきた人間を激怒させたのである。しかしまたもや李日昇が正しいことが後に実証される。

二軽局という小船を操って、李日昇は危険な浅瀬を一つまた一つと乗り越えていった。それは貧困を克服するという目標を、李がはっきり認識していたからである。「中国人の腹には蒸しパンとトウモロコシ粥だけ入っていればいいなんて、私は信じない！」——これが彼の信条だった。貧困の元はどこにあるのか？「大鍋でみんなが食う」ことと「鉄のお椀」にあるのだ（訳注—悪平等的平均主義と解雇のない雇用制度）。「これを叩き壊さねば、二十余年来の貧困病など治せっこない！」

新風ラジオ工場が赤字を出すようになってからすでに五年になっていた。この工場では毎月千二百台のラジオの心臓部が生産可能だった。だが四十人いる木工部ではひと月に四百台の木製ケースしか作れなかった。どうすればいいのか？旧来のやり方に従って、投資を増やし、工場の建物を拡大して、労働者と設備を補充すれば解決はできる。だが李日昇は木工部で、ある〝突破〟を試みようと決意した。

元は月産四百台だった。そこでノルマを月六百台に設定した。ノルマを超過して一台ラジオケースを作るごとに一元二角の出来高賃金を与え、上限もなしとする。一カ月この方法を実施してみると、生産高は千百台にも達したのである！　三カ月経ってノルマを七百台に調整し、労働者もこれに同意した。すると月末には生産高は千四百台にも達した。この話が二軽局の賃金課と市労働局に伝わると、上級機関の規定を逸脱しているとして、賃金課長が慌ててノルマを九百五十台まで引き上げようと動いた。労働者は途端に「やーめた！」となった。七月分は、二十一日になっても五百台余りのケースしかできなかった。これを知ってカッとなった李日昇は賃金課長に問い質した。「こんな大事なことを、あんたは誰の指示でやったんだ？　労働者にはもう三カ月に一度ノルマを調整すると言ってあるんだ。ひと月に二度調整したら信用を失くすじゃないか。局長は私だ、私が責任を負う！」

これを聞いて労働者は元気になった。その頃ちょうど長雨の季節で、吹き付け塗装が必要な木製ケースは大変乾きづらかった。労働者たちは窓をきつく閉め、窓の隙間まで糊付けした。スチームも起こし、室温は四〇度まで達した。彼らは肩をむき出しにし、パンツ姿で作業を行なった。月末までわずか九日を残すだけだったのに、この九日間で九百台のケースを仕上げたのである。

同じ年の十一月、市労働局は通知を出した。生産が正常に行なわれ、ノルマが先進的なものであれば、上限を設けない出来高賃金制を実施して構わない、という内容だ。八カ月が過ぎると、国務院の通知も伝達された。またもや李日昇が正しかったのである。

全従業員の積極性を最大限動員するため、二十余年来「内部専制」（訳注―政治上の問題があって、職場で監視の対象になること）扱いだった大卒者で、現在、二軽局経済研究所を主宰している周珩《しゅうこう》に委託して、李日昇は「二つのノルマと一つの請負賃上げ法」（訳注―製品の数量に二つのノルマを設け、品質を労働者に保証させる。この三項目をクリアすれば賃金が上がる）を立案させ、後には変動賃金制も実行した。これは利潤をテコにして、全従業員の収入を企業活動の好悪に結び付けるやり方だった。

貧しさや苦しみのためではなく

ある日、李日昇が家に入ると、妻が興味深げにこう尋ねた。「二軽局にいる労働者はひと月の給料が十六級幹部のあなたより多いんですって？」

妻を白い目でちらりと見やると李日昇は言った。「お前も妬み病に罹ったのかね？　まだ少ないくらいだと俺は思っとるよ。二百元はもらわなきゃな！　……乱暴者に従い、年貢は納めない。革命十年の目的は何かね？　もし永遠に蒸しパンをかじることなら、そんな革命はなくて結構。社会主義の優越性がいつまでたっても机上の空論じゃ駄目だ！」

李は議論を好み、感情を吐露するのを好んだ。食堂に入った時、中の様子に心動かされた李は、連れの人間に向かって言った。「建国して三十年。なのにまだ食事の時は糧票（訳注—食糧の配給券）が必要。なあ君、いつか糧票は必ず要らなくなるさ。でなけりゃ我々共産党は無能ってことになる！」。オンドルの上ですし詰めになっている労働者の家族を見て、李はまたも感慨に耽った。「一人当たり二メートルそこそこの家……なあ君、二十メートル、三十メートルのところに中国人も住むようにならなきゃ、我々共産党は無能ってことだな！」

話し相手がいないとなると、李は自分を相手に議論した。——心の中でそのつど仮想の敵をつくるのだ。「無産階級がなぜ快適さを重んじたらいけないんだ？　オンドルの縁や硬い腰かけだけに座るよう中国人は運命づけられているのか？　さもなければ〝修正主義〟になるのか？」「紺色や灰色の服しか中国人は着れないのか？　人間の体の美が犯罪だって？　とんでもない！」

考えは行動に変わった。車両工場で生産した減速機が売りさばけず、販路もすべて奪われてしまっていた。そこで李日昇は、ユソウボク製の家具に生産を切り換えるよう再三勧告した。パイプソファが丹東で売れないとなると、「慌てなさんな！　丹東がすべてじゃない。北が駄目なら南があるさ！」と李は言った。北京の菜市口商店に行って自らカウンターに立ち、にこやかにソファを売りさばいて、顧客が何を欲しているか調べたのである。他郷の製品が二度攻勢をかけてきたが、改良を加えることによって、陣地を占領し直した。今では需要に供給が応じ切れず、一九八一年のパイプソファはすべて予約済みとなった。

みなが軽く見ていた二軽局に李日昇を配属し、李の評価を貶めようと考えた人々は、算段が狂ってしまった。二軽局の主な仕事は人々の生活に奉仕することである。李日昇は生活を熱愛していたので、頻繁かつ激烈な階級闘争と、十年に及ぶ吊し上げも、実生活に対する彼の興味を絞り切ってしまうことはなかった。李の神経細胞と感情繊維は、依然として若者のように汁液に満ちていた。

李は食欲旺盛だった。この食欲に啓発されて、李はホーロー鉄板工場の工場長にアイデアを出した――「今は肉が豊富になったし、シャブシャブ鍋を作るってのはどうかね？　白菜や豚肉を水炊きにして、冬に熱々のシャブシャブを作るのさ、ええ？」。だが数日経ってもその工場に動きがないとなるや、李は北京に出る際、工場長にこう言った。「北京で君たちのシャブシャブ鍋が展示即売されるのを心待ちにしとるよ。……そうだ、木炭を忘れずに付けてくれよ。一袋五斤で、ビニール袋を使えば汚れんだろう」

李は美を愛した。丹東の若い女性は背が高くて美しい。街を歩く時、女性の後ろ姿を眺めてはこう思った。

「こういう体は、チャイナドレスを着てハイヒールを履くと、ラインがはっきり出るんだ。スカートもいい。シングルのスラックスでもいいな。ウエストやズボンの裾の寸法に、政府を転覆する力などないさ」……李日昇はこのとき意図せずして、「文革」の時に並べられた「李日昇修正主義の犯罪行為二百四十六例」の一例を、再度犯していたのである。十数年前、「中国女性を美しく着飾らせるべきだ！」と李は主張したことがあったのだ。

丹東人は地元で作った服の生地を軽蔑し、その目は上海に釘づけになっていた。服装工場の人ですら「作ったって誰に売るんです。私だって要りませんよ。裏地でも作ってりゃいいんです……」と言うほどだ。この障害を突破せねば、服装工業の発展などありはしない。李日昇は服装工場の幹部とデザイナーを連れて、シルク工場とプリント工場を見学し、その場で生地を選んで一万六千元分の品を注文した。李はベテランの仕立職人・朱彬賢《しゅひんけん》に頼んで四百余りの柄をデザインしてもらい、その中から五十種余りを選び出した。おしゃれ好きの俳優・看護婦・教師・女性労働者を呼んで、気に入った生地と柄を選んでもらい、その場で一着ずつ仕立てた。生地代だけ取って、加工賃はただにした。ほどなく街に出た彼女たちは、丹東市服装改革の「先兵」となって、丹東の衣料と服装工場の歩く広告となった。

李日昇自身もわびしいままではいなかった。ビスコースとテリレンでできた茶緑色の合成生地を選んで、制服を一着作った。会場でも町中でも、よく襟を弾いていささか傲慢な口調で衆人に言った。「これが我々丹東市で作った生地で、一メートルたったの七元ちょっと。しかもダブルだ。どうだい?……」。李は口をすぼめて笑った。この男はいつでも自信たっぷりである。今回もまた李は正しかった。まもなく茶緑色の服装は丹東人の間に広がっていったのである。

突破、突破!

「悪霊に行く手をふさがれる」という話がある。真夜中、道に迷ってしまい、郊外の荒野まで来てしまった人がいた。周囲は一面がらんとしているのに、どの方向に歩いても、見えない壁にかならずぶつかってしまう。

悪霊の存在など私たちは信じない。が、見えない壁は間違いなく存在するのだ。李日昇の一挙手一投足がみな堅固な壁にぶち当たった。

「明らかに良いことを、とても良いことをしているのに、なぜ人々はしばしば躊躇し、ひどい時には戦々恐々と右顧左眄《うこさべん》するのか」。人々の頭の中に高い壁があることに李日昇は気づいた。判断の是非は、事柄の効果を見るのではなく、誰が言ったのか、誰が批判したのか、にあった。いろいろな見えない砦がある中、この壁が最も堅固で恐ろしいものだった。時の流れと実践の風雨がゆっくりとそれを侵蝕するのを待っていれば、崩壊するのだろうか？　それではあまりに遅すぎる。巨大無比なるその姿は、行く手にいつでも存在していた。一つの仕事を進めるたび、脅威や障害としてその壁が存在しているのを李日昇は感じ取っていた。

全局挙げて大討論を展開し、二十余年続いてきた重大な理論的問題をはっきり認識するよう、局党委員会の会議で李日昇が提案した。そして一九七九年五月から、末端の現場から局の各部門に至るすべての職場で、熱気あふれる討論が展開された。

二十余年来の歴史が、そして国民経済と政治生活が経験した曲折の道が、人々の前でもう一度演じられた。非常に多くの〝なぜ？〟が提起された。一九五六年の手工業協同化の際、四千四百戸が組織化された。当時、百元の資金で一年につき百九十五元の利益を得ることができたのに、一九七八年になると、投資・設備ともに増加したのに、なぜ百元の資金で二十八元余りの利潤しか得られないまでになったのか？　社会主義は極めて優越したものではなかったのか？　なぜ「張《ちょう》さんが養鶏すると、育てれば育てるほどやせ細る」ことになったのか？　共産主義の偉大さ・高尚さ・素晴らしさと呼ばれるものが、なぜ人間に内在する向上力を消してしまったのか？　共産党が人民を指導して数十年革命をやってきたのは、人民の自由と幸福のためではなかったのか？　いったい何を恐れて自由や幸福を、恐ろしい化け物や諸悪の根源に変えてしまったのか？　なぜ「豊かになると直ちに修正主義」になり、大寨《だいさい》の人間が柄付きの立派な服を着ると、党支部が休みなく討論を続けねばならなくなるのか？　中国人は粗末なものを食べ、粗末な服を着ていればいいのか？　住宅も、すし詰めになればなるほどいいのか？　あらゆる手段を尽くして人を貧しくする、これが社会主義なのか?……

ある人が言うには、李日昇が放ったこの火の手は、現場から役所に至るまで数カ月もの間燃え続けた。人々が長年、心の中に埋没させてきた問題が、明るみに出された。偏った話だけが許され、礼讃の歌や子守歌だけが許された時代は、終わりにすべきなのである。思索する勇気のない、話すことの許されない社会は、経済もまた向上しないのである。二軽局の文化ホールに拡声器がいくつも並べられ、数百人が大討論を行なった。一人の発言に別の一人が口を挟むことも、反論することも、議論を交わすこともできた。なんと新鮮な光景であることか!

李日昇が総括発言を行なった日、李局長が原稿によらず、数時間に渡ってよどみなく話すのを見た出席者は、非常に斬新な感じがした。李は新たな問題を提起し、新たな見解を発表した。李は敢えて自分の言葉で話したのである。最も尖鋭な問題を回避せず、自分の考えを直に述べた。つまり李日昇は、新たな気風を作ろうとしたのである。警戒不要な、言いたいことを存分言える雰囲気と習慣を作り出そうとしたのだ。

誰かが自分のあら捜しをするかもと李日昇は思っていたが、恐れはしなかった。「人生で私は〝外国のスパイ〟以外のすべてのレッテルを貼られた。十年ほど閑職に追いやられもした。もう一度そうなったところで大したことじゃない。これらの問題に決着を付けないと、調整と改革は身動きが取れなくなってしまう!」

この討論以降、二軽局の職員は最も勇敢に話をする人間になった。生産はいっそう熱気あふれるものとなった。

二軽局と李日昇に関する報道が新聞紙上に増えるにつれ、不吉な匂いが次第に濃厚になってきた。

やり手の多くがそうであるように、李日昇は知らないうちに多くの人間の機嫌を損ねていた。「突撃入党・突撃抜擢」した「ほら吹き書記」や「ごますり書記」が李によって引きずり降ろされた。職務に相応しくない幹部が李によって配置転換になった。もとは党委員会常務委員であった人が現在、その職になかった。こうした人たちのうち、不満分子は李日昇の「面子がつぶれる」ことを願った。

また、機嫌こそ損ねていないが、李が知らないで、ひどく悩ませている人もいた。長年、政治用語に寄りかかって日々過ごしてきた人、面倒を避け実際的なことに手出ししない人など、李日昇のことを「道を隔てた」（「特別な」という意味で、自分と違うこと）、反りの合わない人間と見ていた。自分を刺激する、不安定要素と見ていた。李日昇のことが新聞で一回報道されると、彼らは自分が一回批判されたかのように感じた。当時、李日昇を吊し上げておきながら、その誤りを認めようとしない人に至っては、李の評価が上がるたび、自分に対する脅威と見做していた。

こうした人々はごく自然に寄り集まってきた。彼らには天然の利があった。時間ならいくらでもあるのだ。第一線は退いたものの、まださほど年ではない二軽局のある老幹部は、貴重な薬をたくさん飲んでおきながら、いつも党委員会にぶらぶら歩いていって、二軽局の「内部状況」を提供した。長期入院のため、いつでもどこでも自在に活動できる某副市長など、李日昇を抑え込む方法を考えたら、人民警察を殴って処分されたことを取り消してやる、と五年間働いていなかった二軽局の女子労働者に耳打ちした。同意しなければ、「傲慢で上級の命令を無視する」ことにしてやる、とも。「文革」の時期に造反し、最近、市党委員会事務室副主任に任命されたある労働者が、市党委員会の門前で雑踏を眺め、気晴らしをしていると、丹東市在住のある作家が通りかかるのが見えた。作家を呼び止めた彼は、高貴な「造反派」言葉でこう尋ねた。「聞くところによると、君は李日昇に大変おべっかを使っているそうじゃないか。で、いくらもらった?」――これは、作家が李日昇を主人公にして書いたルポルタージュのことを指していた。

二軽局と李日昇に関する諸々のデマは、二軽局と市党委員会の各部門の間で、さらにはこの両者から社会に向かって流布された。二軽局の成果はでたらめなのだ、記者とルポ作家が李日昇に「たっぷりおごってもらい」李を持ち上げているのだ、と。

部長・局長クラスで行なわれた二度の意見調査の結果、李日昇を昇進させて副書記、副市長、あるいは省二軽局の指導的ポストに就かせるべきとの意見が大勢を占めた。四百七十余人いる二軽局の各級幹部のうち、四百二十余票が李日昇を支持していた。もちろん李日昇の欠点と問題点をも指摘していた。李にはやや傲慢なところがあり、無闇に事を急いで異論を持つ者や能力的に劣る者をあまり尊重しない。李は自分でもそのことを認めており、ぜひ改めねばならないと思っている。しかし意見調査票には、存在するはずのない問題点まで書き込まれていた。李日昇に対する無理解によるものもあったが、本音むき出しのものもあり、その目的は李日昇を葬り去ることにあった。

李日昇の長所、短所、各種の憶測やデマは、客観的に十分比較され、再三調査され、繰り返し斟酌されたのに、依然として一つの登用案も出なかった。この時、二軽局の経験はすでに遼寧省に広がっていった。二軽局が試みた奨励賃金制度、人材の選抜と老幹部の配置方法、二軽局系列の全知識青年の就業問題を自力解決した経験、すべてが中央の関係部門で重視された。二軽局の一九八〇年の生産高と利潤の計画は、六、七十日繰り上げて完成していた。

変わったのだ、中国は！

だが結局、中国は変わったのだ。一九八〇年の秋と冬、いずれ自壊するようなデマが李日昇の足を引っ張っていた頃、生活のもう一極では噂の真相が市党委員会某書記を包囲していた。李日昇に比べ某書記の毎日はかなり辛いらしく、六〇年代のように気楽にはいかなかった。ひとつの噂は、日本訪問から帰った某局長が市党委員会某書記にカラーテレビを贈ったことである。この一件が露呈すると、華僑から無理やり取り立てた金で買ってきたことを、局長も認めざるを得なかった。これは市党委員会某書記が授けた知恵であると局長は素直に白状してしまった。もうひとつの噂は、税務局のある職員に配分されるはずだった住居を、市党委員会某書記の息子が占拠してしまったことである。その結果、長年離れ離れになっていた家族の団欒も不可能になってしまった。職員の妻は失望のあまり服毒自殺した。丹東市の巷ではこのような話が飛び交い、大衆の怒りは収まらなかった。

そのせいなのか、李日昇に関する流言飛語は常に拡散してしまい、反対に人々はますます李日昇のところに集まってきた……。

二軽局に来て働きたいという人は多く、その中には労働者、エンジニア、管理幹部のすべてが含まれていた。「李日昇のような局長の下で指導を受ければ、才能を発揮するチャンスがある」と彼らは言う。冶金局《やきんきょく》のあるエンジニアなど昔、李日昇を吊し上げたにもかかわらず、二軽局に来たがった——「私は以前、李日昇を吊し上げたので、彼の指導の下で手柄を立てて、その罪を償いたい！」。

二軽局を支持し、二軽局のためアイデアを出す人、あるいは二軽局の力になりたいという人も、ますます多くなっていった。

税務局のある職員が李日昇に手紙を寄越した。「いつも貴兄の御名前と二軽局の生産発展状況を耳にし、大変敬服しております。しかし私は、貴兄ら各企業の資金が非常に逼迫していることもまた存じております……」。彼は二軽局に知恵を貸してくれた。知識青年（訳注—文革中に農村に送られた中卒・高卒の若者。多くは失業していた）雇用のため国家が行なっている税収の優遇措置を活用し、免税された分を生産発展の資金に振り向けるというものだ。二軽局傘下の工場従業員の年齢構造を類型別に詳しく計算した上で、知識青年を多く雇用するプランをこの税務員は授けてくれたのである……

李日昇はちょうど深圳《しんせん》に滞在していた。灯火輝き雑然とする香港を、川を隔てたはるか向こうに望んで、この市場を占領するとの意欲満々の計画が李の心に生まれていた。だが、一つの疑問が直ちに彼の思考を掻き乱した。「私はただお金を作って国家の財政赤字を埋めようとしたにすぎない。〝国と悩みを共有する〟ことをしただけなのに、なぜ多くの人の感情を損なうことになったのだろう。みんな中国人だし、共産党なのに、なぜなんだろう?」

李日昇をめぐる論争も終わりに近づいた。中共丹東市委員会と遼寧省委員会の指導者の中に、李日昇を理解し、信頼する人間がいたのである。結局、中国は二十数年もの歳月を無駄に過ごしたわけではなかった。人民はすでに正しい道を選び、どのような人物が必要なのかを知っている。

これは丹東市が一九五八年、一九六三年に次いで行なった三回目の経済的離陸である。「難しいことは確かに難しい」と李日昇は思った。「だが今回は中央の方針もしっかりしている。見ていてほしい、調整が上手くゆきさえすれば、これからが本当の〝向上〟であり、それぞれの花がみな実を結ぶに違いない……」

三十八年の是非

ある倒錯

中国は誠に大きなところで、奇妙なことばかりある。七十二歳の郭建英《かくけんえい》氏が被告になり、十二年前、郭家の裏庭を横取りし、全財産を破壊・略奪した西安市宅地第二分局が原告となった。一九八三年十二月七日、郭家（西安市青年路一四二号）の裏庭にある十二平方メートルのリノリウム製バラックを排除するため、再び大勢の人間が動員された。数十人もの武装人員が派遣され、囚人護送車まで出てきた。蓮湖《れんこ》区裁判所副裁判長・梁平《りょうへい》の指揮下、郭建英一家に対する攻撃が加えられたのだ。

もっと大きな倒錯がある。郭氏がこんにち被告になったのは、新四軍（訳注―抗日戦争から国共内戦初期までの共産軍の部隊）が陝南（訳注―陝西《せんせい》省南部）で苦境に陥った一九四六年、郭氏が同軍に巨額の現金を貸与して、焦眉《しょうび》の急を救ったことに関係があった。

一九五八年の段階ですでに次のような論理が現れていた――当時、多額の金を出して革命を支援できたのは、郭建英が資本家だったからではないか？　そうに違いない！　これが郭の私有財産を「改造」する論理的根拠となった。一九六六年になると（訳注―文化大革命）、この論理はさらに発展した。資本家がなぜ多額の現金で惜しみなく革命を支援したのか？　でたらめに決まっている。それで郭は「功績を装った政治的ペテン」の罪状を被ることになり、「牛小屋」（訳注―文革時の私設監獄）に叩き込まれて一家の生活は窮地に陥った。

一九七二年、西安市宅地第二分局の略奪分子・顧来根《こらいこん》が、市物資局の大権を握る張金堂《ちょうきんどう》課長におもねるため、郭家が菜園として使っていた裏庭を強制占拠した。そしてそこに、当時としては桁外れの、五部屋からなる一戸建て住宅（瓦葺き）を建てた。工事の際、郭家の排水溝をふさぎ、レンガ造りの便所を取り壊した。大木を八本切り倒し、地上にあるものすべてを奪い去った。十年後、中国が新しい歴史段階（訳注―現在の改革開放路線）に入っても、顧来根という男は相変わらずやりたい放題だった。顧の旧友で宅地局計財課課長・史肇宜《しちょうぎ》とその手下から支持された顧来根は、郭のレンガ造りの離れを取り壊し、その場所に省木材会社のビルを建ててやろうとした。基礎工事を北側に大きく広げたため、郭家の残った裏庭のほぼすべてがくまなく占拠されてしまった。たまりかねた郭建英は、党の第十一期三中全会路線（訳注―改革開放路線）に勇気づけられ、ついに闘いに立ち上がったのである。

未完成の名誉回復

西安市の都市建設に長年携わってきた李廷弼《りていひつ》副市長は、かつて左傾の誤りが長期に渡って個人の合法的権利を侵犯してきたのを熟知していた。陳情事件の多くが不動産に関係しているのも知っている。そこで、事件の中から六軒選んで調査することに決めた。王健鵬《おうけんほう》を首班とする調査班は、実事求是の詳細な四カ月の調査を経て、一九五八年に行なった四軒の私有家屋に対する社会主義改造は基本的にすべて誤りであると結論づけた。一九八三年六月十六日の市長常務会議の席上、この誤りを直ちに改め所有権を家主に返そうと、市長と副市長らも認めた。ところが同会議に列席した市宅地局長・張懐徳《ちょうかいとく》は異議を唱え、二軒については今しばらく家屋の返却を猶予してほしいと主張した。郭建英はこの一軒だったのである。

一九五八年から二十六年が過ぎ、郭家の子供も大きくなって家族も増えていた。庭に住居を増築したいと一九八〇年から二度に渡って申請したが、宅地局は許可しなかった。郭家ではやむをえず木の棒とリノリウムで十二平方メートルのバラックを裏庭の空き地に建て、息子の身を寄せるよすがとした。

家のすぐ隣に建てられた哀れなバラックは、木材会社ビルの工事現場からかなり離れているにもかかわらず、工事の邪魔になると顧来根らは言い張った。だがこの工事自体そもそも違法であり、他のことはさておき、一九七二年に略奪された財貨もまだ返済されていないと郭家では考えていた。李廷弼副市長は、郭家の適法な要求を支持し、責任持って双方を話し合わせ、紛糾前に工事を一時中止させた。ところが史肇宜と顧来根には頼りとする人物が別におり、副市長など全く眼中になかった。二人は蓮湖区の裁判所に提訴し、郭建英を訴えた。かくして、歴然と力に差のある両者の闘いが火ぶたを切ったのである。

「誤っていようが必ず執行する！」

原告の優位は明らかだった。「役所」であり、「組織」であり、「国家利益」を擁護している。被告はどうか？　私人であり、一家一戸の得失にすぎない。

しかしながら、郭建英には得難い有利な条件があった。郭の訴えを受けて、李先念主席が立て続けに二度指示を出したことがあった。当時の中共陝西省委員会第一書記・馬文瑞《ばぶんずい》氏もかつて何度となく指示を出し、李主席の指示をしっかり実行するよう市党委員会に要請していた。中共中央顧問委員会委員で現在、中央の名誉回復工作に携わっている汪鋒《おうほう》氏は当時、鄂豫陝区《がくよせん》（訳注―陝西省南部の解放区）党委員会書記であり、軍区政治委員、政府主席も兼ねており、郭建英の資金提供問題に関する最も確実な証人である。汪氏はわざわざある責任者を介して、李先念同志の指示に背いて誤りを犯さないよう、西安市党委員会書記の何承華《かしょうか》に注意を促した。

一九八三年十二月五日深夜。ちょうど西安に滞在中の汪鋒氏が、郭家のバラック排除の強制執行が翌日だと知って、執行を一時猶予するよう市党委員会の何承華に電報で要請した。

だが党委員会書記・何承華が採ったのは正反対の、しかも断固たる措置だった。李天順《りてんじゅん》秘書を通じて何書記は郭建英に次のように伝えた。「たとえ（判決が）誤っていようが必ず執行する。後にあなたが名誉回復され、建てたビルを取り壊すことになっても構わない。今は何があっても執行する」。その理由は「党は司法に干渉できないから」であった。

が、事実は正反対であった。そもそも西安市の指導者が司法に干渉しなければ、この訴訟は成立しなかったのである。本件は所有権の紛争であり、過去の誤った政策による犠牲者を名誉回復する問題であって、党と政府の機関が中央の文書に従って処理すべきである——蓮湖区裁判所には当初からこうした見解を示す者がいた。「市の指導者」の指示がなければ、区裁判所が本件を訴訟事件として登録し、審査することもなかったのだ。判決に至っては、区裁判所が市党委員会書記・何承華に調書を提出し、何書記が首肯《しゅこう》してから出たものだった。

極めて高い規律性とまれに見る能率で、裁判所は使命を完遂した。原告がたびたび民事訴訟法上の手続きを違反するのも顧みず、そればかりか区裁判所や中級裁判所自身この手続きを守らず、まるで何かに急き立てられるかのように審理を進めた。というのも、宅地局の顧来根たちが工事を始めたくて、しびれを切らしていたからである。

奇怪な調査

十二月下旬、市党委員会書記・何承華自ら李先念主席の指示を実行に移し、郭建英問題の調査班を設けた。いったい何を調査するのか？　ひとつは郭建英の資金提供問題である。ここ二十年に行なわれた三回の調査と李先念氏の指示、そして汪鋒氏の実証を、この調査はすべて反古《ほご》にしてしまった。もうひとつは郭建英宅を社会主義改造した問題である。市政府調査班の調査と、市長らが一致して賛成した結論も、同調査がすべてご破算にしてしまった。

市党委員会調査班は過去の証言の中から、一次資料を押さえている証人がとうに否定したことをあらためて掻き集めてきた。宅地局の雇った弁護士が不正な手段で集めてきた事実に反する証言を調査班は援用して、郭建英は当時すすんで新四軍に金を貸したのではなく、仕方なく「払った」にすぎないと強弁した。調査班は我が新四軍に泥を塗り、歴史を歪曲して顧みず、当時まだ採用されていなかった「大地主・大金持ちを叩く」政策や「紙幣を掻き集める」などの手段を、陜南の我が党・我が軍がやっていたかのようにこじつけた。調査班は、遊撃隊長殺害の責任すら郭建英の密告のせいにしようとした。この件は一九五八年以来、信頼すべき証人によって二度も否定され、最近も汪鋒氏が同事件と郭が無関係だったのを証明しているのに。

郭建英宅の問題に至っては、市党委員会調査班の目的はただ市政府の調査を覆し、一九五八年の誤りを全面的に肯定することにあった。貸与していなかった家屋はもちろん、共同使用していた玄関への通路まで、みんな賃貸しているものとみなされた。そうしないと合計百五十平方メートルにならず、社会主義改造の基準に達しないからである。敷地もまた「改造」した。そうしないと郭建英の裏庭を力ずくで占拠し、ビルを建てる理由がなくなってしまう！

万に一つの失敗もしまいと、郭建英の出身階級にも策を巡らした。郭の職場・甘粛《かんしゅく》省蘭州自動車運輸会社は一九八〇年、すでに中共中央（一九七九）八四号文書に基づいて郭を「小経営者」と認め、労働人民の範囲内に属するとしている。しかるに西安市党委員会の調査班はこの決定を「右」寄りだと見做し、郭建英の身分が不当に「良く」なっているのを証明しようと、四方八方から資料を探し出してきた。郭を資本家にできれば、郭宅に行なった一九五八年の改造は完全に正当化され、宅地局と顧来根、裁判所と市党委員会のすべての行為が、批判の余地のないほど完璧になるのだ。

党の第十一期三中全会の実事求是精神と、李先念主席が出した郭建英名誉回復の指示を、西安市党委員会の主な指導者が徹底させた結果がこの調査なのだ！

手中に家あり、向かうところ敵なし

郭建英を主役とするこの劇の中で、宅地局の顧来根という男は大変重要な役を演じた。そもそも顧来根は宅地局の下層幹部にすぎなかった。「文革」の時期、市党委員会の攻撃を顧来根が指揮したのは周知の事実であり、腰に二丁拳銃ぶらさげて我が物顔に歩き回っていたのを目撃されている。しかし顧来根の档案には「文革」中の活動に関するいかなる記述も見当たらない。獄中に何年かいたことすら痕跡をとどめていなかった（目録からも抜き取られていた）。顧来根は手中に収めた「房票」（訳注―家屋配給券の意。食糧配給券「糧票」をもじった皮肉）で人を威嚇し、買収し、あるいは支配した。また強く出たり、下手に出たり、脅したりすかしたりして、基礎建築用地にある家屋を立ち退かせるのが一番上手かった。まさにこれゆえに、顧来根はあらゆる階層の人々の役に立ち、罪を犯しても不問に付される時代の寵児となったのである。

郭建英事件の中で顧来根は自分の力をほんの少し誇示しただけにすぎない。公安局の人間を動員して郭家を威嚇した。ゴロツキを二十人ほど雇って暴力に訴えたり、不法に拉致したりもした。そのうえ司法機関まで操って味方に付けたりした。蓮湖区裁判所判事・徐沛正《じょはいせい》はなぜあれほどまで血道《ちみち》を挙げて奔走し、完全に顧来根側に立ったのか？　なぜ最低限の法的手続きをも無視して、事件処理のスピードを必死になって速めたのか？　それは徐沛正が家を手に入れるため——事件後、二間と半間からなる家屋を確実に手に入れるためであった。市中級裁判所の楊清秀《ようせいしゅう》はなぜ職権を逸脱してまで顧来根の障害を排除してやり、法律事務所が派遣を拒んだ弁護士の劉《りゅう》××を招聘したのか？　兼業弁護士の劉××も、なぜ紹介状をこっそりと開き、あちこち奔走する労苦や危険（というのも不法行為だから）を厭わず、事件と無関係である郭建英の経歴や階級身分を調査しようとしたのか？　……要するに各人それぞれみな思惑があったのだ。

では顧来根とその黒幕——市宅地局計財課課長・史肇宜の狙いは何か？　実は省木材会社側で早くから、十五棟の住宅と三十万元の資金を二人に供与するのに同意していたのである。顧来根には別の収穫もあった。夫婦そろって転勤で上海に戻り、陝西省駐上海事務所で働けるようになっていた。

暗黒の勢力、卑劣な手段

郭建英一家を包囲する「統一戦線」を私たちは垣間見ることができた。が、重要な遺漏がまだある。郭建英の家にはゴロツキが二家族同居していた。

両家の戸主は魏志鑑《ぎしかん》と張建勳《ちょうけんくん》である。魏という男は居民委員会（訳注—町内会に相当。当該地域の民事事件の調停、公共事業の管理など地域住民の生活を管理・組織する）の主任である。張建勳は汚職と風紀紊乱《びんらん》が原因で五〇年代に公職から解かれたことがあり、「文革」中も工場の党委員会書記を殴って肋骨三本叩き折り、拘留され・大衆による監督処分を受けている。十年の内乱（訳注―文革のこと）中、両家の人間は郭一家を踏みにじることで自らの「革命性」を誇示し、多くの娯楽と実益を享受した。近年、両人とその「賢妻」が郭一家に行なった中傷と迫害は、「文革」期よりいちだんと力がこもっていた。彼らの放つ弾は百発百中、その効果を着実に挙げていった。郭建英夫妻が老齢のため病気となり、動きが取れなくなると（郭建英の妻・楊翰墨《ようかんぼく》は迫害のため抑鬱状態になり、一九八四年四月二十七日、名誉回復されないまま死去した）、裁判の重荷は二人の娘・郭曼莉《かくまんり》と郭亜莉《かくあり》の身に移ってきた。若い女性を中傷するのはやりにくい。しかし汚水は次から次へと魏・張両家からばら撒かれ、郭家の娘（父親のとばっちりを食って、三十代になってもまだ結婚できなかった）をめちゃくちゃにした。中共蓮湖区委員会宣伝部に勤める姉の郭曼莉の入党が近づくと、彼女を誹謗する手紙が複数舞い込んできた。予備党員から正式の党員になるころ再び届くなど、中傷のタイミングも絶妙だった。郭家の私邸改造問題を調査しようと市政府が人を派遣すると、またもやデマ・中傷が流され、誣告《ぶこく》の手紙が次々に届いた。郭家の父と娘が北京へ陳情に行くのを知ると、魏・張の両家は中央機関の私書箱を探し出して、誣告書を汪鋒氏のもとに直接送り付けた。陝西日報の記者が郭家にほんの数分ほどいただけで、張建勲の女房・張彦勤《ちょうげんきん》が毒矢を放とうと近寄ってくる――「郭家の娘さんは、二人ともふしだらなんですよ」。

驚くべきは、郭建英に対する我が軍の借金、郭建英宅の改造、郭の階級身分などの問題で、魏志鑑と張建勲が唱えたメロディーが、市党委員会調査班が出そうとした結論と奇妙に一致することだ！

中共西安市委員会の主な指導者と、顧来根・魏志鑑・張建勲の間に、暗黙の了解が存在するなど、私たちは決して信ずるものではない。だが客観的に見ると、郭建英一家の運命に対して、この二つの勢力が果たした働きは一致している。ひとつ例を挙げよう。毒々しい大量の誹謗書や誣告書で魏志鑑と張建勲が陥れようとした人間は、必ず被害に遭っていた。二人の小人にこんな権力などないのは明らかである。二人だけ例に挙げると、まず郭建英の次女・郭亜莉は大卒で言動も良く、能力もあり、歳も三十六歳と、今回の機構改革では指導班に参加しても不思議はなかった。しかるにこの件は暗礁に乗り上げてしまったのである。去年の十一月に検討するはずだった郭亜莉の入党問題にも影響があった。次に市政府調査班の王健鵬だが、彼は昇進が決まっていたのに、いったん名簿から名前が外されてしまった。

「左」と右を兼用し、人に応じて使い分ける

西安市の党務を司る人々は、一九四六年夏の中国情勢を思い出すべきだ。張家口《ちょうかこう》と安東《あんとう》が国民党軍に占領され、延安《えんあん》もまさに陥落しようとしていた。解放区唯一の大都市ハルビンでも、我が軍は撤退の準備に入っているところだった。我が党・我が軍が極度の困難に陥り、国共両党の勝敗が予測できかねた当時、無学な農民にすぎない郭建英が、共産党に対する尊敬の念と、苦境にある我が軍将兵の粗末な姿に同情して、借金してまで工面した巨額の現金を我が軍に貸し与えた。

だが当時の状況を理解していない人々には、郭の行動の意義や価値が十分に分からない。李先念氏率いる新四軍第五師団が包囲を突破して、湖北《こほく》の宣化店《せんかてん》から北上したものの、陝南で胡宗南《こそうなん》の迎撃に遭い、食糧・飼料・衣服・装備すべてに渡って著しい欠乏に陥った。我が軍のある指導者など当時、陝南の農民に次のように言った。「諸君が今日、われわれにジャガ芋を貸してくれるなら、将来われわれはそれを金の卵にしてお返ししよう！」。しかし当時は喜んで金を貸したり、食糧を提供する者など誰もいなかった。物資を購入しようと委託した我が軍の現金を、持ち逃げする者さえいたのだ。我が軍を信頼した郭建英は、遠く西安《せいあん》まで行って千百万元もの法幣（訳注―国民党政府が一九三五年以降に発行した紙幣）を借り集め、極めて価値ある巨額の現金を、生命の危険を冒して我が軍に届けたのである。

　解放後、履歴書で郭がこの一件に言及すると、「借金を清算してもらうよう共産党に催促なさい」と言ってくれる人がいた。だが「左」の風潮が世間でかまびすしい時代に、郭建英は疑念と憂慮の念を抱き、以後二度と政府に対して債権問題を持ち出さなかった。生活費や新規の借金を黙々と切り詰め、ひと月ひと月、いち年いち年、中国革命支援のために背負った債務をこつこつ償還していった。（一九五七年財政部が出した財政予算（楊）字一三七、一四九号文書に基づき、政府はこの借金をきっちり返却すべきである。）　借金を督促せず、功を求めなければそれで済むと思っていた郭だったが、功績が罪となり、家族全員に災厄をもたらすとは予想だにしなかった。「文革」の間、郭一家は「造反派」の囚人にまで没落し、金を借りて借金を返す生活から、金を借りて日々を送らねばならない生活にまで落ちぶれた。後には両親が親友に借金するだけでなく、子供が同級生に借金するまでになった。十年白い御飯を食べなくとも（訳注—雑穀ばかり食べているのに）、めったに腹いっぱいになることはなく、十年おかずを買わなくとも、人に借金せざるを得ない！　子供の進学・就職・結婚・健康など、重大な影響を受けないことは何ひとつなかった。政治的圧力と人格上の侮辱を、家族全員が絶え間なく被ったことはいうまでもない。

確かに郭建英は英雄というほどの人物ではない。しかし結局のところ彼は、我が党・我が軍が苦境にある時、解放戦争の勝利に貢献し、さらには「左」の誤りの被害者でもあるのだ。郭が得てしかるべき報償と待遇について、明確な政策と指示が党中央にないわけではなかった。しかるに西安市党委員会は郭の問題に対処する際、なぜなおも「左」であり続けるのか？　顧来根らは政治的にも人格的にも重大な問題のある人物であり、十年の内乱で利益を得た人間であるにもかかわらず、西安市党委員会は彼らに対してなぜそれほど右であるのか？　こうした状態を作り出し、助長する者が、中国共産党中央と政治的に一致しているといえるのだろうか？

（一九八四年三—六月執筆）

無効になった取材についての報告

徒労に終わった取材だったが、全く成果がないわけではなかった。これは記者生活のひとつの特徴かもしれない。無駄道というものはなく、必ず何かが残るのだ。運命の采配に感謝したい。私の記者生活が二度目の終末に近づいた時（訳注―著者は一九八七年一月に共産党を除名された）、豊かで忘れ難い体験が幸運にもできたのだから――一九八六年九月の伊春《いしゅん》行きのことである。

この時の取材が残した印象や体験を読者とともに享受したいと思うのだが、いま私が報告できるのは、自分で取材した記録のせいぜい数十分の一くらいなものだ。

そもそも、しなくとも良い取材だったのだ。一九八三年の冬、初めて私が王福綿《おうふくめん》に会ったのは、ちょうど黒竜江《こくりゅうこう》省双鴨山《そうおうざん》市の取材から帰ってきた頃だった。当時の雰囲気では、双鴨山に行ってもほとんど紙面化できない有様だった。なのに、どうしてまた私は王の話に興味を持ち、耳を傾けたのだろう。王の運命がこのあと驚くべき曲折を経るのでなかったら、王が伝えた伊春地区に関する諸々の事情は、今に至るも私の書類棚の中で静かに眠っているかもしれない。数々の取材メモや十数通にのぼる省や区からの手紙と同様、しばし「冬籠もり」に入る歴史的資料となるだけであった。

王福綿。年の頃は四十の男性。気概ならびに風格は上京陳情人と大きく異なる。他人に助けを請う弱者と違って、臆することなく堂々と私に訴えてきた。腰を下ろして少し話したかと思うとすぐ立ち上がり、堂々たる言葉を吐いて、手振りを交えてゆっくり歩き回る。私の存在など忘れ、千人もの前で演説しているかのようだった。眼光鋭く、意気は軒昂。陳情人や被害者はふつう声を落としてへりくだり、満面に憂いを帯びている。自分の不幸で相手をそれとなく感動させて、同情を喚起しようと願うのに、王福綿にはそういうところが全くなかった。それどころか相手の憐憫を意図的に拒絶し、相手を一定の距離から外へ押し出すことすら恐れない。それがかえって相手の良知や正義感に強く訴えるのだった。十分な自信が王にはあり、話を最後まで聞かない理由などないかのような、王と一緒に立ち上がらない理由などないかのような、そんな感じを聞き手に与えた。

私の反応など王は全く気にかけていなかった。王の話すことすべてを疑うわけではなかったが、さりとて王の言葉をすべて正しいと信ずる気にもなれなかった。だが、逃れ難い思いが頭の中を駆け巡っていたため、私はずっとぼんやりしてしまった。——これは小興安嶺のことだ、大興安嶺ほどインパクトがないのでは？　大興安嶺は六年もの間、取材に行きたいと思いながら、いまだ果たせずにいる場所だった。それに、たとえ私が書いたとしても、一体どこの新聞が発表してくれるというのか。「批判的・暴露的内容の報道は、必ず上級党委員会の検閲を経、同意があって初めて発表できる……」

そのまま翌年三月になり、最後に王に会った時も相変わらずだった。——伊春地区で王斐《おうひ》をボスとする一派に対する王福綿の糾弾は、さながら向かうところ敵なしといった鋭さが増し、私の心にある無力感と倦怠感はますます濃くなっていった。

さらに四、五年の月日が流れて、ようやく私は中国で非常に貴重なものが王福綿の体に宿っていることに気づいた。それは中国伝統の哲学や文学・医学で言うところの「気」というやつである。つまりひとつの民族が「天をも揺るがさんばかりに気勢が盛ん」なのか、それとも「細い糸のごとく気勢に乏しい」のか？　これは等閑に付していいような小事では決してない。

三月十三日の午後、もっと話し合おうと私たちは言い交わした。翌日、王は中央規律検査委員会の陳情処理局へ伊春問題の面談に行く約束になっていた。ところがその日、王福綿の妻・李華生《りかせい》が（いつものように息子の手を引き、骨結核で脚を患っている娘を背負って）怯え切った表情で飛び込んできた。「福綿が捕まってしまいました。昨日の夜更けに！」。李は大声で泣き続けた。

昨夜遅く、伊春から来た四台のパトカーが北京新中街旅館前に停まり、数名の武装警官が王福綿を力ずくでジープに押し込んだ。あらがう王福綿に警官のひとりがこう脅した。「この野郎、これ以上ガタガタぬかすと、伊春に着く前に気が狂うほど痛め付けてやるぞ！」。逮捕状には「侮辱・誹謗罪」とあった。

この知らせは私を驚愕させ、続いて深い悲哀を感じさせた。私は北洋軍閥の時代に生まれ、日本帝国主義十四年の統治を経験し、日本人と国民党がいつでも私を逮捕できるような脅威の下で数年を過ごした。だから逮捕ということについて私は不案内ではない。なのになぜ今回わたしはこのような悲哀を感じるのだろう？　私は思わず自分の心理を分析してみた。それは、中国人が人権を享受して当然の時代に事件が起こったからだ。私のほぼ眼前で事が起こり、しかも逮捕者が二十年近く暴力に屈しなかった硬骨漢《こうこつかん》だったからだ。炯々《けいけい》と輝くまなざしと朗々たる話し声が、まだ私の目や耳に残っているのに、瞬く間に王は自由を喪失してしまったのである。王の形象は直ちに私の胸の中で一つの象徴になり、私は心の奥底で溜め息をついた。——社会主義中国の御時世に、なおも多くの人々がヒヨコのごとく自分を守るのに無力だとは!

警官の脅し文句が私を我に返らせた。彼らは何でもできる。はるか四千数里の道すがら彼らは王福綿を思うまま痛め付け、多年の恨みを晴らすことができるのだ。

私はすぐ守衛室に駆け込んで電話をかけた。たぶん犯人をまだ護送していないだろう。派出所からまた別の派出所へとかけ、東城区の公安分局にかけた……電話はなかなかつながらなかった。最後にやっとつながったものの、内線電話でしかこの件は話せないと相手が言う。——ものすごい国家機密なのだ。

市公安局に人をやって打診してみた。そうしてやっとわかったのは、武装警官隊はその夜の内に黒竜江へ向かったとのことだ。——なんと効率的に事を運ぶのか!

翌朝わたしは伊春市党委員会と市公安局に電話をかけた。日曜だったのでだれも勤務していない。中共黒竜江省委員会常務委員兼組織部長の王斐(伊春市の前党委員会書記)宅へ電話することにした。王は在宅だった。潤いある声は耳にここちよく、善意に満ちていた。王福綿が逮捕されたと私は伝えた。「逮捕状には『侮辱・誹謗罪』とあるが、王が北京に来て訴えようとしたのは王斐さんのことだ。だから警官が王福綿に危害を加えないよう王斐さんの方で何とかしてほしい」。すると王斐は逮捕の事実自体知らないと言い、さらに王斐自身も「文革」中、多くの迫害を被り、一九七五年にやっと伊春市で働けるようになったと言う。「王福綿という人は『文革』中ひどい目に遭い、何度も逮捕されて拷問を受けた。後で名誉回復され、労災扱いになって四千元余の給料の追加支払いを受けている。現在、伊春市の状況は大変複雑で、党市委員会に反対している人もいる。王はたぶん一部の老幹部に利用され、こんな振る舞いに出たのだろう」

少なくとも王福綿が悪人でなく、被害者であることを王斐が認めたので、私は少しホッとした。ここ数年、私はいつも現実によって教育され続けてきた——お前の力は非常に限られているのだ。そんなに多くのことに関われるのか？ …… そこで、私は当初この事件をそのままにしておいて、二度と問題にしようと思わなかった。もし事件のその後の進展が再三わたしを悩ませなければ。

李華生は子供を連れて『人民日報』の招待所に移ってきた。ある日、彼女が外出から帰ってくると、自分の持ち物が調べられているのに気づいた。娘の病気治療に尽力してくれるよう私が書いた省病院党委員会書記あての紹介状も持ち去られていた。（後にこの紹介状は、劉賓雁《りゅうひんがん》がこんなことをすべきでないとの省党委員会書記のコメント付きで、省党委員会の書類棚に保管された。）黒竜江省の私服公安が同じ建物に泊まっていた。王福綿が逮捕された時、李華生とその子供の持ち物すべて——果物・漢方薬・衣類までが押収された。北京の女性がスカートを穿き替える時期になっても、王福綿の妻子は綿入れズボンを穿いて北京の街角をうろつく羽目になり、中国の法制確立と人道主義実行の成果を内外の人々に見せつける結果となった。

中国の刑事訴訟法の規定によれば、拘留は二十四時間以内とし、逮捕時の拘禁時間は二カ月を超えてはならず、最高でも三カ月を超えてはならない。しかるに王福綿が二カ月、三カ月と拘禁され続けても、裁判所は遅々として公判を開かなかった。七月十日になって突如『人民日報』四面トップに次のような見出しの記事が出た。「なおも造反を続ける『三種類の者』（訳注―文革中、造反で出世した人、派閥意識の強い人、破壊活動をした人を指す）の常軌を逸した挑発と騒ぎ。勇気を持って団結し、伊春市は断固として調査を行ない、容赦なくこれを処罰した」。リードには「造反派のボス王福綿を頭として、騒動行為を引き起こす派閥小集団を、黒竜江省伊春市は最近取り締まった」とある。

この原稿がどうやって出稿されたのか、私は慌てて尋ねた。国内政治部のある編集者が黒竜江省党委員会組織部の幹部を知っており、原稿はこの幹部が書いたものだった。原稿は「省党委員会の責任ある同志」が目を通し、『人民日報』に掲載するよう主張したと、幹部はわざわざ言ってきたそうだ。その意気込みたるや相当なもので、そのまま掲載することになった。

不思議なのは次のことである。王福綿が犯したのは「侮辱・誹謗罪」ではなかったのか？　なぜ今「政治犯」になってしまったのか？　「三種類の者」という言葉は夜勤の編集者が不注意でつけたのかもしれないが、理由なくそうしたわけではあるまい。記事中で列挙されている罪状を読むと、「三種類の者」であるとしか考えられないからだ。

翌日、黒竜江省党委員会の機関紙『黒竜江日報』は一面の目立つところに『人民日報』の記事を急きょ全文転載した。間違った見出しもそのままだった。『伊春日報』では同記事を転載するとともに、一面トップにぶち抜きでかなり長い評論を載せ、王福綿を「三種類の者」と結論づけてしまった。俗に言う「輸出品を国内向けに転売する」というやつだ。中央紙の言説を借りて威嚇力を倍増する。王福綿問題はレベルアップしたとこれで公言できるし、おまけに省党委員会・市党委員会に責任はないとできる。

この時、符節を合わせたように伊春市中級人民法院が開廷して、王福綿の取り調べを開始した。一九八四年九月十四日には判決が出ている。この報道を見た時、私はまたもや驚きを禁じ得なかった。王福綿の罪状がまたデザイン一新となっている。「社会秩序紊乱・誹謗・隠匿罪」だ。判決は懲役五年。

事態はなおも進展する。王福綿は四日間の上告期間しか残されていなかったが、「訴訟手順が非合法、事実も不明確、証拠不十分、法の適用も不適当」との理由で省高級法院に上告した。事件の内容は特に複雑でもなかったのに、省高級法院は十カ月近く時間を引き延ばし、上告を棄却せず現判決も維持せず、開廷して新たな取り調べを行なうこともしなかった。それどころか一九八五年六月二十七日、突如次のように宣言した。「審理途中で上告人・王福綿の思考に正常ならざるものを発見した本法廷は、司法精神医学鑑定を行ない、同人に『偏執狂のため責任能力なし』との結論を下した。これにより本法廷審判委員会会議を通して……判決は以下の通り：一、伊春市中級人民法院（八四）刑一字第二九号刑事判決を破棄する。二、王福綿の刑事責任を不問に付す」

実はさらに第三条があって、明記されていなかったが、これこそ重要なものだった——王福綿は黒竜江省公安庁管轄の精神病院に送って終身治療とする。

一九八五年、李華生が再び北京にやってきた。『人民日報』の報道が王福綿事件の展開に力を貸したのは明らかだった。事件について新聞社が責任持って報道するよう（何はともあれ王福綿は「三種類の者」に属していないのでは？）被害者の家族が要求した。この要求は大きなものとはいえない。なぜなら『人民日報』に損害賠償を請求するようなものではないからだ。にもかかわらず、これは実現できずにいた。

他にどんな希望があるだろう？　伊春市は中共市委員会の管轄下にあり、黒竜江省は中共省委員会の管轄下にあって、省と市の法院はその中に含まれる。これは攻撃する余地のない一つの体系である。いかなる公民も、あるいは役人であっても、「党の指導」に服さねばならない以上、市党委員会と省党委員会の指導者の決定に反対することはできない。省・市委員会より上級にいる人間のみが、王福綿の運命に影響を及ぼすことができる。

一九八六年八月、ある会議の席上、『人民日報』社長・編集長・副編集長が同席しているのを機に、私は王福綿問題を取り上げた。二年余の間、各方面から行なった調査によると、王福綿の一件は政治的報復性を帯びたでっちあげの可能性が極めて高いと指摘した。本紙の誤った報道は極めて悪質な作用を及ぼした。本紙は責任を持ってこの冤罪を調査し、誤りを正す方法を講じるべきである。出席者はみな賛成し、黒竜江省へ実地調査する人員を派遣することを決定した。

敵陣に入ったごとく　にっちもさっちもいかなくなる

九月七日、『人民日報』の記者三人——私・曾祥平《そうしょうへい》・劉国勝《りゅうこくしょう》がハルビン市に到着し、王福綿事件の調査を開始した。

省党委員会常務書記に私たちが来た理由を説明した。三年前の訪問では彼はまだチャムス市の党委員会書記であり、取材にも協力的だった。書記はいつもと寸分たがわぬ態度で——こぼれんばかりの笑顔をたたえて歓迎の意を示した。私たちがまず必要としたのは、王福綿の裁判記録を見ることである。王福綿本人にも会わねばならない。事件の処理経過を省高級法院の人に説明してもらわねばならない。できますとも！できますとも！——書記は微笑みながらこう答えた。

二日すぎたが動きがない。書記はしばらくして次の返事を人を介して伝えてきた。司法文書を調査できるのはそれぞれ一級上の法院・人民代表大会常務委員会・党委員会のみ、との新規定が現在できたというのだ。私はこう指摘した——『人民日報』は黒竜江省党委員会より上級の党委員会機関紙であり、私たちはれっきとした指示を受けて本紙の責任に関わる調査をしに来た、一般の記者が取材に来たのとは訳が違う。そして、王の事件は、彼が精神病で責任能力がないとしてすでに破棄されている。ましてや重要な国家機密でもないのにどうして文書を調べることができないのか。この指摘に相手は答えて曰く、「いずれまた検討しておきます」。

王福綿と会うのは問題ないが、どの精神病院に入っているか現在わからないので、もう一度調べてみます、などと言うに至っては、私は思わず吹き出してしまった。これが逃げ口上なのは明らかである。重大犯罪人だからなお調べる必要ありとでもいうのだろうか。数十里離れたハルビン市郊外の黒竜江省公安庁の精神病院に王福綿がいることを、私たちはとっくにつかんでいた。だが相手はこれ以上何も言わなかった。

しかしなおもこんなことを言う。——高級法院の人間に会うのもむろん問題ありません。ただ事件を扱った人たちが現在地方へ行ってしまい、もうしばらく待たねばなりません。

かくかくじかじか、紋切り型の回答。なるほど、相手は準備しなければならないのだな。私はぴんときた。巧みな計略なお醸成中、厳密な段取りの必要あり、というわけか。

私にこう暴露する人がいた。ハルビン—北京の長距離電話がつながりっぱなしで、こちらは指示を求め、むこうは命令を下している、と。二人の前省党委員会書記がすでに栄転して首都で働いていた。

八日たって「地方へ行って」いた高級法院の人々がやっと戻ってきた。すぐに三人もの人たちがやってきた。一人はもっぱら記録を取る係だった。話している間、私は記録係を特に注意して見ていた。奇妙なことに、記録係は私がどんな質問をしているかに記録の重点を置いていた。

この種の事件の司法文書は、一体いかなる手続きを経て閲覧可能になるのか。私は社に電話して最高人民法院に行って調べてほしい旨伝えた。その結果、省党委員会が同意すれば問題ないとのことだった。

ある晩、件の常務書記のところに電話してみると、書類を閲覧するには中央の指示を仰がねばならないと、相変わらず遁辞を述べたてる。私はかっとなってしまった。「問題はそんなところにはない。あんたたちはビビっているだけなんだろう。私とあんたたちの間には明らかに違いがある。もしあんたらが正しいなら、真相をはっきりさせてこの違いを解消すればいい。王の事件は党と国家のいかなる機密にも関係がない。もしやましいところがないなら、なぜ私たちに書類を見せようとしないのか」。書記はこれでも感情を高ぶらせず、囁くような穏やかな声でやはりこう言うのだ——別に見せないわけじゃありません、ただ手続き上の問題なんです。

九月二十一日、つまり私たちがハルビンに着いて十四日後、やっと王福綿に会うことが許可された。

王福綿の病室に入った時、患者たちがちょうど昼食を済ませたところで、全員が起立して私たちを迎えた。おかしい？　王福綿が誰だかわからない。ひとりだけ私に向かって妙な感じで笑いかけている男がいる。よく見ると、彼こそ王福綿だった。王は太ったうえに、私が来ると聞いて、もみあげまであるほおひげをきれいさっぱり剃っていた。私が分からなかったのも無理はない。

私たち三人と王福綿は二時間近く話し、内容をすべて録音した。王の頭は冷静で、思考の筋道も通っており、用語も的確だった。おかげで資料も幾らか補充することができた。特に精神鑑定のやり方についての。

王が北京にいたとき言ったことを私は思い出した。「文革」のとき逮捕されると、あらゆる機会を捕らえて体を鍛えるようにした、と。今回も昔と同じで、健康状態は大変良好だった。

王を診察したすべての医師と、病室を担当する看護婦たちは、王福綿の精神にいかなる異常の痕跡も見出だすことができなかった。

私たちはこの病院を参観した。管理が非常に行き届いていると認めねばならない。記事にして賞賛しようとすら私は思ったくらいだ。何といっても中国にはまだ多くの良心的な人々がいる。職務に忠実で、人道主義的精神に欠くこともない。陰険な独裁者の魔の手が天を覆うところにも、やはり光明があり、希望があるのだ。

だが、まる半月が過ぎても、黒竜江省党委員会は依然として王福綿の調書を見せようとしなかった。これは彼らの強大さの表れなのだろうか。もちろん違う。彼らのやり方にしても、私の時間まで奪うことはできなかった。伊春の事情に詳しいあらゆる人々を私は訪れて回った。特に重要だったのは、二人の人間がわざわざ自分からやってきて、省党委員会の内幕を暴露し、私の視野を広げてくれたことだ。――ははあ、なるほどねぇ。

滞在最後の数日、大変興味深いことがいくつか持ち上がった。

ハルビンに着いてまもなく、古い友人で『黒竜江日報』の副編集長に会った。記者をつけて取材協力しようと自分から申し出てくれた。上手いことに、伊春で記者経験があり、私とも知り合いの若い記者が協力を願い出てくれた。

ところがまたもや奇怪なことが起こった。いざ私たちが出発しようという時、この話は駄目になってしまったのである。『黒竜江日報』では誰も教えてくれなかったが、伊春に行くことまかりならんとその若い記者が言い渡されていたことが後にわかった。

省党機関紙の文芸欄を担当しているベテラン編集者――一九七九年以来交際している私の友人――は、「人間と妖怪の間」（訳注―著者が一九七九年に名誉回復されてから発表した最初のルポ）事件で私の受けた不公正な扱いに対し、ペンで不満の意を表明したため、数々の不当な目に遭っていた。友人は伊春の事情に比較的詳しいので、休暇を使って私たちの実地調査を手伝いたいと申し出てくれた。ところが文芸欄の主任に友人が一声かけておこうとすると、「二日前だったら認めたのに、もう駄目だぜ」と言われてしまった。主任は目を細めておかしそうに「理由は俺に聞かんでくれよ、君だって見当がつくだろう」と言ったとか。

黒竜江省テレビの若い記者は、私が一九八三年にルポ「関東奇人伝」の取材をした時、仲良くなった青年である。彼もまた一緒に伊春に行きたいと一念発起して申し出てくれた。だが九月二十三日の夕刻、ハルビン駅に来た青年は何者かに押さえられ、無理やりその場から連れ去られてしまった。これは私たち一行の目の前で起こったことである。

すべてがこのように常軌を逸していた。

誰が裏で糸を引いているのか。省党委員会の書記・副書記はすでに交替している。王斐は組織部から異動になり、省党規律検査委員会の書記になっていた。部長クラスの幹部の中に長老は指折り数えるほどしかいない。公然とこのような活動をする人間は、退職後も隠然と影響力を持つ人物以外に考えられない。少し時間さえかければ、そいつが誰だか必ず明らかにしてやるし、私自身で直接詰問できなくとも、公表することくらいはできるのだが。その人物はこんな危険を何とも思っていないのだ！

伊春行きの列車が出発した。「道を得れば助け多し」。私たちに協力したいと同行を願い出た人は、かえって多くなった。三つの新聞・雑誌から編集者や記者が、そして詩人が一人、業余弁護士が一人。彼らは省党委員会の態度を知った上で、毅然として同行を決意したのである。中国はやはり変わったのだ。

伊春で私たちを待っていたのは、もう一つ別の劇であった。

〝偏執狂〟とはどんな人間なのか?

伊春に行く前、私は北安《ほくあん》市の精神病予防治療医院を訪れて、王福綿の精神鑑定の状況を調査した。私はその前に、今回の鑑定の司法的根拠を読んでおいた。

私に同行したのは、黒竜江省公安庁の精神病医学鑑定基準に基づき、精神病患者を鑑定する人物だった。小冊子には偏執狂の症状について以下のような記述があった――「偏執狂は極めて珍しい精神病である。患者は自信に満ち、独り善がりであり、かたくなに人の意見を入れない。一定の教育水準を有して知力も比較的高く、頭も切れ有能だが、ものの見方が一面的で批判を受け入れない。現象に対し勝手な憶断を下し、牽強付会《けんきょうふかい》する。その妄想は一定の現実性を帯び、内容もこれといってデタラメなものはなく、正常人の思考の偏った状態と早期には誤診されがち。患者の意志力は強くなり、あちこち奔走して陳情し、冗長な告訴状を次々送りつけて、目的を達するまでやめようとしない。患者の一部は誇大妄想となり、非凡を自認して、偉大な貢献を何ごとか行なうであろうと思い込む。偏執狂の特徴は妄想が限定され、対象が固定し、精緻な体系化を行なって、記憶力が極めて旺盛、論理・推理性が強くなるが幻覚は現れない。人格にも整合性があり、精神的な衰弱は一貫して現れない。妄想まで至らなければ正常人と変わるところがない」。

このくだりを読んで私はほとんど冷や汗が流れた。「自信に満ち」「知力も比較的高く」「批判を受け入れない」かつまた「非凡を自認して、偉大な貢献を何ごとか行なうであろうと思い込む」ような人々に私は警告したい。そのようなやり方を改めよ、と。

私たちは王福綿を鑑定した三人の医師を訪れた。医師らは王福綿の調書五、六冊に目を通しており、中には王の書いた「陳情資料」がたくさんあった。医師の一人は「この人物はかなり筆が立つし、口も達者だ。王が問題視していることの中には、真実もあれば事実と遊離していることもある」と言った。別の医師は「私の印象ではこの人、品格ある人でしたよ」と言う。医師らは王福綿と一時間余り話し、さらには王の父親のところにまで行って話を聞いた。王福綿は「偏執狂」までいかず、「人格異常」に属し、精神病とは認められない、ゆえに責任能力もある、と二人の医師は初め考えた。だがこのような診断を下すと、王福綿に対し懲役五年の判決を執行しなければならず、上告にも対応しなければならなくなるので、今回の精神鑑定そのものの意義が失われてしまう。これに対し三人目の医師は「偏執狂」と認定すると主張した。前者二人は権威ある専門の精神科医であるが、後者はもともと獣医であって、途中から精神医学の道に入ったにすぎない。しかし結局、前者は後者の意見に従ってしまった。

他の精神病と違って偏執狂は完治することがない。だから入院は終身幽閉に等しく、王福綿は二度と「陳情」できなくなってしまう。省の司法鑑定基準には「あちこち奔走して陳情」するのが偏執狂の一症状だとはっきり書いてある。王福綿の大量の「陳情資料」を見た医師たちは、この箇所を考慮したのだろう。十数万の失業青年の就業問題解決と森林地区開発を狙って王が行なった活動や提案も、医師らは重視した。小興安嶺産のキーウイの飲料や、クロキクラゲ粉剤で作った癌予防食品を外国に販売する構想を提案したこと。白《はく》医師と協力して薬物の研究をしたと王が自称しているのに、白医師が「そうした事実は全くない」と言っていること。王が偏執狂の妄想状態にあることは、こうしたことから明らかであると医師たちは考えた。しかし三人の医師は「鑑定基準」の中でも極めて重要な「偏執狂の特徴は妄想が限定され、対象が固定し」とのくだりを看過していた。王福綿の妄想は現在二種類ある。上京して陳情することと、経済振興のため科学の研究を行なうこと、だ。この他にも王福綿は法律の研究もしており、民衆のため無償で出廷し、弁護を買って出て評判になった。（しかしこれは、法院が王を「社会秩序を破壊する」と認定する根拠となった。）　伊春市の都市建設にも関心があった王は、今でも伊春人がはっきり記憶している「食事はできても排泄する場所はない」との標語を貼り付けて、公衆便所設置を訴えた。都市の防火について系統的な提案をしたこともあった。また不正の風潮を極度に憎み、家のドアに正月、次のような対句を貼ったこともあった――　「賄賂むさぼる悪徳官吏いずこにもおり　邪な作風・気風が街に満ち溢れる」（後にこれが「三中全会以来の良好な情勢を中傷する」王の「犯罪事実」となった）。さらに王が一九七六年以来、全力を傾けてきた活動目標に、文革期に重大な犯罪行為を行なった人間の保護・重用に反対することがあった。このようにざっと列挙してみると、王福綿の〝妄想〟は全く限定しておらず、「対象」も一つに「固定」されていない。少なくとも六方面に分散されている。

すべては無言の中へ

伊春市で私たちを迎えてくれたのは、市党委員会宣伝部の副部長だった。私たち一行を市党委員会招待所の二階まで案内してくれた。副部長は三度の食事に毎回同席し、愉快に語り合った。市党委員会書記も招待所にやってきて私たちと長話をしていった。市党委員会に頼んで呼んでもらった人間は、そのほとんどが私たちと言葉を交わしにやってきた。表面上、すべてが極めて正常のようだった。

しかし、王福綿問題の名誉回復を長いこと訴えていた市党委員会副書記・曹福田《そうふくでん》氏には会えなかった。病気で入院中だったのである。王福綿らと長い付き合いがあり、後に王福綿問題の特捜班を直接指揮し、指名手配・逮捕・処罰・精神鑑定などに深く関わった市党委員会組織部長・趙顕栄《ちょうけんえい》も、どういうわけか同じころ偶然にも病気になり、入院中だったので会って話ができなかった。

王福綿事件について、市党委員会は繰り返し省党委員会に報告を行なっていた。これらの文書を私たちに見せるべきか？　いや駄目だ。理由は言えないが、見せることだけはできない。王福綿に関する区法院の調書もすべて封をして保管してある。――これらは省内部の指示であり、記者到着前に市党委員会が行なった緊急会議で決まった既定方針でもあった。

その会議はまる五日間にわたって開かれた。まず「小招」――私たちが今回泊まった市党委員会の招待所――で開かれ、その後物資局の招待所に場所を移して続けられた。私たちが来てから、事件の状況を説明する人間が市党委員会に一人もいなくなった。これは異常極まることである。というのも伊春市党委員会が一九八三年に王福綿問題の特捜班を組織して以来、大量の人員が至るところで調査を行ない、その結果、四十数人が王福綿と関係があると「自己批判」を強要され、三人が〝共犯〟で逮捕されたからである。そのうち二人に判決が下りたが、後には三人とも労働改造送りになった。こんなに大騒ぎになった大事件を、上級の党機関紙から取材に来た記者に対し、なぜ今ごろ口をつぐむのか。

非常に気まずい雰囲気である。北京から人が来るのを長いこと待ち望んでいた人々がいるはずなのに、いざ来てみると、誰も私たちに会おうとしない。訪ねてくる人もいたが、まるで第三者が同席しているかのように口ごもって話すといった有様だった。

当地に住む作家が私に会いに来たので、彼の作品について語り合った。私は作家の住所を聞き、カセットテープの紙ケースに書き留めた。作家の目は紙ケースに釘づけになっている。すると会話が途端にギクシャクしてきた。事務所の電話番号も書いておいた。作家の目は紙ケースに釘づけになっている。「劉先生、やっぱり電話番号を消してくれませんか」。私はそれを塗り潰した。それでもまだ彼の目は紙ケースに釘づけになっている。「その住所の字も消してくれませんか」。私はまた塗り潰した。その実、消したのは、たった三文字の区の名称にすぎないのである。その区に住んでいる人間は数万人を下らない。なのになぜ「深い淵をのぞくような、薄氷を踏むような」心配をするのだろう?

王福綿の罪状に理解も同情もある法院幹部が、私の客間のソファに腰を下ろした。私はお茶をいれ、煙草を手渡した。だが幹部は悶々として語らず、お茶をがぶ飲みし、煙草をふかすだけだった。口を開くのを私は待っていた。むろん私は急いていたが、苦しそうな彼の様子を見ると、強く急き立てるに忍びなかった。こうして彼は立て続けに三本煙草を吸い、五杯ものお茶を飲み干すと、ついに一言も話さないまま出ていってしまった。

私たちに同行した女性詩人を訪ねて、友人が一人やってきたが、招待所の受付にいた何者かに

「上に泊まっている記者たちは、客には会わんと言っている」と邪魔をされた。招待所一階の入口で、会いにくる客を常に二人の人間が見張っていると教えてくれる人もいた。夕食の席でこの話を持ち出すと、市党委員会の副部長は、監視したり邪魔だてしたりすることなど決してないと、大慌てで否認した。その根拠としてこう語った――「この二日間で三十一人もの人が皆さんに会いにやってきたんですよ。全員に会えるわけないじゃありませんか！」。

三十一人？　私たちはまだ数えていなかったぞ。こんなに数字がはっきりしているのは、明らかに逐一記録して資料化しているからだろう。上級へ通知する準備もしているのだろう。

副部長の「智者の千慮」に、はからずも馬脚が現れた格好だった。

だが、このような状況にあっても、毎日多くの人々が私たちのところへ話をしにやってきた。夜にならないと会う勇気のない人には、私と国勝の二人で夜討ちをかけた。まるで日本占領区や国民党統治区で地下活動をしていた頃のようだった。

そもそも王福綿事件の〝共犯者〟からも取材する機会があってしかるべきである。梁玉明《りょうぎょくめい》・王福仁《おうふくじん》・張道栄《ちょうどうえい》の三人は、王福綿が捕まってから次々に逮捕された。梁玉明と王福仁に対し、伊春市中級法院は別個に判決を下したが、省高級法院では証拠不十分として原判決を覆した。しかし釈放されたかといえば、確かにいったん釈放されはしたが、後に不適当な処置と判断されたのか、再び逮捕されてしまった。今度は「労働教育」（訳注―行政罰であり、刑事罰の労働改造とは異なる）扱いになり、張道栄も一緒に送られた。三人はそれぞれ別々の労働教育所に送還された。王福綿が精神病院送りになっても家族に知らされなかったのと全く同じで、三人の家族も、夫が一体どこへ行ってしまったのか長いあいだ知らされなかった。こうしたやり方が重大な違法行為に相当するのを、法の執行者たちは当然知っていた。

ひどい妨害はあったものの、三人の記者と五人の協力者は、ハルビン・北安・伊春の市街地と郊外の森林地区で広範な調査を行ない、その目的を達した。王福綿事件の調査時に、いろいろな事が起きたこと自体が、王福綿の訴えていた問題が基本的に事実であることを逆証明しているといえよう。しかし伊春地区の重大な問題を調べ尽くすにはほど遠い。だが調査に参加した人々は、みな大いに視野を広げた。

王福綿事件の真相と伊春市前市党委員会書記・王斐らの数々の悪行が生んだ重大な結果について、人民日報記者が省党委員会第一書記の孫維本《そんいほん》に詳しく説明した。続いて書面形式で中共中央に報告を行ない、より権威ある調査団を伊春に派遣して調査するよう提案した。

三人の記者は人民日報紙上で三回分の記事を書く準備を進めていた。だが一回分が十一月十五日に掲載されると、「重大な事実誤認がある」と黒竜江省党規律検査委員会が直ちに抗議してきた。省党規律検査委員会書記の王斐こそ、この記事の批判対象だった。

まもなく一月の風波が発生し、このルポの作者の記者生活は再度中断を余儀なくされた。と同時に、私たちがやろうと思っていたこの種の報道のすべてが、時節に合わないものとされ、王福綿の一件は海底へと沈んでいった。

めでたし、めでたし、か？

私が本来書こうとしたルポルタージュも当然「人工流産」となった。

それにしても一九八七年秋、「十三全大会」代表の栄誉ある身分で王斐同志が人民大会堂に堂々入場した時、王福綿も自由を回復したことは実に興味深い。

しかし王福綿の「自由」は条件付きだった。黒竜江省の信頼すべき筋によると、省精神病院は同省精神医学界の権威二人を招き、全病院の医師を挙げて王福綿の診察を行なって、偏執狂ではないとの診断を下した。それゆえ責任能力があることにされたが、一九八四年、伊春市中級法院が下した判決は元に戻らなかった。退院の前に王福綿の父親は保証人を立て、息子を保護監察下に置かねばならなかった。――息子が上京して陳情しないように、殺人・放火をしないように、〝悪党たち〟と交際できないように、むかし冤罪で捕まったと第三者に訴えでないように。さもないと精神病院にいつでも逆戻り可能になっていた。

逮捕は正当であり、判決も間違っておらず、精神病というのも公式に取り消されていない（今では釈放したことも正しいとされた）以上、とうぜん王福綿には補償金が支払われていない。数千元の借金を抱え、自転車一台買えない王は、身障者の娘をおぶって、毎日家と学校の間を往復しなければならない。一九八四年三月以来、王福綿は伊春市で「反面教師」の任に就くよう命じられたようなものである。すでに四年余りの時が流れているのに、誰も自分の目で王の真の姿を見るものはいなかった。この生きた「反面教師」が現在、街中を自由に「巡回展示」されるのを伊春市の人々は目にしている。やつれた容貌で、冷や汗を頭にかき、ぼろぼろのオーバーをまとって、おろおろ伊春の街を歩いている。その姿は見る者を次のように諌めていた——これこそ意地を張って強がり、上京して陳情した者の末路なのだ！

もっとも伊春人は別のことを思い出すかもしれない。伊春人の見つめる中、二十年前にも王福綿はこの街を歩いていた。軍事管制下、造反派に見せしめに引き回された時のことである。零下四〇度の厳しい寒さの中、帽子もかぶらず素足のまま氷や雪上を歩く王には、何ら恐れる様子が見られなかった。

「文革」中、王は最も早く打倒され、一番ひどい被害を受けた。「文革」が始まると、劉少奇《りゅうしょうき》、鄧《とう》小平《しょうへい》、林業部長の羅玉川《らぎょくせん》、伊春特別委員会書記の曲常川《きょくじょうせん》の打倒に王福綿は断固として反対した。このため王は全国に指名手配され、相次いで四回逮捕された。何度も拷問を受けた揚げ句、懲役二十年の判決が下りた（後に「現行反革命分子として大衆監視下に置く」とされた）。「文革」後、王福綿は伊春市の「審査」室に配属された。だが重大な殴打・破壊・略奪を行なった犯罪者と「三種類の者」を厳しく追及せよとの主張が聞き入れられなかったので、王は「審査」活動から身を引くことで抗議の意を示した。王は闘いをやめず、調査を引き続き行ない、党・政府の指導組織内にある重大な問題を市党委員会に報告したり摘発した。当時はまだ合法的だった壁新聞を貼り出し、追及さるべき人間を追い詰めた。市党委員会組織部で幹部の人事を握る副部長は、王福綿が大衆の面前で彼を告発したからこそ、失脚したのである。

このほか「文革」のとき造反し、殴打・破壊・略奪を行なった重大な問題のある人間の多くが、幹部になったり要職に就いたりしているのに、「文革」のとき長期間迫害された王福綿のような人間を「職務を与えて幹部扱いする」件や、長年代用教員だった人間を本採用にする問題は、いつまでたっても解決されなかった。文革精算の政策をもっと実行に移すよう王福綿ら文革被害者は市党委員会に要求した。このため「文革」のとき王福綿とともに迫害された張道栄・王福仁・梁玉明などの人を、市党委員会の書記・副書記・組織部長が同委員会に呼んで話し合い、要求を聞く旨約束したことがあった。また、適切な配属ができるよう、こうした人々の能力や希望を調べて、市党委員会に「優秀な人物を推薦してほしい」と王福綿に依頼したこともあった（これらは後に、王福綿が「影の市党委員会」をつくろうと企てた罪状になった）。一九八四年初め、伊春市党委員会の指導者が二人の古参幹部を通じて王福綿に次のような話を伝えたことがあった。「北京に行って伊春市の問題を告発するようなことさえしなければ、王福綿を課長に、張道栄を工場長にしてあげよう」。しかし一九八四年三月十五日（伊春市派遣の人間に上京中の王福綿が拉致されたのは前日、三月十四日だったが）、伊春市は突如、王福綿問題に関する市党委員会の決定を次々に流した。王福綿一味の「政治グループ」（後に「小派閥」）は市党委員会に反対し、「影の市党委員会」をつくる陰謀を企てたとの罪状だった。これは「新・三種類の者」であり、処罰が必要とのことだった。直ちに多くの職場で王福綿と関わりのあった人間や顔見知り程度の人間数十人が、王福綿グループの構成員と見做された。彼らは自己批判を強要され、謹慎処分になったり、隔離または半隔離審査を受けた。

この奇怪な物語は、伊春市八十万人民の心に深い印象を刻んだ。伊春市は「文革」の間、両派の組織で武闘が発生しなかったにもかかわらず、六百人余の人間が不自然な死に方をし、三千七百人余の人間が障害者になっている。しかるにこの十年間、当地では一人の「三種類の者」も見つかっておらず、一人の殺人犯も、一人の殴打・破壊・略奪分子も摘発されていない。だがこうした生々しい現実は、塗り潰すことのできない大きな〝?〟を伊春市八十万人民に残すことになった。「文革」中、古参幹部を守ったために監獄入りの身になり、「文革」後も勇敢に悪人を告発した人物が、なぜ「三種類の者」になってしまったのか？　〝偏執狂〟と誤診された人間が、なぜ今になっても完全な自由を享受できないのか？

王福綿が陳情できなくなってからすでに四年半の月日が流れた。かつて自分が積極的に関わろうとした現実が、その固有の論理でどのように発展してゆくか、王福綿はこれからも沈黙したまま見続けてゆくことだろう……

一九八八年十月七日　ハーバードにて

自伝

一九二五年、人々が元宵節《げんしょうせつ》（訳注―新年最初の満月の夜となる旧暦一月十五日の節句。灯籠を掲げ、元宵団子を食べる）を祝う夜、東北三省の長春市にある鉄道職員の家に私は生まれました。迷信によると、この日に生まれた男の子は幸運に恵まれるとか。私の幼年時代はこれを裏づけているようです。そのころは家も豊かで、長男として私は父母から溺愛されました。私の中年時代もこれを裏づけているようです。――苦しみを嘗めた後でもなお私は生き延びることができました。二十年余り連綿と続いた長雨を経て、自分と祖国が災厄からいかに抜け出し、新たな陽光に浴するのか見ることができたからです。

私を神童に育てようと父は思っていたらしく、三歳から私を家に閉じ込めて文字を学ばせました。そのため近所の子供たちとほとんど遊べなくなりました。姉は不幸にも私の保母となってしまい、勉学の機会を完全に奪われてしまいました。まず家や書物に閉じ込められ、それから長いあいだ都会に閉じ込められ、私の生活は制限を受けてしまいました。――今でも私は、ごく普通の草花や樹木の名前すら出てこないのです。これは一種の不幸といえるでしょう。

私の意識が独立したのは、東北が占領され、三千万同胞が亡国の民になってからです（訳注―

満洲事変）。続いてソ連の手中から日本が中東鉄道を強制買収すると、父は失業して家は没落します。国破れ家貧しく、私の思想は社会生活の矛盾に急速に向けられるようになりました。社会の不平等に対する不満と民族意識が育ち、「五・四」（訳注―一九一九年五月四日に始まった反帝・反日の学生運動）以来の進歩的文学とロシア文学が私に思想と想像の糧を提供してくれました。当時ハルビンの小市民生活中に存在した卑俗で腐敗した空気に、私がほとんど感化されなかったのはそのためです。

プーシキンとトルストイを原書で直に読みたいとの願いが、私をロシア語へと向かわせました。当時はロシア語を学ぶのに日本の参考書が必要でした。また、マルクス主義の著作を読むのに日本語の訳本が比較的容易に手に入ったので、私は日本語も学び始めました。外国の言葉自体にも強い興味を覚え、英語も少しかじってみました。外国語の学習は確かに私から多くの有用な時間を奪いましたが、私は後悔していません。特に一九五七年以降、生活の窓がすべてきつく閉ざされた時、ただこの窓だけが残り、はるか彼方の外界で何が起こっているのか、私に窺わせてくれました。

文学への興味と政治・社会生活への興味が増し、しばしば後者が前者を圧倒しました。私は早くから習作を書いて創作を志したのですが、十七、八歳からは新聞記者になるのが最高の願いとなりました。恐らく政治や社会への興味の強さゆえでしょう。

四〇年代末から私はソビエト文学を何編か翻訳しました。高莽《こうぼう》氏の好意は永遠に忘れられません。拙い訳稿を直すのに、多くの貴重な夜を犠牲にしてくれました。

一九五一年からは、私はもっぱら報道のことばかり考えていました。文学についてはただ関心しかなく、創作活動は未来の可能性にすぎませんでした。しかしその頃、報道の道は大変狭く、幾度となく一点突破を試みましたが、すべて失敗に終わりました。一九五五年、政治的に陥れられた時（訳注―胡風批判と反革命粛清運動の年だった）、この取るに足りない試みまでもが「反党」の罪状になってしまいました。公安の卓越した仕事のおかげで、この事件はわずか四カ月で解決しました。その後直ちに私は三門峡と蘭州に取材に行き、蘭州の黄河大橋工事現場では一編の「特写《とくしゃ》」（訳注―直訳すれば「ルポ」だが、取材を基にしたフィクションも含まれる）がほぼ素材そのままの形で私の前に現れました。

「橋梁工事現場にて」で記した考えは、数年来心の中で温めてきたものであり、旧正月の休みを利用して一気に書き上げました。『人民文学』に発表された時、ちょうど私は鄧拓《とうたく》氏に随行して、ワルシャワで開かれた国際記者協会の理事会に出席していました。帰路ソ連を通り、ソ連の作家・オヴェーチキンの客となりました。

多くの人々の目には、一九五七年夏の反右派闘争は唐突に始まったかのように見えるでしょうが、その実、一九五六年末にその影を現していたのです。そのころ王蒙《おうもう》の「組織部に新しく来た青年」に評論会が加えた攻撃は、最高潮に達していました。続いて五七年一月、『中国青年報』会議室で小規模の座談会が開かれ、この小説と私の「本紙内部ニュース」が討論にかけられました。会に先だって王実味《おうじつみ》の「野百合の花」（訳注―一九四二年の延安整風運動で批判された雑文。王実味は後に処刑された）が出席者に配られました。この会の性質がこれで分かろうというものです。

同年四月、東北取材から帰った私は、劉少奇が伝えた指示を青年報編集委員会で聞きました。上海で起こった永大紡績工場（公私合営）の女性労働者ストライキ事件を『人民日報』と『中国青年報』に報道させようというものです。陳伯鴻《ちんはくこう》氏とともに私は急きょ上海に派遣されました。しかしストの取材が終わる頃、中国の歴史の逆転はすでに決定的局面を迎えており（訳注―反右派闘争の開始）、同時代人の災厄が運命づけられていました。中国の新聞と文学が、喜びのみ報じ、悲しみを報じることの許されない時代がこの時から始まったのです。

三十一歳の青年にとって、五〇年代の中国は複雑にすぎました。私の幼稚さと軽信は、ほとんど赤子のようでした。二十余年たって頭は複雑になったものの、中国の現実はいっそう複雑になって私の前を進んでおり、相変わらず私は自分の単純さを嘆かざるを得ないのです。

私は毎年順番に下放される幹部らに交じって、山西・山東・北京郊外の農場で一九五八年から四年近く労働に従事しました。大躍進（訳注―大衆を動員して工農業の飛躍的生産高増大を実現しようとした極左的運動）、人民公社化と、次々にやってくる困難な時期の中でも最も困難な一年を、農民と一緒に暮らしました。私の政治的立場は私を生活の渦中から遠く引き離し、中国農村（農村だけではありませんが）の運命は私たちの預かり知らぬところで決定されていました。無論これは損失ではありましょう。しかし全く得るところがなかったわけでもなく、私は比較的冷静でした。奇妙なのは、私たちのような「敵」のレッテルを貼られた人間に対し、農民（本物の「貧農・下層中農」）が心情を吐露したがることでした。こうして幸いにもこんにちまで保存できた三冊の日記は、当時のいかなる出版物よりも真に迫る歴史文献となりました。

文学創作に従事するとの妄想をこのころ私はまだ完全に捨て切れませんでした。「レッテル」が外れたとしても、署名入りの作品など発表できないのは分かっていました。そこで私は、どちらに転んでも良いような準備をせざるを得ませんでした。一九五八年、労働の合間を利用して、英日辞典を一冊暗記しました。

一九六二年の第八期十中全会（訳注―中共第八期中央委員会第十回全体会議。社会主義下での階級闘争の必要性を強調した。「継続革命論」を党の路線とした）以降、「階級闘争」のどよめきが私の妄想を徹底的に蹴散らしてしまい、私は文学から足を洗う決意をしました。自分の政治的前途と中国文学の前途に、何の希望も抱けなかったのです。それから四年間の事態の推移は、私の予想が正しかったのを証明しました。中国文学は一歩一歩袋小路へと追いやられ、一九六四年にいわゆる「大連の黒い会議」と「中間人物論」（訳注―少数の英雄的人物より大多数の中間的人物を描いた方がリアルであるとの文芸理論。邵荃麟《しょうせんりん》が大連会議で提唱した。文芸の階級性を否定する理論とされた）が批判されてからは、偽りの英雄と偽りの敵しか描けなくなりました。私本人はといえば、一九六六年三月にやっと「右派」のレッテルがとれたものの、二カ月後（訳注―文化大革命が始まる）にはあらためて「右派」になることが内定していました。「走資派」がレッテル完成に間に合わず奪権されると、今度は「造反派」がその仕事を引き継いだというわけです。

一九六九年、「九全大会」（訳注―中共第九回全国代表大会。文革派が多数出席。毛沢東《もうたくとう》思想の重要性を強調し、毛の継続革命論によって文革を正当化した）が招集されるのとほぼ同時に、幾千幾万もの知識人や幹部とともに私は「五・七幹部学校」（訳注―労働によって思想改造を図る施設。実態は走資派や右派に対する強制労働キャンプ）へ下放され、再び労働の生活が始まりました。この時の下放は八年にも及びました。前回と違い農民からも隔絶され、そのうち数年は一切の人間から隔離された状態で過ごしました。文学労働に従事可能なひとりの人間にとって、絶対空白ともいえる八年でした。若干の問題について考え、わずかな理論を学んだことが収穫らしきものでした。

一九七九年一月になって直ちに「五五号文書」（訳注―右派分子のレッテルを外す決定を徹底させるとの中共中央通知）が実施されるなど、思いもよりませんでした。一九七六年十月という日（訳注―四人組逮捕）が、あんなに早くやってくるとも思いませんでした。一九七六年初の「鄧小平批判」が意外にも不発に終わったので、人間が本来持つ知性を埋没させていった一九五七、五九、六六年に比べれば、中国についに画期的変化が現れ、希望が生まれたことが私には分かりました――中国の歴史はこれから転機を向かえるのだと。

しかし私たちのような人間を覆う影が、「四人組」の全滅で取り払われたわけではありません。一九七七年五月、上海のある文人が執筆し、全国の新聞に転載された「反革命両面派・姚文元《ようぶんげん》を評す」は一九六七年の姚文元の文章「反革命両面派・周揚《しゅうよう》を評す」と驚くほど軌を一にしており、ともに私の名前を出してあらためて「右派」の肩書をかぶせました。あたかもこれは、後の現実を予告する合図となっていました。つまり、「左派」を永遠に左派たらしめるには、「右派」は永遠に右派でなくてはならないのです。

だがさすがに歴史は昔と同じ道を歩むのにうんざりしていたようです。それで私は再びペンを取りました。一九七九年八月に「人間と妖怪の間」を書きました。指導者を含め広範な幹部・大衆の間でこのルポが引き起こした反響は、私の予想を越えました。その実それは、本来暴くべきものを暴露したわけではないのです。筆者もまた困難を抱えていました。しかし暴露の広がりや深さに欠けるこのルポが、当地の県・地区・省の党委員会指導者の間で、まれに見る怒りの渦を巻き起こし、一年たっても収まる気配がありません。

しかし、こんなことをしていったい何の役に立つのでしょう。『再び咲いた花』（訳注―反右派闘争で批判された小説やルポを載せた作品集）を世に問うて以来、読者から受け取った手紙が小川だとすれば、「人間と妖怪の間」発表後、それは河の流れに変わりました。いろいろな年齢・経歴・社会的地位にある友人が私に払ってくれる関心・勉励・声援は、いかなる脅威や中傷、果ては私の仕事の権利に対する干渉さえ相殺するに足るものです。

これらは、党と人民が私の仕事を必要としているのを教示しています。だからこのペンがいかに拙くとも私は書き続け、この偉大な時代に断片的な記録を残すだけであってもいいのです。

一九八〇年八月二十七日

訳者あとがき

本書は中国のルポルタージュ作家・劉賓雁《りゅうひんがん》の作品集である。著者の経歴は「自伝」にもあるが、それを補うかたちで整理して紹介しよう。

劉賓雁は一九二五年二月七日、吉林省長春市に生まれた。一九三一年、満洲事変勃発後、父親が失職し、経済的困窮の中で高級中学（日本の高校に相当）を一年で中退する。天津で共産党の地下活動に加わり、翌一九四四年、中国共産党に入党。その後は主に東北地方で「青年団」（現在の中国共産主義青年団）の仕事に携わる。一九五一年から『中国青年報』記者。一九五六年、中国作家協会に加盟し、「橋梁工事現場にて」「本紙内部ニュース」を発表。社会主義の矛盾や幹部の官僚主義を暴露したと評判になる。こうした文章や同時期に発表した評論が祟って翌一九五七年に始まった反右派闘争で「右派分子」のレッテルを貼られ、党籍剥奪。地方の農場へ強制労働に追いやられる。一九六一年から六九年まで中国青年報社に戻され、国際資料室という閑職で働くものの、一九六六年に文化大革命が始まってしまい、六九年からまたも「五・七幹部学校」という名の強制労働キャンプで暮らすことを余儀なくされる。「自伝」の「絶対空白ともいえる八年」とはこの時期のことを指す。一九七九年にやっと名誉回復がなされ、党籍を回復した。実に二十二年もの間、筆を奪われていたことになる。

以後、『人民日報』記者として中国社会主義の孕む矛盾、同主義を蝕む官僚主義、共産党の腐敗などを果敢に批判。「文学は生活に関与し、社会の否定的部分を書くべき」との主張は多くの読者の共感を呼んだ。一九八四年末の第四回中国作家協会全国代表大会で作家協会副主席に選ばれる。得票数は巴金《ばきん》に次ぎ第二位だったという。本書に訳出したルポのほか、代表作は「人間と妖怪の間」「やはり声は沈黙に勝る」「千秋の功罪」「古堡の今昔」「第二の忠誠」など多数。一九八六年末に起こった民主化運動で「ブルジョワ自由化」を扇動したとの理由で翌一九八七年一月、再び党籍を剥奪される。その後、優れたジャーナリストに与えられるニーマン奨学金により、一九八八年三月からアメリカに留学し、ハーバード大学などで研究生活を送っていた。ところが、帰国予定の一九八九年六月に六・四天安門事件が起きて、民主化運動の黒幕視され、帰国できなくなってしまう。以来すでに十数年、今なおアメリカに滞在し、亡命生活を強いられている。

アメリカでは、プリンストン大学を拠点に設けられた「プリンストン・チャイナ・イニシアチブ（中国学社）」に参加して、ニュースレター『チャイナ・フォーカス』を発行するなど中国研究と民主化運動に携わっていたが、一九九九年七月号をもって同誌を停刊した。天安門事件後、民主化が早期に実現するだろうとの予測が外れ、九〇年代の中国の動向を読み誤ったことを劉賓雁は同誌で率直に認めている。なお一九九七年からは「ラジオ・フリー・アジア」で評論員を務め、中国社会と共産党がなぜ今のようになったか、自分の体験を通じて考察する本を現在執筆中だという。

一九七九年の名誉回復後、人民日報記者として活躍していた時期も収めた彼自身の手による自伝は、日本でも翻訳が出ており（鈴木博訳『劉賓雁自伝』みすず書房、一九九一年）、また、私も天安門事件までの彼の足跡を評伝の形で書いている（拙著『沈黙の国の記者――劉賓雁と中国共産党』すずさわ書店、一九九二年）。本書で劉賓雁自身について興味を持った方はぜひ読んでほしい。

彼の経歴で最も重要なのは、やはり反右派闘争で「右派」とされたことだろう。新中国建国後、幾度も繰り返された思想改造運動（「政治運動」という）で萎縮した知識人に何とか積極性を取り戻そうと一九五六年、中国共産党は思想・表現の自由を認める方針を提起した。当初、様子を見ていて慎重だった知識人も執拗な党の呼びかけに応えて、口を開き始める。ところが知識人の批判が共産党の一党独裁や社会主義体制の否定に及ぶや、共産党は掌を返したように方針を変え、一九五七年六月、反右派闘争と称する粛清運動を展開する。共産党や社会主義に批判を加えた人間を「右派」として断罪したのである。約五十五万にのぼる人々が、人民裁判形式の吊し上げを何度も受け、党員は党籍を剥奪され、職場を追われて、農村で強制労働に従事した。批判に耐えかねて自殺する人も相次いだという。

劉賓雁も、反右派闘争直前に中国青年報に送った記事「沈思する上海」が、「反動的文章」「毒草」と批判され、社員による吊し上げ大会に「右派」として何度も駆り出された。「橋梁工事現場にて」「本紙内部ニュース」も共産党と社会主義を誹謗したとして槍玉に挙げられた。両作品を読んだ読者は意外に思われるかもしれないが、作中に出てくる曾剛も黄佳英も共産主義それ自体はいささかも否定していない。より良き共産主義のため党内の官僚主義・保守主義を批判するとの態度である。この時期の劉賓雁の作品を西側（という言葉も今は死語だが）では「官僚主義批判」「報道の自由」を求めるものとして評価され、劉賓雁自身も名誉回復後インタビューに答えてそう言っている。だが、こうした評価は全くの誤りとまでは言えないものの、作品に即してみればニュアンスが若干異なる。農業問題に関する毛沢東の報告を取り上げていることからも分かるように、「官僚主義批判」「保守主義批判」はあくまで毛沢東的左派の立場からなされているのである（後に劉賓雁はこの立場を捨てる）。そして「本紙内部ニュース」では、新聞改革への自分の思いと、毛沢東的左派の立場が一致していると劉賓雁は誤解している。これは当時、理想に燃える若き現役党員だった劉賓雁からすれば当然のことであり、「報道の自由」「新聞の自由」も非党員知識人が求めたような西側的自由主義体制の自由とは異なっていた。だからこそ反右派闘争で標的にされた時、劉賓雁はなぜ自分が「右派」になるのか理解できなかった。

ともあれ、自分としては党に良かれと思って書いた文章が「右派」とされ、劉賓雁はかなり混乱したようである。「毛沢東が正しいなら私が間違っており、私が正しいなら毛沢東が間違っていることになる。しかし毛沢東が誤ることなどありえようか」。当時はそう思ったと後に回想している。かくして善意から出た批判もすべてまとめて「右派」としてしまったため、反右派闘争以降、多くの人々が自己の意見を言わなくなるか、党の方針に迎合するだけになり、共産党不信が決定的となった。またこの時「右派」にされた人々は後の文化大革命でも再度吊し上げに遭い、結局、名誉回復されるまで二十年近くの歳月を必要とした。毛沢東時代は実務能力や技術よりも、思想的立場が重視される社会であり、毛沢東思想を学習せず、専門能力を磨くのは反動的「右派」「走資派」のすることとして抑圧される、一種、倒錯した世界であった。「ひとりの人間とその影」の主人公・鄭本重もそうした「右派」のひとりであり、彼の歩んだ道は、そのまま劉賓雁の辿った道でもあったのだ。

名誉回復後、人民日報の記者になった劉賓雁は、「右派」体験で開き直ったのか、共産党の腐敗に対する彼の筆鋒の鋭さはとどまるところを知らなかった。一九七八年末に改革開放政策に転じた中国は、文革を毛沢東の晩年の誤りと全面否定したものの、誰が見ても明らかに文革の責任者と分かる一部の指導者と、末端にいた直接の加害者のみ処罰して、徹底的な責任追及はなされなかった。反右派闘争など文革以前の粛清運動の被害者も名誉回復されたが、やはり責任の追及はうやむやになった。文革のように国内を二手に分けて争った事件の後遺症を癒すのは容易ではなく、経済改革を優先するには国内のもめごとを一刻も早く収拾する必要があるとして「安定団結」が強調されるようになった。このため極左的立場にいた人間や文革派の残党が党内に残り、開放政策の進展を阻害する一大勢力となった。人民日報時代の劉賓雁のルポは、こうした勢力と闘う作品となった。

「困難な離陸」は「ひとりの人間とその影」のいわば後日談的ルポで、名誉回復された李日昇が極左派の人間に足を引っ張れながらも、着実に経済改革を成し遂げてゆく様を描写している。「三十八年の是非」などは、あまりにも厳しい筆致で人民日報社がビビったらしく、掲載まで三カ月近くかかっており、新聞記事としては異例なことに、わざわざ執筆の時期を文末に書き込んでいるくらいだった。批判された西安市では大騒ぎになったそうである。当時、総書記だった胡耀邦《こようほう》に「人民日報の記者はやめて、作家になってはどうか」と勧告されるほどだったという。「無効になった取材についての報告」は、そんな劉賓雁が中国大陸で発表した最後のルポである。この作品もまた、開放政策になってもなお影響力を残す旧文革派の悪行を忌憚なく暴いている。いまなお続く極左勢力の不法行為を訴えに北京に来た王福綿が、あべこべに逮捕され、精神病院送りになってしまう。同ルポは老舗の文学雑誌『人民文学』に掲載されたもので、このとき劉賓雁はすでに党を除名になり、アメリカで留学生活を送っていた。党を除籍になった人間が『人民文学』に文章を発表できるなど、開放政策以前の中国では想像もできなかった。その程度までには中国も変わったのだ、というのが、同じころ中国にいてリアルタイムで同誌を手にした私の感想である。

「ひとりの人間とその影」と「困難な離陸」は全国優秀ルポ・コンクールに入選している。なお「橋梁工事現場にて」「本紙内部ニュース」はフィクションである。事実を取材してはいるが、構成は虚構である。劉賓雁が影響を受けた旧ソ連の作家・オヴェーチキンが得意としたオーチェルク（記録文学）という分野である。日本ならさしずめ「ノンフィクション・ノベル」といったところか。中国の文学概説書にはこの二作品を小説のジャンルに入れているものもある。その他の本書の作品はすべて純粋なルポルタージュである。

日本で既訳の作品は「人間と妖怪の間」（原題「人妖之間」）が最も多い。守屋洋訳「現代の妖怪たち」『東亜』一五四、一五五号（一九八〇年）。田畑佐和子訳「人妖の間」『天雲山伝奇——中国告発小説集』（亜紀書房、一九八一年）。陳逸雄訳「人妖の間」『第二種の忠誠』（学生社、一九九一年）。同書には「第二の忠誠」「ひとりの人間とその影」も収められている。「第二の忠誠」は下河辺容子氏の訳もある（「第二種の忠誠」『季刊中国研究』一九八六年第四号）。評論、エッセイでは太田秀夫氏が鹿児島短大の『研究紀要』などで何編か訳しているが、まとまったものとしては、陳逸雄訳『中国の幻想と現実』（学生社、一九九〇年）がある。

本書の翻訳では「橋梁工事現場にて」「本紙内部ニュース」は『中国報告文学叢書』第三輯第三分冊（長江文芸出版社、一九八三年）を、「困難な離陸」は『全国優秀報告文学評選獲奨作品集』（人民文学出版社、一九八四年）を底本にした。その他の作品はすべて初出の新聞または雑誌から訳した。各作品の初出を次に掲げる。

「橋梁工事現場にて」『人民文学』一九五六年四月号
「本紙内部ニュース」『人民文学』一九五六年六月号
「本紙内部ニュース（続編）」『人民文学』一九五六年十月号
「ひとりの人間とその影」『十月』一九八〇年第六期
「困難な離陸」『人民日報』一九八一年一月三日
「三十八年の是非」『人民日報』一九八四年八月二十五日
「無効になった取材についての報告」『人民文学』一九八八年第十二期
「自伝」『中国現代作家伝略』（下）四川人民出版社、一九八三年五月

以下は「私的あとがき」である。

私が初めて中国大陸に降り立ったのは一九八七年九月だった。同年一月に胡耀邦総書記が失脚し、劉賓雁も「ブルジョワ自由化」を煽ったかどで中国共産党を除名されていた。それから半年以上過ぎていたとはいえ、社会には引き締めムードが蔓延していた。私が何より驚いたのは、中国社会が持っていた一種のこわばり、硬さであった。いくら引き締め状態にあっても、改革開放政策が始まって八年近くにもなるのである。それでも人々は私が政治的な話をしようとすると「政治には興味がありません」と言って逃げていった。見事なくらいみな同じ言葉を使って私から離れようとした。

私は劉賓雁を題材に学部の卒業論文を書こうとしており、卒論の資料探しの意味もあっての訪中であり留学だった。周りの中国人に劉賓雁について尋ねても、たった一人の例外を除いて、「よく知りません」とこれまた逃げられてしまう。図書館に行っても「劉賓雁関係の資料を見せてください」などと言える雰囲気では到底なく、適当なごまかしを言って新聞のバックナンバーを閲覧したりした。連日通い詰めると、案の定、図書館の責任者と思しき中年の女性（たぶん党員）が現れて、私が何を調べているか無表情に聞いてくる。その顔は、私がこれまでの人生の中で見たこともないような冷たい無表情だった。私は彼女をごまかしつつ調査を進めた。しかし大量のコピーを取るので、そのうちコピー係の若い女性にばれてしまい、「あなたは私たちの国情をご存じですか？」と注意を促される有様だった。日本ならば、たとえ反体制作家について調べるにしても、ここまで気を遣うだろうかと訝った。

しかし実はこの硬さが、毛沢東時代に由来するものであることに私は気づくようになる。毛沢東政治はまさしくファシズムの時代であった。知識人の吊し上げと思想改造を迫る各種政治運動。その結果として「反革命」「右派分子」とされた人々に対する強制労働改造。社会の末端まで隅々に張り巡らされた党による一元的支配。かつての王朝の皇帝支配を思わせる毛沢東による家父長的専制統治。「反革命」分子を次々と粛清した揚げ句、大衆を巻き込んでの壮大な共産党の内ゲバであり、毛政治の極限形態たる文化大革命。そうした中で人々は本音を言わなくなっていった。恐ろしいのは沈黙すら許されなかったことである。政治運動の際は常に自己の立場をはっきりせざるを得ず、黙っていることは思想的に動揺しているとして批判の対象になった。

「ファシズムというものは右からだけでなく、左からも来るのだ」。政治的な話に口ごもる中国人を見て、初めて私はそう思った。私が中国社会に感じた悪夢のような息苦しさは、ファシズムの残滓だったのだ。一九七八年末から始まった改革開放政策でやっと非毛沢東化が図られるが、まだ十年と経っていない。いつまたファシズムの時代に戻るか知れない。しかし、いくらなんでももう大丈夫なのでは……。中国社会という硬く冷えきった氷が、やっといくらか溶け始める——私が中国に行ったのは、そんな微妙な時期だった。そして劉賓雁はそんな時期より前から、つまり凍りきって溶ける兆しの分からない中国社会を相手にルポを書き続けていた。

私は一九八九年二月に帰国した。ところが同年六月、天安門事件が起こって仰天する。せっかく溶けかかっていた氷が元に戻ってしまうのではないかと思ったからだ。元に戻るのか、戻らないのか——。それを確かめるため、(よせばいいのに)やっと就職した会社を辞めて、私は再び中国へ赴くことになる。

最後に感傷的なつけたしをひとつ。

初めての訪中時、半年ほど私の心はささくれだっていた。生まれて初めて異文化の真っ直中に投げ込まれ、戸惑うことばかり。劉賓雁について調べようにも人は逃げてゆくばかり。政治的な話をしても、どなたも関心がないとおっしゃる。当たり障りのないことをしゃべるばかり。行列に割り込まれたといっては怒り、デパートの店員に無視されたといっては怒り、買ってきたばかりの蛍光灯がつかないといっては怒り、缶ジュースが腐っていたといっては怒りで、何だか怒ってばかりいた。

そんなある日、薄暗い新華書店内でひとりの少女が立ち読みをしているのを見かけた。三つ編みに髪を結い、赤と黒のツートンカラーのセーターを着ている。高校一年生くらいだろうか。著者名はもう忘れてしまったが、読んでいた本のタイトルは今でもはっきり覚えている。「恋愛論」だった。分厚いその本を一心不乱に読み耽る彼女の姿を見るうち、

「ああ、ここにも人の世があるんだ」

と私は思った。全く単純な感想である。だが単純な発見をして何だか得をしたような気分になった私は、帰りのバスで割り込まれても、横柄なバスの車掌につっけんどんな対応をされても、お釣を投げて返されても、夕食のスープに虫が浮いていても、留学生宿舎が停電になっても、風呂のお湯が途中で止まっても、日本への国際電話が三時間待たされた揚げ句つながらなくとも、全く腹が立たなかったのである（本当かな）。

あれから十七年。私は彼女に話しかけなかったので彼女の名前も知らない。彼女もまたおかし

な日本人が自分のことを見つめているとは思ってもみなかったろう。あのとき少女だった彼女も、すでに結婚して幸せな家庭を築いているかもしれない。旦那がリストラされて江沢民《こうたくみん》と朱鎔基《しゅようき》（今なら胡錦濤《こきんとう》と温家宝《おんかほう》ですな）を呪っているかもしれないし、外資系企業に勤めるバリバリのキャリアウーマンになって、上海あたりを闊歩しているかもしれない。劉賓雁が八〇年代に描いたルポが過去のものになればなるほど、彼女にとって、そして何より中国自身にとって、幸せなことだろうと思うし、また、そうあってほしいと私は願っている。

出し遅れの証文のような翻訳に形を与えてくださった白帝社と、担当編集者の伊佐順子さんに感謝します。

二〇〇四年六月四日　東京西ヶ原にて

諸星清佳

劉賓雁（Liu Binyan）
1925年中国長春市生まれの、ハルビン市育ち。1944年中国共産党入党。1951年から中国青年報記者。1957年右派分子として強制労働へ送られる。1979年名誉回復。人民日報記者。1987年「ブルジョワ自由化」を煽ったとして党を除名。1989年天安門事件のため留学先のアメリカから帰国不能になり、以後アメリカで亡命生活を余儀なくされる。代表作に「人間と妖怪の間」「ひとりの人間とその影」「困難な離陸」「古堡の今昔」「第二の忠誠」など。

諸星清佳（もろほし・さやか）
1965年北海道釧路市生まれの、札幌市育ち。東京外国語大学中国語学科卒業。北海道新聞記者を経て、東京外国語大学大学院地域文化研究科博士後期課程中退。著作に『沈黙の国の記者』（すずさわ書店）『ルポ中国』（晩聲社）『中国革命の夢が潰えたとき』（中公新書）がある。

カバー写真　中村慎吾

劉賓雁ルポ作品集
橋梁工事現場にて／他

著　者　劉 賓 雁
訳　者　諸星清佳
発行者　佐藤康夫
発行所　株式会社　白帝社
〒171-0014　東京都豊島区池袋2-65-1
電話　03-3986-3271
FAX　03-3986-3272(営)
03-3986-8892(編)
http://www.hakuteisha.co.jp/
組版　柳葉コーポレーション
印刷　倉敷印刷　　製本　カナメブックス

2004年7月15日　初版第1刷発行

ISBN4-89174-690-4
*定価はカバーに表示してあります。